HEINRICH HEINE

Die Bäder von Lucca
Die Stadt Lucca

HERAUSGEGEBEN VON
PETER VON MATT

PHILIPP RECLAM JUN. STUTTGART

Der Text folgt der Ausgabe: Heinrich Heines Sämtliche Werke. Herausgegeben von Oskar Walzel. Leipzig: Insel Verlag, 1910–15. Bd. 4 hrsg. von Julius Petersen, 1912, Bd. 5 hrsg. von Paul Neuburger, 1914. Die Orthographie wurde behutsam modernisiert, Anmerkungen auf S. 159 beigefügt.

Universal-Bibliothek Nr. 3602

Bibliographisch ergänzte Ausgabe 1998
Gesamtherstellung: Reclam, Ditzingen. Printed in Germany 2003

ISBN 3-15-003602-X

www.reclam.de

Die Bäder von Lucca

Ich bin wie Weib dem Manne – –
Graf August v. Platen-Hallermünde.

Will der Herr Graf ein Tänzchen wagen,
So mag ers sagen,
Ich spiel ihm auf.
Figaro.

Karl Immermann,
dem Dichter,
widmet diese Blätter,
als
ein Zeichen freudigster Verehrung,
der
Verfasser

Kapitel I

Als ich zu Mathilden ins Zimmer trat, hatte sie den letzten Knopf des grünen Reitkleides zugeknöpft, und wollte eben einen Hut mit weißen Federn aufsetzen. Sie warf ihn rasch von sich, sobald sie mich erblickte, mit ihren wallend goldenen Locken stürzte sie mir entgegen – »Doktor des Himmels und der Erde!« rief sie, und nach alter Gewohnheit ergriff sie meine beiden Ohrlappen und küßte mich mit der drolligsten Herzlichkeit.

»Wie gehts, Wahnsinnigster der Sterblichen! Wie glücklich bin ich Sie wiederzusehen! Denn ich werde nirgends auf dieser weiten Welt einen verrückteren Menschen finden. Narren und Dummköpfe gibt es genug, und man erzeigt ihnen oft die Ehre, sie für verrückt zu halten; aber die wahre Verrücktheit ist so selten wie die wahre Weisheit, sie ist vielleicht gar nichts anderes als Weisheit, die sich geärgert hat, daß sie alles weiß, alle Schändlichkeiten dieser Welt, und die deshalb den weisen Entschluß gefaßt hat, verrückt zu werden. Die Orientalen sind ein gescheutes Volk, sie verehren einen Verrückten wie einen Propheten, wir aber halten jeden Propheten für verrückt.«

»Aber, Mylady, warum haben Sie mir nicht geschrieben?«

»Gewiß, Doktor, ich schrieb Ihnen einen langen Brief, und bemerkte auf der Adresse: abzugeben in Neu-Bedlam. Da Sie aber, gegen alle Vermutung, nicht dort waren, so schickte man den Brief nach St. Luze, und da Sie auch hier nicht waren, so ging er weiter nach einer ähnlichen Anstalt, und so machte er die Ronde durch alle Tollhäuser Englands, Schottlands und Irlands, bis man ihn mir zurückschickte mit der Bemerkung, daß der Gentleman, den die Adresse bezeichne, noch nicht eingefangen sei. Und in der Tat, wie haben Sie es angefangen, daß Sie immer noch auf freien Füßen sind?«

»Habs pfiffig angefangen, Mylady. Überall, wohin ich kam, wußt ich mich um die Tollhäuser herumzuschleichen, und ich denke, es wird mir auch in Italien gelingen.«

»Oh, Freund, hier sind Sie ganz sicher; denn erstens ist gar kein Tollhaus in der Nähe, und zweitens haben wir hier die Oberhand.«

»Wir? Mylady! Sie zählen sich also zu den Unseren? Erlauben Sie, daß ich Ihnen den Bruderkuß auf die Stirne drücke.«

»Ach! ich meine wir Badegäste, worunter ich wahrlich noch die Vernünftigste bin – Und nun machen Sie sich leicht einen Begriff von der Verrücktesten, nämlich von Julie Maxfield, die beständig behauptet, grüne Augen bedeuten den Frühling der Seele; dann haben wir noch zwei junge Schönheiten –«

»Gewiß englische Schönheiten, Mylady –«

»Doktor, was bedeutet dieser spöttische Ton? Die gelbfettigen Makkaronigesichter in Italien müssen Ihnen so gut schmecken, daß Sie keinen Sinn mehr haben für britische –«

»Plumpuddings mit Rosinenaugen, Roastbeefbusen festoniert mit weißen Meerrettich-Streifen, stolze Pasteten –«

»Es gab eine Zeit, Doktor, wo Sie jedesmal in Verzückung gerieten, wenn Sie eine schöne Engländerin sahen –«

»Ja, das war damals! Ich bin noch immer nicht abgeneigt Ihren Landsmänninnen zu huldigen; sie sind schön wie Sonnen, aber Sonnen von Eis, sie sind weiß wie Marmor, aber auch marmorkalt – auf ihren kalten Herzen erfrieren die armen –«

»Oho! ich kenne einen – der dort nicht erfroren ist, und frisch und gesund übers Meer gesprungen, und es war ein großer, deutscher, impertinenter –«

»Er hat sich wenigstens an den britisch frostigen Herzen so stark erkältet, daß er noch jetzt davon den Schnupfen hat.«

Mylady schien pikiert über diese Antwort, sie ergriff die Reitgerte, die zwischen den Blättern eines Romans, als

Lesezeichen, lag, schwang sie um die Ohren ihres weißen Jagdhundes, der leise knurrte, hob hastig ihren Hut von der Erde, setzte ihn keck aufs Lockenhaupt, sah ein paarmal wohlgefällig in den Spiegel, und sprach stolz: »Ich bin noch schön!« Aber plötzlich, wie von einem dunkeln Schmerzgefühl durchschauert, blieb sie sinnend stehen, streifte langsam ihren weißen Handschuh von der Hand, reichte sie mir, und meine Gedanken pfeilschnell ertappend, sprach sie: »Nicht wahr, diese Hand ist nicht mehr so schön, wie in Ramsgate? Mathilde hat unterdessen viel gelitten!«

Lieber Leser, man kann es den Glocken selten ansehen, wo sie einen Riß haben, und nur an ihrem Tone merkt man ihn. Hättest du nun den Klang der Stimme gehört, womit obige Worte gesprochen wurden, so wüßtest du gleich, Myladys Herz ist eine Glocke vom besten Metall, aber ein verborgener Riß dämpft wunderbar ihre heitersten Töne, und umschleiert sie gleichsam mit heimlicher Trauer. Doch ich liebe solche Glocken, sie finden immer ein gutes Echo in meiner eignen Brust; und ich küßte Myladys Hand fast inniger als ehemals, obgleich sie minder vollblühend war und einige Adern, etwas allzublau hervortretend, mir ebenfalls zu sagen schienen: Mathilde hat unterdessen viel gelitten.

Ihr Auge sah mich an wie ein wehmütig einsamer Stern am herbstlichen Himmel, und weich und innig sprach sie: »Sie scheinen mich wenig mehr zu lieben, Doktor! Denn nur mitleidig fiel eben Ihre Träne auf meine Hand, fast wie ein Almosen.«

»Wer heißt Sie die stumme Sprache meiner Tränen so dürftig ausdeuten? Ich wette, der weiße Jagdhund, der sich jetzt an Sie schmiegt, versteht mich besser; er schaut mich an, und dann wieder Sie, und scheint sich zu wundern, daß die Menschen, die stolzen Herren der Schöpfung, innerlich so tief elend sind. Ach, Mylady, nur der verwandte Schmerz entlockt uns die Träne, und jeder weint eigentlich für sich selbst.«

»Genug, genug, Doktor. Es ist wenigstens gut, daß wir Zeitgenossen sind und in demselben Erdwinkel uns gefunden mit unseren närrischen Tränen. Ach des Unglücks! wenn Sie vielleicht zweihundert Jahre früher gelebt hätten, wie es mir mit meinem Freunde Michael de Cervantes Saavedra begegnet, oder gar wenn Sie hundert Jahre später auf die Welt gekommen wären als ich, wie ein anderer intimer Freund von mir, dessen Namen ich nicht einmal weiß, eben weil er ihn erst bei seiner Geburt, Anno 1900, erhalten wird! Aber, erzählen Sie doch, wie haben Sie gelebt, seit wir uns nicht gesehen?«

»Ich trieb mein gewöhnliches Geschäft, Mylady; ich rollte wieder den großen Stein. Wenn ich ihn bis zur Hälfte des Berges gebracht, dann rollte er plötzlich hinunter, und ich mußte wieder suchen ihn hinaufzurollen – und dieses Bergauf- und Bergabrollen wird sich so lange wiederholen, bis ich selbst unter dem großen Steine liegen bleibe, und Meister Steinmetz mit großen Buchstaben darauf schreibt: Hier ruht in Gott –«

»Beileibe, Doktor, ich lasse Ihnen noch keine Ruhe – Sein Sie nur nicht melancholisch! Lachen Sie, oder ich –«

»Nein, kitzeln Sie nicht; ich will lieber von selbst lachen.«

»So recht. Sie gefallen mir noch ebenso gut wie in Ramsgate, wo wir uns zuerst nahekamen –«

»Und endlich noch näher als nah. Ja, ich will lustig sein. Es ist gut, daß wir uns wiedergefunden, und der große deutsche – wird sich wieder ein Vergnügen daraus machen, sein Leben bei Ihnen zu wagen.«

Myladys Augen lachten wie Sonnenschein nach leisem Regenschauer, und ihre gute Laune brach wieder leuchtend hervor, als John hereintrat, und mit dem steifsten Lakaienpathos Seine Exzellenz den Markese Christophoro di Gumpelino anmeldete.

»Er sei willkommen! Und Sie, Doktor, werden einen Pair unseres Narrenreichs kennenlernen. Stoßen Sie sich nicht an sein Äußeres, besonders nicht an seine Nase. Der Mann besitzt vortreffliche Eigenschaften, z. B. viel Geld, gesunden Verstand, und die Sucht alle Narrheiten der Zeit in sich

aufzunehmen; dazu ist er in meine grünäugige Freundin Julie Maxfield verliebt und nennt sie seine Julia und sich ihren Romeo, und deklamiert und seufzt – und Lord Maxfield, der Schwager, dem die treue Julia von ihrem Manne anvertraut worden, ist ein Argus –«
Schon wollte ich bemerken, daß Argus eine Kuh bewachte, als die Türe sich weit öffnete und, zu meinem höchsten Erstaunen, mein alter Freund, der Bankier Christian Gumpel, mit seinem wohlhabenden Lächeln und gottgefälligem Bauche, hereinwatschelte. Nachdem seine glänzenden breiten Lippen sich an Myladys Hand genugsam gescheuert und übliche Gesundheitsfragen hervorgebrockt hatten, erkannte er auch mich – und in die Arme sanken sich die Freunde.

Kapitel II

Mathildens Warnung, daß ich mich an die Nase des Mannes nicht stoßen solle, war hinlänglich gegründet, und wenig fehlte, so hätte er mir wirklich ein Auge damit ausgestochen. Ich will nichts Schlimmes von dieser Nase sagen; im Gegenteil, sie war von der edelsten Form, und sie eben berechtigte meinen Freund, sich wenigstens einen Markese-Titel beizulegen. Man konnte es ihm nämlich an der Nase ansehen, daß er von gutem Adel war, daß er von einer uralten Weltfamilie abstammte, womit sich sogar einst der liebe Gott, ohne Furcht vor Mesallianz, verschwägert hat. Seitdem ist diese Familie freilich etwas heruntergekommen, so daß sie seit Karl dem Großen, meistens durch den Handel mit alten Hosen und Hamburger Lotteriezetteln, ihre Subsistenz erwerben mußte, ohne jedoch im mindesten von ihrem Ahnenstolze abzulassen oder jemals die Hoffnung aufzugeben, einst wieder ihre alten Güter, oder wenigstens hinreichende Emigranten-Entschädigung zu erhalten, wenn ihr alter legitimer Souverän sein Restaurationsversprechen erfüllt, ein Versprechen, womit er sie schon zwei Jahrtausende an der Nase herumgeführt. Sind vielleicht ihre Nasen eben durch dieses lange an der Nase Herumgeführtwerden so lang geworden? Oder sind diese langen Nasen eine Art Uniform, woran der Gottkönig Jehovah seine alten Leibgardisten erkennt, selbst wenn sie desertiert sind? Der Markese Gumpelino war ein solcher Deserteur, aber er trug noch immer seine Uniform, und sie war sehr brillant, besäet mit Kreuzchen und Sternchen von Rubinen, einem roten Adlerorden in Miniatur, und anderen Dekorationen.

»Sehen Sie«, sagte Mylady, »das ist meine Lieblingsnase, und ich kenne keine schönere Blume auf dieser Erde.«

»Diese Blume«, schmunzlächelte Gumpelino, »kann ich Ihnen nicht an den schönen Busen legen, ohne daß ich mein blühendes Antlitz hinzulege, und diese Beilage würde Sie vielleicht in der heutigen Hitze etwas genieren. Aber ich bringe Ihnen eine nicht minder köstliche Blume, die hier selten ist –«

Bei diesen Worten öffnete der Markese die fließpapierne Tüte, die er mitgebracht, und mit langsamer Sorgfalt zog er daraus hervor eine wunderschöne Tulpe.

Kaum erblickte Mylady diese Blume, so schrie sie aus vollem Halse: »Morden! morden! wollen Sie mich morden? Fort, fort mit dem schrecklichen Anblick!« Dabei gebärdete sie sich, als wolle man sie umbringen, hielt sich die Hände vor die Augen, rannte unsinnig im Zimmer umher, verwünschte Gumpelinos Nase und Tulpe, klingelte, stampfte den Boden, schlug den Hund mit der Reitgerte, daß er laut aufbellte, und als John hereintrat, rief sie, wie Kean als König Richard:

Ein Pferd! ein Pferd!
Ein Königtum für ein Pferd!

und stürmte, wie ein Wirbelwind, von dannen.

»Eine kuriose Frau!« sprach Gumpelino, vor Erstaunen bewegungslos und noch immer die Tulpe in der Hand haltend, so daß er einem jener Götzenbilder glich, die, mit Lotos-

blumen in den Händen, auf altindischen Denkmälern zu schauen sind. Ich aber kannte die Dame und ihre Idiosynkrasie weit besser, mich ergötzte dieses Schauspiel über alle Maßen, ich öffnete das Fenster und rief: »Mylady, was soll ich von Ihnen denken? Ist das Vernunft, Sitte – besonders ist das Liebe?«
Da lachte herauf die wilde Antwort:

Wenn ich zu Pferde bin, so will ich schwören:
Ich liebe dich unendlich.

Kapitel III

»Eine kuriose Frau!« wiederholte Gumpelino, als wir uns auf den Weg machten, seine beiden Freundinnen, Signora Lätizia und Signora Franscheska, deren Bekanntschaft er mir verschaffen wollte, zu besuchen. Da die Wohnung dieser Damen auf einer etwas entfernten Anhöhe lag, so erkannte ich um so dankbarer die Güte meines wohlbeleibten Freundes, der das Bergsteigen etwas beschwerlich fand, und auf jedem Hügel atemschöpfend stehenblieb, und »O Jesu!« seufzte.
Die Wohnungen in den Bädern von Lucca nämlich sind entweder unten in einem Dorfe, das von hohen Bergen umschlossen ist, oder sie liegen auf einem dieser Berge selbst, unfern der Hauptquelle, wo eine pittoreske Häusergruppe in das reizende Tal hinabschaut. Einige liegen aber auch einzeln zerstreut an den Bergesabhängen, und man muß mühsam hinaufklimmen durch Weinreben, Myrtengesträuch, Geißblatt, Lorbeerbüsche, Oleander, Geranikum und andre vornehme Blumen und Pflanzen, ein wildes Paradies. Ich habe nie ein reizenderes Tal gesehen, besonders wenn man von der Terrasse des oberen Bades, wo die ernstgrünen Zypressen stehen, ins Dorf hinabschaut. Man sieht dort die Brücke, die über ein Flüßchen führt, welches Lima heißt,

und das Dorf in zwei Teile durchschneidend, an beiden Enden in mäßigen Wasserfällen über Felsenstücke dahinstürzt, und ein Geräusch hervorbringt, als wolle es die angenehmsten Dinge sagen und könne vor dem allseitig plaudernden Echo nicht zu Worten kommen.

Der Hauptzauber dieses Tals liegt aber gewiß in dem Umstand, daß es nicht zu groß ist und nicht zu klein, daß die Seele des Beschauers nicht gewaltsam erweitert wird, vielmehr sich ebenmäßig mit dem herrlichen Anblick füllt, daß die Häupter der Berge selbst, wie die Apenninen überall, nicht abenteuerlich gotisch erhaben mißgestaltet sind, gleich den Bergkarikaturen, die wir ebensowohl wie die Menschenkarikaturen in germanischen Ländern finden: sondern, daß ihre edelgeründeten, heiter grünen Formen fast eine Kunstzivilisation aussprechen, und gar melodisch mit dem blaßblauen Himmel zusammenklingen.

»O Jesu!« ächzte Gumpelino, als wir, mühsamen Steigens und von der Morgensonne schon etwas stark gewärmt, oberwähnte Zypressenhöhe erreichten, und, ins Dorf hinabschauend, unsere englische Freundin, hoch zu Roß, wie ein romantisches Märchenbild, über die Brücke jagen, und ebenso traumschnell wieder verschwinden sahen. »O Jesu! welch eine kuriose Frau«, wiederholte einigemal der Markese. »In meinem gemeinen Leben ist mir noch keine solche Frau vorgekommen. Nur in Komödien findet man dergleichen, und ich glaube, z. B. die Holzbecher würde die Rolle gut spielen. Sie hat etwas von einer Nixe. Was denken Sie?«

»Ich denke, Sie haben recht, Gumpelino. Als ich mit ihr von London nach Rotterdam fuhr, sagte der Schiffskapitän, sie gliche einer mit Pfeffer bestreuten Rose. Zum Dank, für diese pikante Vergleichung, schüttete sie eine ganze Pfefferbüchse auf seinen Kopf aus, als sie ihn einmal in der Kajüte eingeschlummert fand, und man konnte sich dem Manne nicht mehr nähern, ohne zu niesen.«

»Eine kuriose Frau!« sprach wieder Gumpelino. »So zart wie weiße Seide und ebenso stark, und sitzt zu Pferde ebenso gut wie ich. Wenn sie nur nicht ihre Gesundheit zugrunde reitet. Sahen Sie nicht eben den langen, magern Engländer, der auf seinem magern Gaul hinter ihr herjagte wie die galoppierende Schwindsucht? Das Volk reitet zu leidenschaftlich, gibt alles Geld in der Welt für Pferde aus. Lady Maxfields Schimmel kostet dreihundert goldne, lebendige Louisdore – ach! und die Louisdore stehen so hoch und steigen noch täglich.«

»Ja, die Louisdor werden noch so hoch steigen, daß ein armer Gelehrter, wie unsereiner, sie gar nicht mehr wird erreichen können.«

»Sie haben keinen Begriff davon, Herr Doktor, wieviel Geld ich ausgeben muß, und dabei behelfe ich mich mit einem einzigen Bedienten, und nur wenn ich in Rom bin, halte ich mir einen Kapellan für meine Hauskapelle. Sehen Sie, da kommt mein Hyazinth.«

Die kleine Gestalt, die in diesem Augenblick bei der Windung eines Hügels zum Vorschein kam, hätte vielmehr den Namen einer Feuerlilje verdient. Es war ein schlotternd weiter Scharlachrock, überladen mit Goldtressen, die im Sonnenglanze strahlten, und aus dieser roten Pracht schwitzte ein Köpfchen hervor, das mir sehr wohlbekannt zunickte. Und wirklich, als ich das bläßlich besorgliche Gesichtchen und die geschäftig zwinkenden Äuglein näher betrachtete, erkannte ich jemanden, den ich eher auf dem Berg Sinai als auf den Apenninen erwartet hätte, und das war kein anderer als Herr Hirsch, Schutzbürger in Hamburg, ein Mann, der nicht bloß immer ein sehr ehrlicher Lotteriekollekteur gewesen, sondern sich auch auf Hühneraugen und Juwelen versteht, dergestalt, daß er erstere von letzteren nicht bloß zu unterscheiden weiß, sondern auch die Hühneraugen ganz geschickt auszuschneiden und die Juwelen ganz genau zu taxieren weiß.

»Ich bin guter Hoffnung«, sprach er, als er mir näher kam, »daß Sie mich noch kennen, obgleich ich nicht mehr Hirsch heiße. Ich heiße jetzt Hyazinth und bin der Kammerdiener des Herrn Gumpel.«

»Hyazinth!« rief dieser in staunender Aufwallung über die Indiskretion des Dieners.
»Sein Sie nur ruhig, Herr Gumpel, oder Herr Gumpelino, oder Herr Markese, oder Eure Excellenza, wir brauchen uns gar nicht vor diesem Herrn zu genieren, der kennt mich, hat manches Los bei mir gespielt, und ich möcht sogar drauf schwören, er ist mir von der letzten Renovierung noch sieben Mark neun Schilling schuldig – Ich freue mich wirklich, Herr Doktor, Sie hier wieder zu sehen. Haben Sie hier ebenfalls Vergnügungsgeschäfte? Was sollte man sonst hier tun in dieser Hitze, und wo man noch dazu bergauf und bergab steigen muß. Ich bin hier des Abends so müde, als wäre ich zwanzigmal vom Altonaer Tore nach dem Steintor gelaufen, ohne was dabei verdient zu haben.«
»O Jesu!« rief der Markese, »schweig, schweig! Ich schaffe mir einen andern Bedienten an.«
»Warum schweigen?« versetzte Hirsch Hyazinthos. »Ist es mir doch lieb, wenn ich mal wieder gutes Deutsch sprechen kann mit einem Gesichte, das ich schon einmal in Hamburg gesehen, und denke ich an Hamburg –«
Hier, bei der Erinnerung an sein kleines Stiefvaterländchen, wurden des Mannes Äuglein flimmernd feucht, und seufzend sprach er: »Was ist der Mensch! Man geht vergnügt vor dem Altonaer Tore, auf dem Hamburger Berg, spazieren, und besieht dort die Merkwürdigkeiten, die Löwen, die Gevögel, die Papagoyim, die Affen, die ausgezeichneten Menschen, und man läßt sich Karussell fahren oder elektrisieren, und man denkt, was würde ich erst für Vergnügen haben an einem Orte, der noch zweihundert Meilen von Hamburg weiter entfernt ist, in dem Lande wo die Zitronen und Orangen wachsen, in Italien! Was ist der Mensch! Ist er vor dem Altonaer Tore, so möchte er gern in Italien sein, und ist er in Italien, so möchte er wieder vor dem Altonaer Tore sein! Ach stände ich dort wieder und sähe wieder den Michaelisturm, und oben daran die Uhr mit den großen goldnen Zahlen auf dem Zifferblatt, die großen goldnen Zahlen, die ich so oft des Nachmittags betrachtete,

wenn sie so freundlich in der Sonne glänzten – ich hätte sie oft küssen mögen. Ach, ich bin jetzt in Italien, wo die Zitronen und Orangen wachsen; wenn ich aber die Zitronen und Orangen wachsen sehe, so denk ich an den Steinweg zu Hamburg, wo sie, ganzer Karren voll, gemächlich aufgestapelt liegen, und wo man sie ruhig genießen kann, ohne daß man nötig hat, so viele Gefahr-Berge zu besteigen und so viel Hitzwärme auszustehen. So wahr mir Gott helfe, Herr Markese, wenn ich es nicht der Ehre wegen getan hätte und wegen der Bildung, so wäre ich Ihnen nicht hierher gefolgt. Aber das muß man Ihnen nachsagen, man hat Ehre bei Ihnen und bildet sich.«

»Hyazinth!« sprach jetzt Gumpelino, der durch diese Schmeichelei etwas besänftigt worden, »Hyazinth, geh jetzt zu –«

»Ich weiß schon –«

»Du weißt nicht, sage ich dir, Hyazinth –«

»Ich sag Ihnen, Herr Gumpel, ich weiß. Ew. Exzellenz schicken mich jetzt zu der Lady Maxfield – Mir braucht man gar nichts zu sagen. Ich weiß Ihre Gedanken, die Sie noch gar nicht gedacht, und vielleicht Ihr Lebtag gar nicht denken werden. Einen Bedienten wie mich, bekommen Sie nicht so leicht – und ich tu es der Ehre wegen, und der Bildung wegen, und wirklich, man hat Ehre bei Ihnen und bildet sich –« Bei diesem Worte putzte er sich die Nase mit einem sehr weißen Taschentuche.

»Hyazinth«, sprach der Markese, »du gehst jetzt zu der Lady Julie Maxfield, zu meiner Julia, und bringst ihr diese Tulpe – nimm sie in acht, denn sie kostet fünf Paoli – und sagst ihr –«

»Ich weiß schon –«

»Du weißt nichts. Sag ihr: Die Tulpe ist unter den Blumen –«

»Ich weiß schon, Sie wollen ihr etwas durch die Blume sagen. Ich habe für so manches Lotterielos in meiner Kollekte selbst eine Devise gemacht –«

»Ich sage dir, Hyazinth, ich will keine Devise von dir. Bringe diese Blume an Lady Maxfield, und sage ihr:

Die Tulpe ist unter den Blumen
Was unter den Käsen der Stracchino;
Doch mehr als Blumen und Käse
Verehrt dich Gumpelino!«

»So wahr mir Gott alles Guts gebe, das ist gut!« rief Hyazinth. »Winken Sie mir nicht, Herr Markese, was Sie wissen, das weiß ich, und was ich weiß, das wissen Sie. Und Sie, Herr Doktor, leben Sie wohl! Um die Kleinigkeit mahne ich Sie nicht.« – Bei diesen Worten stieg er den Hügel wieder hinab, und murmelte beständig: »Gumpelino Stracchino – Stracchino Gumpelino« –

»Es ist ein treuer Mensch« – sagte der Markese – »sonst hätte ich ihn längst abgeschafft, wegen seines Mangels an Etikette. Vor Ihnen hat das nichts zu bedeuten. Sie verstehen mich. Wie gefällt Ihnen seine Livree? Es sind noch für vierzig Taler mehr Tressen dran als an der Livree von Rothschilds Bedienten. Ich habe innerlich mein Vergnügen, wie sich der Mensch bei mir perfektioniert. Dann und wann gebe ich ihm selbst Unterricht in der Bildung. Ich sage ihm oft: Was ist Geld? Geld ist rund und rollt weg, aber Bildung bleibt. Ja, Herr Doktor, wenn ich, was Gott verhüte, mein Geld verliere, so bin ich doch noch immer ein großer Kunstkenner, ein Kenner von Malerei, Musik und Poesie. Sie sollen mir die Augen zubinden und mich in der Galerie zu Florenz herumführen, und bei jedem Gemälde, vor welches Sie mich hinstellen, will ich Ihnen den Maler nennen, der es gemalt hat, oder wenigstens die Schule, wozu dieser Maler gehört. Musik? Verstopfen Sie mir die Ohren und ich höre doch jede falsche Note. Poesie? Ich kenne alle Schauspielerinnen Deutschlands und die Dichter weiß ich auswendig. Und gar Natur! Ich bin zweihundert Meilen gereist, Tag und Nacht durch, um in Schottland einen einzigen Berg zu sehen. Italien aber geht über alles. Wie gefällt Ihnen hier diese Naturgegend? Welche Schöpfung! Sehen Sie mal die Bäume, die Berge, den Himmel, da unten das Wasser – ist nicht alles wie gemalt? Haben Sie es je im Theater schöner gesehen? Man wird sozusagen ein Dichter! Verse kommen einem in den Sinn und man weiß nicht woher:

Schweigend, in der Abenddämmrung Schleier
Ruht die Flur, das Lied der Haine stirbt;
Nur daß hier, im alternden Gemäuer
Melancholisch noch ein Heimchen zirpt.«

Diese erhabenen Worte deklamierte der Markese mit überschwellender Rührung, indem er, wie verklärt, in das lachende, morgenhelle Tal hinabschaute.

Kapitel IV

Als ich einst an einem schönen Frühlingstage unter den Berliner Linden spazierenging, wandelten vor mir zwei Frauenzimmer, die lange schwiegen, bis endlich die eine schmachtend aufseufzte: »Ach, die jrine Beeme!« Worauf die andre, ein junges Ding, mit naiver Verwundrung fragte: »Mutter, was gehn Ihnen die jrine Beeme an?«
Ich kann nicht umhin zu bemerken, daß beide Personen zwar nicht in Seide gekleidet gingen, jedoch keineswegs zum Pöbel gehörten, wie es denn überhaupt in Berlin keinen Pöbel gibt, außer etwa in den höchsten Ständen. Was aber jene naive Frage selbst betrifft, so kommt sie mir nie aus dem Gedächtnisse. Überall, wo ich unwahre Naturempfindung und dergleichen grüne Lügen ertappe, lacht sie mir ergötzlich durch den Sinn. Auch bei der Deklamation des Markese wurde sie in mir laut, und den Spott auf meinen Lippen erratend, rief er verdrießlich: »Stören Sie mich nicht – Sie haben keinen Sinn für reine Natürlichkeit – Sie sind ein zerrissener Mensch, ein zerrissenes Gemüt, sozusagen, ein Byron.«
Lieber Leser, gehörst du vielleicht zu jenen frommen Vögeln, die da einstimmen in das Lied von byronischer Zerris-

senheit, das mir schon seit zehn Jahren, in allen Weisen, vorgepfiffen und vorgezwitschert worden, und sogar im Schädel des Markese, wie du oben gehört hast, sein Echo gefunden? Ach, teurer Leser, wenn du über jene Zerrissenheit klagen willst, so beklage lieber, daß die Welt selbst mitten entzwei gerissen ist. Denn da das Herz des Dichters der Mittelpunkt der Welt ist, so mußte es wohl in jetziger Zeit jämmerlich zerrissen werden. Wer von seinem Herzen rühmt, es sei ganz geblieben, der gesteht nur, daß er ein prosaisches weitabgelegenes Winkelherz hat. Durch das meinige ging aber der große Weltriß, und eben deswegen weiß ich, daß die großen Götter mich vor vielen anderen hoch begnadigt und des Dichtermärtyrtums würdig geachtet haben.

Einst war die Welt ganz, im Altertum und im Mittelalter, trotz der äußeren Kämpfe gabs doch noch immer eine Welteinheit, und es gab ganze Dichter. Wir wollen diese Dichter ehren und uns an ihnen erfreuen; aber jede Nachahmung ihrer Ganzheit ist eine Lüge, eine Lüge, die jedes gesunde Auge durchschaut, und die dem Hohne dann nicht entgeht. Jüngst, mit vieler Mühe, verschaffte ich mir in Berlin die Gedichte eines jener Ganzheitdichter, der über meine byronische Zerrissenheit so sehr geklagt, und bei den erlogenen Grünlichkeiten, den zarten Naturgefühlen, die mir da, wie frisches Heu, entgegendufteten, wäre mein armes Herz, das schon hinlänglich zerrissen ist, fast auch vor Lachen geborsten, und unwillkürlich rief ich: »Mein lieber Herr Intendanturrat Wilhelm Neumann, was gehn Ihnen die jrine Beeme an?«

»Sie sind ein zerrissener Mensch, sozusagen ein Byron« – wiederholte der Markese, sah noch immer verklärt hinab ins Tal, schnalzte zuweilen mit der Zunge am Gaumen vor andächtiger Bewunderung – »Gott, Gott! Alles wie gemalt!«

Armer Byron! solches ruhige Genießen war dir versagt! War dein Herz so verdorben, daß du die Natur nur sehen, ja sogar schildern, aber nicht von ihr beseligt werden konntest? Oder hat Bishy Shelley recht, wenn er sagt: du habest die

Natur in ihrer keuschen Nacktheit belauscht und wurdest deshalb, wie Aktäon, von ihren Hunden zerrissen!
Genug davon; wir kommen zu einem besseren Gegenstande, nämlich zu Signora Lätizias und Franscheskas Wohnung, einem kleinen weißen Gebäude, das gleichsam noch im Negligé zu sein scheint, und vorn zwei große runde Fenster hat, vor welchen die hochaufgezogenen Weinstöcke ihre langen Ranken herabhängen lassen, daß es aussieht als fielen grüne Haare in lockiger Fülle über die Augen des Hauses. An der Türe schon klingt es uns bunt entgegen, wirbelnde Triller, Gitarrentöne und Gelächter.

Kapitel V

Signora Lätizia, eine funfzigjährige junge Rose, lag im Bette und trillerte und schwatzte mit ihren beiden Galans, wovon der eine auf einem niedrigen Schemel vor ihr saß und der andre, in einem großen Sessel lehnend, die Gitarre spielte. Im Nebenzimmer flatterten dann und wann ebenfalls die Fetzen eines süßen Liedes oder eines noch wundersüßeren Lachens. Mit einer gewissen wohlfeilen Ironie, die den Markese zuweilen anwandelte, präsentierte er mich der Signora und den beiden Herren, und bemerkte dabei: ich sei derselbe Johann Heinrich Heine, Doktor Juris, der jetzt in der deutschen juristischen Literatur berühmt sei. Zum Unglück war der eine Herr ein Professor aus Bologna, und zwar ein Jurist, obgleich sein wohlgewölbter, runder Bauch ihn eher zu einer Anstellung bei der sphärischen Trigonometrie zu qualifizieren schien. Einigermaßen in Verlegenheit gesetzt, bemerkte ich, daß ich nicht unter meinem eigenen Namen schriebe, sondern unter dem Namen Jarke; und das sagte ich aus Bescheidenheit, indem mir zufällig einer der wehmütigsten Insektennamen unserer juristischen Literatur ins Gedächtnis kam. Der Bologneser beklagte zwar, diesen berühmten Namen noch nicht gehört zu haben – welches auch bei dir, lieber Leser, der Fall sein wird –, doch zweifelte er nicht, daß er bald seinen Glanz über die ganze Erde verbreiten werde. Dabei lehnte er sich zurück in seinem Sessel, griff einige Akkorde auf der Gitarre und sang aus »Axur«:

O mächtiger Brahma!
Ach laß dir das Lallen
Der Unschuld gefallen,
Das Lallen, das Lallen –

Wie ein lieblich neckendes Nachtigall-Echo schmetterte im Nebenzimmer eine ähnliche Melodie. Signora Lätizia aber trillerte dazwischen im feinsten Diskant:

Dir allein glüht diese Wange,
Dir nur klopfen diese Pulse;
Voll von süßem Liebesdrange
Hebt mein Herz sich dir allein!

Und mit der fettigsten Prosastimme setzte sie hinzu: »Bartolo, gib mit den Spucknapf.«

Von seinem niedern Bänkchen erhob sich jetzt Bartolo mit seinen dürren hölzernen Beinen, und präsentierte ehrerbietig einen etwas unreinlichen Napf von blauem Porzellan.

Dieser zweite Galan, wie mir Gumpelino auf deutsch zuflüsterte, war ein sehr berühmter Dichter, dessen Lieder, obgleich er sie schon vor zwanzig Jahren gedichtet, noch jetzt in ganz Italien klingen, und mit der süßen Liebesglut, die in ihnen flammt, alt und jung berauschen; – derweilen er selbst jetzt nur ein armer, veralteter Mensch ist, mit blassen Augen im welken Gesichte, dünnen weißen Härchen auf dem schwankenden Kopfe, und kalter Armut im kümmerlichen Herzen. So ein armer, alter Dichter mit seiner kahlen Hölzernheit, gleicht den Weinstöcken, die wir im Winter auf kalten Bergen stehen sehen, dürr und laublos, im Winde zitternd und von Schnee bedeckt, während der süße Most, der ihnen einst entquoll, in den fernsten Landen gar manches Zecherherz erwärmt und zu ihrem Lobe berauscht. Wer weiß, wenn einst die Kelter der Gedanken, die Druckerpresse, auch mich ausgepreßt hat, und nur noch im Verlagskeller von Hoffmann und Campe der alte, abgezapfte Geist zu finden ist, sitze ich selbst vielleicht ebenso dünn und kümmerlich, wie der arme Bartolo, auf dem Schemel neben dem Bette einer alten Innamorata, und reiche ihr auf Verlangen den Napf des Spuckes.

Signora Lätizia entschuldigte sich bei mir, daß sie zu Bette liege und zwar bäuchlings, indem ein Geschwür an der Legitimität, das sie sich durch vieles Feigenessen zugezogen, sie jetzt hindere, wie es einer ordentlichen Frau zieme, auf dem Rücken zu liegen. Sie lag wirklich ungefähr wie eine Sphinx; ihr hochfrisiertes Haupt stemmte sie auf ihre beiden Arme, und zwischen diesen wogte ihr Busen wie ein Rotes Meer.

»Sie sind ein Deutscher?« frug sie mich.

»Ich bin zu ehrlich, es zu leugnen, Signora!« entgegnete meine Wenigkeit.

»Ach, ehrlich genug sind die Deutschen!« – seufzte sie – »aber was hilft es, daß die Leute ehrlich sind, die uns berauben! sie richten Italien zugrunde. Meine besten Freunde sitzen eingekerkert in Milano; nur Sklaverei –«

»Nein, nein«, rief der Markese, »beklagen Sie sich nicht über die Deutschen, wir sind überwundene Überwinder, besiegte Sieger, sobald wir nach Italien kommen; und Sie sehen, Signora, Sie sehen und Ihnen zu Füßen fallen, ist dasselbe –« Und indem er sein gelbseidenes Taschentuch ausbreitete und darauf niederkniete, setzte er hinzu: »Hier knie ich und huldige Ihnen im Namen von ganz Deutschland.«

»Christophoro di Gumpelino!« – seufzte Signora tiefgerührt und schmachtend – »stehen Sie auf und umarmen Sie mich!«

Damit aber der holde Schäfer nicht die Frisur und die Schminke seiner Geliebten verdürbe, küßte sie ihn nicht auf die glühenden Lippen, sondern auf die holde Stirne, so daß

sein Gesicht tiefer hinabreichte, und das Steuer desselben, die Nase, im Roten Meere herumruderte.
»Signor Bartolo!« rief ich, »erlauben Sie mir, daß auch ich mich des Spucknapfes bediene.«
Wehmütig lächelte Signor Bartolo, sprach aber kein einziges Wort, obgleich er, nächst Mezzophante, für den besten Sprachlehrer in Bologna gilt. Wir sprechen nicht gern, wenn Sprechen unsre Profession ist. Er diente der Signora als ein stummer Ritter, und nur dann und wann mußte er das Gedicht rezitieren, das er ihr vor fünfundzwanzig Jahren aufs Theater geworfen, als sie zuerst in Bologna, in der Rolle der Ariadne, auftrat. Er selbst mag zu jener Zeit wohlbelaubt und glühend gewesen sein, vielleicht ähnlich dem heiligen Dionysos selbst, und seine Lätizia-Ariadne stürzte ihm gewiß bacchantisch in die blühenden Arme – Evoe Bacche! Er dichtete damals noch viele Liebesgedichte, die, wie schon erwähnt, sich in der italienischen Literatur erhalten haben, nachdem der Dichter und die Geliebte selbst schon längst zu Makulatur geworden.
Fünfundzwanzig Jahre hat sich seine Treue bereits bewährt, und ich denke, er wird auch bis an sein seliges Ende auf dem Schemel sitzen, und auf Verlangen seine Verse rezitieren oder den Spucknapf reichen. Der Professor der Jurisprudenz schleppt sich fast ebensolange schon in den Liebesfesseln der Signora, er macht ihr noch immer so eifrig die Cour wie im Anfang dieses Jahrhunderts, er muß noch immer seine akademischen Vorlesungen unbarmherzig vertagen, wenn sie seine Begleitung nach irgendeinem Orte verlangt, und er ist noch immer belastet mit allen Servituten eines echten Patito.
Die treue Ausdauer dieser beiden Anbeter einer längst ruinierten Schönheit, mag vielleicht Gewohnheit sein, vielleicht Pietas gegen frühere Gefühle, vielleicht nur das Gefühl selbst, das sich von der jetzigen Beschaffenheit seines ehemaligen Gegenstandes ganz unabhängig gemacht hat, und diesen nur noch mit den Augen der Erinnerung betrachtet. So sehen wir oft alte Leute an einer Straßenecke, in katho-

lischen Städten, vor einem Madonnenbilde knien, das so verblaßt und verwittert ist, daß nur noch wenige Spuren und Gesichtsumrisse davon übriggeblieben sind, ja, daß man dort vielleicht nichts mehr sieht als die Nische, worin es gemalt stand, und die Lampe, die etwa noch darüber hängt; aber die alten Leute, die, mit dem Rosenkranz in den zitternden Händen, dort so andächtig knien, haben schon seit ihren Jugendjahren dort gekniet, Gewohnheit treibt sie immer, um dieselbe Stunde, zu demselben Fleck, sie merkten nicht das Erlöschen des geliebten Heiligenbildes, und am Ende macht das Alter ja doch so schwachsichtig und blind, daß es ganz gleichgültig sein mag, ob der Gegenstand unserer Anbetung überhaupt noch sichtbar ist oder nicht. Die da glauben ohne zu sehen sind auf jeden Fall glücklicher als die Scharfäugigen, die jede hervorblühende Runzel auf dem Antlitz ihrer Madonnen gleich bemerken. Nichts ist schrecklicher als solche Bemerkungen! Einst freilich, glaubte ich, die Treulosigkeit der Frauen sei das Schrecklichste, und um dann das Schrecklichste zu sagen, nannte ich sie Schlangen. Aber, ach! jetzt weiß ich, das Schrecklichste ist, daß sie nicht ganz Schlangen sind; denn die Schlangen können jedes Jahr die alte Haut von sich abstreifen und neugehäutet sich verjüngen.

Ob einer von den beiden antiken Seladons darüber eifersüchtig war, daß der Markese, oder vielmehr dessen Nase, oberwähntermaßen in Wonne schwamm, das konnte ich nicht bemerken. Bartolo saß gemütsruhig auf seinem Bänkchen, die Beinstöckchen übereinander geschlagen, und spielte mit Signoras Schoßhündchen, einem jener hübschen Tierchen, die in Bologna zu Hause sind, und die man auch bei uns unter dem Namen Bologneser kennt. Der Professor ließ sich durchaus nicht stören in seinem Gesange, den zuweilen die kichernd süßen Töne im Nebenzimmer parodistisch überjubelten; dann und wann unterbrach er auch selbst seinen Singsang, um mich mit juristischen Fragen zu behelligen. Wenn wir in unserem Urteil nicht übereinstimmten, griff er hastige Akkorde und klimperte Beweisstellen. Ich

aber unterstützte meine Meinung immer durch die Autorität meines Lehrers, des großen Hugo, der in Bologna unter dem Namen Ugone, auch Ugolino, sehr berühmt ist.
»Ein großer Mann!« rief der Professor und klimperte dabei und sang:

Seiner Stimme sanfter Ruf
Tönt noch tief in deiner Brust,
Und die Qual, die sie dir schuf,
Ist Entzücken, süße Lust.

Auch Thibaut, den die Italiener Tibaldo nennen, wird in Bologna sehr geehrt; doch kennt man dort nicht sowohl die Schriften jener Männer als vielmehr ihre Hauptansichten und deren Gegensatz. Gans und Savigny fand ich ebenfalls nur dem Namen nach bekannt. Letzteren hielt der Professor für ein gelehrtes Frauenzimmer.
»So, so« – sprach er, als ich ihn aus diesem leicht verzeihlichen Irrtum zog – »wirklich kein Frauenzimmer. Man hat mir also falsch berichtet. Man sagte mir sogar, der Signor Gans habe dieses Frauenzimmer einst, auf einem Balle, zum Tanze aufgefordert, habe einen Refüs bekommen, und daraus sei eine literärische Feindschaft entstanden.«
»Man hat Ihnen in der Tat falsch berichtet, der Signor Gans tanzt gar nicht, schon aus dem menschenfreundlichen Grunde, damit nicht ein Erdbeben entstehe. Jene Aufforderung zum Tanze ist wahrscheinlich eine mißverstandene Allegorie. Die historische Schule und die philosophische werden als Tänzer gedacht, und in solchem Sinne denkt man sich vielleicht eine Quadrille von Ugone, Tibaldo, Gans und Savigny. Und vielleicht in solchem Sinne sagt man, daß Signor Ugone, obgleich er der Diable boiteux der Jurisprudenz ist, doch so zierliche Pas tanze wie die Lemiere, und daß Signor Gans in der neuesten Zeit einige große Sprünge versucht, die ihn zum Hoguet der philosophischen Schule gemacht haben.«
»Der Signor Gans« – verbesserte sich der Professor – »tanzt also bloß allegorisch, sozusagen metaphorisch« – Doch

plötzlich, statt weiterzusprechen, griff er wieder in die Saiten der Gitarre, und bei dem tollsten Geklimper sang er wie toll:

Es ist wahr, sein teurer Name
Ist die Wonne aller Herzen.
Stürmen laut des Meeres Wogen,
Droht der Himmel schwarz umzogen,
Hört man stets Tarar nur rufen,
Gleich als beugten Erd und Himmel
Vor des Helden Namen sich.

Von Herrn Göschen wußte der Professor nicht einmal, daß er existiere. Dies aber hatte seine natürlichen Gründe, indem der Ruhm des großen Göschen noch nicht bis Bologna gedrungen ist, sondern erst bis Poggio, welches noch vier deutsche Meilen davon entfernt ist, und wo er sich zum Vergnügen noch einige Zeit aufhalten wird. – Göttingen selbst ist in Bologna lange nicht so bekannt, wie man schon, der Dankbarkeit wegen, erwarten dürfte, indem es sich das deutsche Bologna zu nennen pflegt. Ob diese Benennung treffend ist, will ich nicht untersuchen; auf jeden Fall aber unterscheiden sich beide Universitäten durch den einfachen Umstand, daß in Bologna die kleinsten Hunde und die größten Gelehrten, in Göttingen hingegen die kleinsten Gelehrten und die größten Hunde zu finden sind.

Kapitel VI

Als der Markese Christophoro di Gumpelino seine Nase hervorzog aus dem Roten Meere, wie weiland König Pharao, da glänzte sein Antlitz in schwitzender Selbstwonne. Tief gerührt gab er Signoren das Versprechen, sie, sobald sie wieder sitzen könne, in seinem eignen Wagen nach Bologna zu bringen. Nun wurde verabredet, daß alsdann der Professor vorausreisen, Bartolo hingegen im Wagen des Markese mitfahren solle, wo er sehr gut auf dem Bock sitzen und das Hündchen im Schoße halten könne, und daß man endlich in vierzehn Tagen zu Florenz eintreffen wolle, wo Signora Franscheska, die mit Mylady nach Pisa reise, unterdessen ebenfalls zurückgekehrt sein würde. Während der Markese an den Fingern die Kosten berechnete, summte er vor sich hin »di tanti palpiti«. Signora schlug dazwischen die lautesten Triller, und der Professor stürmte in die Saiten der Gitarre und sang dabei so glühende Worte, daß ihm die Schweißtropfen von der Stirne und die Tränen aus den Augen liefen, und sich auf seinem roten Gesichte zu einem einzigen Strome vereinigten. Während dieses Singens und Klingens ward plötzlich die Türe des Nebenzimmers aufgerissen und herein sprang ein Wesen –

Euch, ihr Musen der alten und der neuen Welt, euch sogar ihr noch unentdeckten Musen, die erst ein späteres Geschlecht verehren wird, und die ich schon längst geahnet habe, im Walde und auf dem Meere, euch beschwör ich, gebt mir Farben, womit ich das Wesen male, das nächst der Tugend das Herrlichste ist auf dieser Welt. Die Tugend, das versteht sich von selbst, ist die erste von allen Herrlichkeiten, der Weltschöpfer schmückte sie mit so vielen Reizen, daß es schien, als ob er nichts ebenso Herrliches mehr hervorbringen könne; da aber nahm er noch einmal alle seine Kräfte zusammen, und in einer guten Stunde schuf er Signora Franscheska, die schöne Tänzerin, das größte Meisterstück, das er nach Erschaffung der Tugend hervorgebracht, und wobei er sich nicht im mindesten wiederholt hat, wie irdische Meister, bei deren späteren Werken die Reize der früheren wieder geborgterweise zum Vorschein kommen – Nein, Signora Franscheska ist ganz Original, sie hat nicht die mindeste Ähnlichkeit mit der Tugend, und es gibt Kenner, die sie für ebenso herrlich halten, und der Tugend, die früher erschaffen worden, nur den Vorrang der Anciennität zuerkennen. Aber ist das ein großer Mangel, wenn eine Tänzerin einige sechstausend Jahre zu jung ist?

Ach, ich sehe sie wieder, wie sie aus der aufgestoßenen Türe bis zur Mitte des Zimmers hervorspringt, in demselben Momente sich unzählige Mal auf einem Fuße herumdreht, sich dann der Länge nach auf das Sofa hinwirft, sich die Augen mit beiden Händen verdeckt hält, und atemlos ausruft: »Ach, ich bin so müde vom Schlafen!« Nun naht sich der Markese und hält eine lange Rede, in seiner ironisch breit ehrerbietigen Manier, die mit seinem kurzabbrechenden Wesen, bei praktischen Geschäftserinnerungen, und mit seiner faden Zerflossenheit, bei sentimentaler Anregung, gar rätselhaft kontrastierte. Dennoch war diese Manier nicht unnatürlich, sie hatte sich vielleicht dadurch natürlich in ihm ausgebildet, daß es ihm an Kühnheit fehlte, jene Obmacht, wozu er sich durch Geld und Geist berechtigt glaubte, unumwunden kundzugeben, weshalb er sie feigerweise in die Worte der übertriebensten Demut zu verkappen suchte. Sein breites Lächeln bei solchen Gelegenheiten hatte etwas unangenehm Ergötzliches, und man wußte nicht, ob man ihm Prügel oder Beifall zollen sollte. In solcher Weise hielt er seine Morgenrede vor Signora Franscheska, die, noch halb schläfrig, ihn kaum anhörte, und als er zum Schluß um die Erlaubnis bat, ihr die Füße, wenigstens den linken Fuß, küssen zu dürfen, und zu diesem Geschäfte, mit großer Sorgfalt, sein gelbseidnes Taschentuch über den Fußboden ausbreitete und darauf niederkniete: streckte sie ihm gleichgültig den linken Fuß entgegen, der in einem allerliebsten roten Schuh steckte, im Gegensatz zu dem rechten Fuße, der einen blauen Schuh trug, eine drollige Koketterie, wodurch die zarte niedliche Form der Füße noch bemerklicher werden sollte. Als der Markese den kleinen Fuß ehrfurchtsvoll geküßt, erhob er sich mit einem ächzenden »O Jesu!« und bat um die Erlaubnis, mich, seinen Freund, vorstellen zu dürfen, welches ihm ebenfalls gähnend gewährt wurde, und wobei er es nicht an Lobsprüchen auf meine Vortrefflichkeit fehlen ließ, und auf Kavalier-Parole beteuerte, daß ich die unglückliche Liebe ganz vortrefflich besungen habe.

Ich bat die Dame ebenfalls um die Vergünstigung, ihr den linken Fuß küssen zu dürfen, und in dem Momente, wo ich dieser Ehre teilhaftig wurde, erwachte sie wie aus einem dämmernden Traume, beugte sich lächelnd zu mir herab, betrachtete mich mit großen, verwunderten Augen, sprang freudig empor bis in die Mitte des Zimmers, und drehte sich wieder unzählige Mal auf einem Fuß herum. Ich fühlte wunderbar, wie mein Herz sich beständig mitdrehte, bis es fast schwindelig wurde. Der Professor aber griff dabei lustig in die Saiten seiner Gitarre und sang:

Eine Opern-Signora erwählte
Zum Gemahl mich, ward meine Vermählte,
Und geschlossen war bald unsre Eh.
Wehe mir Armen! weh!

Bald befreiten von ihr mich Korsaren,
Ich verkaufte sie an die Barbaren,
Ehe sie sich es konnte versehn.
Bravo, Biskroma! schön! schön!

Noch einmal betrachtete mich Signora Franscheska scharf und musternd, vom Kopf bis zum Fuße, und mit zufriedener Miene dankte sie dann dem Markese, als sei ich ein Geschenk, das er ihr aus Artigkeit mitgebracht. Sie fand wenig daran auszusetzen: nur waren ihr meine Haare zu hellbraun, sie hätte sie dunkler gewünscht, wie die Haare des Abate Cecco, auch meine Augen fand sie zu klein und mehr grün als blau. Zur Vergeltung, lieber Leser, sollte ich jetzt Signora Franscheska ebenso mäkelnd schildern; aber ich habe wahrhaftig an dieser lieblichen, fast leichtsinnig geformten Graziengestalt nichts auszusetzen. Auch das Gesicht war ganz göttermäßig, wie man es bei griechischen Statuen findet, Stirne und Nase gaben nur eine einzige senkrecht gerade Linie, einen süßen rechten Winkel bildete damit die untere Nasenlinie, die wundersam kurz war, ebenso schmal war die Entfernung von der Nase zum Munde, dessen Lippen an beiden Enden kaum ausreichten und von einem träumerischen Lächeln ergänzt wurden; darunter wölbte sich ein liebes volles Kinn, und der Hals – Ach! frommer Leser, ich komme zu weit, und außerdem habe ich bei dieser Inauguralschilderung noch kein Recht, von den zwei schweigenden Blumen zu sprechen, die wie weiße Poesie hervorleuchteten, wenn Signora die silbernen Halsknöpfe ihres schwarzseidnen Kleides enthäkelte – Lieber Leser! laß uns wieder emporsteigen zu der Schilderung des Gesichtes, wovon ich nachträglich noch zu berichten habe, daß es klar und blaßgelb wie Bernstein war, daß es von den schwarzen Haaren, die in glänzend glatten Ovalen die Schläfe bedeckten, eine kindliche Ründung empfing, und von zwei schwarzen plötzlichen Augen, wie von Zauberlicht, beleuchtet wurde.

Du siehst, lieber Leser, daß ich dir gern eine gründliche Lokalbeschreibung meines Glückes liefern möchte, und, wie andere Reisende ihren Werken noch besondere Karten von historisch wichtigen oder sonst merkwürdigen Bezirken beifügen, so möchte ich Franscheska in Kupfer stechen lassen. Aber ach! was hilft die tote Kopie der äußern Umrisse bei Formen, deren göttlichster Reiz in der lebendigen Bewegung besteht. Selbst der beste Maler kann uns diesen nicht zur Anschauung bringen; denn die Malerei ist doch nur eine platte Lüge. Eher vermöchte es der Bildhauer; durch wechselnde Beleuchtung können wir bei Statuen uns einigermaßen eine Bewegung der Formen denken, und die Fackel, die ihnen nur äußeres Licht zuwirft, scheint sie auch von innen zu beleben. Ja, es gibt eine Statue, die dir, lieber Leser, einen marmornen Begriff von Franscheskas Herrlichkeit zu geben vermöchte, und das ist die Venus des großen Canova, die du in einem der letzten Säle des Palazzo Pitti zu Florenz finden kannst. Ich denke jetzt oft an diese Statue, zuweilen träumt mir, sie läge in meinen Armen, und belebe sich allmählich und flüstere endlich mit der Stimme Franscheskas. Der Ton dieser Stimme war es aber, der jedem ihrer Worte die lieblichste, unendlichste Bedeutung erteilte, und wollte ich dir ihre Worte mitteilen, so gäbe es bloß ein trocknes Herbarium von Blumen, die nur durch ihren Duft den größten Wert besaßen. Auch sprang sie oft in die Höhe, und tanzte während sie sprach, und vielleicht war eben der Tanz ihre eigentliche Sprache. Mein Herz aber tanzte immer mit und exekutierte die schwierigsten Pas, und zeigte dabei so viel Tanztalent, wie ich ihm nie zugetraut hätte. In solcher Weise erzählte Franscheska auch die Geschichte von dem Abate Cecco, einem jungen Burschen, der in sie verliebt war, als sie noch im Arno-Tal Strohhüte strickte, und sie versicherte, daß ich das Glück hätte ihm ähnlich zu sehen. Dabei machte sie die zärtlichsten Pantomimen, drückte ein übers andere Mal die Fingerspitzen ans Herz, schien dann mit gehöhlter Hand die zärtlichsten Gefühle hervorzuschöpfen, warf sich endlich schwebend, mit voller Brust, aufs Sofa, barg das Gesicht in die Kissen, streckte hinter sich ihre Füße in die Höhe und ließ sie wie hölzerne Puppen agieren. Der blaue Fuß sollte den Abate Cecco und der rote die arme Franscheska vorstellen, und indem sie ihre eigene Geschichte parodierte, ließ sie die beiden verliebten Füße voneinander Abschied nehmen, und es war ein rührend närrisches Schauspiel, wie sich beide mit den Spitzen küßten, und die zärtlichsten Dinge sagten – und dabei weinte das tolle Mädchen ergötzlich kichernde Tränen, die aber dann und wann etwas unbewußt tiefer aus der Seele kamen, als die Rolle verlangte. Sie ließ auch, im drolligen Schmerzensübermut den Abate Cecco eine lange Rede halten, worin er die Schönheit der armen Franscheska mit pedantischen Metaphern rühmte, und die Art, wie sie auch, als arme Franscheska, Antwort gab und ihre eigene Stimme, in der Sentimentalität einer früheren Zeit, kopierte, hatte etwas Puppenspielwehmütiges, das mich wundersam bewegte. Ade Cecco! Ade Franscheska! war der beständige Refrain, die verliebten Füßchen wollten sich nicht verlassen – und ich war endlich froh, als ein unerbittliches Schicksal sie voneinander trennte, indem süße Ahnung mir zuflüsterte, daß es für mich ein Mißgeschick wäre, wenn die beiden Liebenden beständig vereinigt blieben.

Der Professor applaudierte mit possenhaft schwirrenden Gitarrentönen, Signora trillerte, das Hündchen bellte, der Markese und ich klatschten in die Hände wie rasend, und Signora Franscheska stand auf und verneigte sich dankbar. »Es ist wirklich eine schöne Komödie«, sprach sie zu mir, »aber es ist schon lange her, seit sie zuerst aufgeführt worden, und ich selbst bin schon so alt – raten Sie mal wie alt?«
Sie erwartete jedoch keineswegs meine Antwort, sprach rasch: »Achtzehn Jahr« – und drehte sich dabei wohl achtzehnmal auf einem Fuß herum. »Und wie alt sind Sie, Dottore?«
»Ich, Signora, bin in der Neujahrsnacht Achtzehnhundert geboren.«
»Ich habe Ihnen ja schon gesagt«, bemerkte der Markese, »es ist einer der ersten Männer unseres Jahrhunderts.«
»Und wie alt halten Sie mich?« rief plötzlich Signora Lätizia, und ohne an ihr Eva-Kostüm, das bis jetzt die Bettdecke verborgen hatte, zu denken, erhob sie sich bei dieser Frage so leidenschaftlich in die Höhe, daß nicht nur das Rote Meer, sondern auch ganz Arabien, Syrien und Mesopotamien zum Vorschein kam.
Indem ich, ob dieses gräßlichen Anblicks, erschrocken zurückprallte, stammelte ich einige Redensarten über die Schwierigkeiten, eine solche Frage zu lösen, indem ich ja Signora erst zur Hälfte gesehen hätte; doch da sie noch eifriger in mich drang, gestand ich ihr die Wahrheit, nämlich daß ich das Verhältnis der italienischen Jahre zu den deutschen noch nicht zu berechnen wisse.
»Ist der Unterschied groß?« frug Signora Lätizia.
»Das versteht sich«, antwortete ich ihr, »da die Hitze alle Körper ausdehnt, so sind die Jahre in dem warmen Italien viel länger als in dem kalten Deutschland.«
Der Markese zog mich besser aus der Verlegenheit, indem er galant behauptete, ihre Schönheit habe sich jetzt erst in der üppigsten Reife entfaltet. »Und Signora!« setzte er hinzu, »so wie die Pomeranze, je älter sie wird, auch desto

gelber wird, so wird auch Ihre Schönheit mit jedem Jahre desto reifer.«
Die Dame schien mit dieser Vergleichung zufrieden zu sein, und gestand ebenfalls, daß sie sich wirklich reifer fühle als sonst, besonders gegen damals, wo sie noch ein dünnes Ding gewesen und zuerst in Bologna aufgetreten sei, und daß sie noch jetzt nicht begreife, wie sie in solcher Gestalt soviel Furore habe machen können. Und nun erzählte sie ihr Debüt als Ariadne, worauf sie, wie ich später entdeckte, sehr oft zurückkam, bei welcher Gelegenheit auch Signor Bartolo das Gedicht deklamieren mußte, das er ihr damals aufs Theater geworfen. Es war ein gutes Gedicht, voll rührender Trauer über Theseus' Treulosigkeit, voll blinder Begeisterung für Bacchus und blühender Verherrlichung Ariadnes. »Bella cosa!« rief Signora Lätizia bei jeder Strophe, und auch ich lobte die Bilder, den Versbau und die ganze Behandlung jener Mythe.
»Ja, sie ist sehr schön«, sagte der Professor, »und es liegt ihr gewiß eine historische Wahrheit zum Grunde, wie denn auch einige Autoren uns ausdrücklich erzählen, daß Oneus, ein Priester des Bacchus, sich mit der trauernden Ariadne vermählt habe, als er sie verlassen auf Naxos angetroffen; und, wie oft geschieht, ist in der Sage, aus dem Priester des Gottes, der Gott selbst gemacht worden.«
Ich konnte dieser Meinung nicht beistimmen, da ich mich in der Mythologie mehr zur philosophischen Ausdeutung hinneige, und ich entgegnete: »In der ganzen Fabel, daß Ariadne, nachdem Theseus sie auf Naxos sitzen lassen, sich dem Bacchus in die Arme geworfen, sehe ich nichts anderes als die Allegorie, daß sie sich, in jenem verlassenen Zustande, dem Trunk ergeben hat, eine Hypothese, die noch mancher Gelehrte meines Vaterlandes mit mir teilt. Sie, Herr Markese, werden wahrscheinlich wissen, daß der selige Bankier Bethmann, im Sinne dieser Hypothese, seine Ariadne so zu beleuchten wußte, daß sie eine rote Nase zu haben schien.«
»Ja, ja, Bethmann in Frankfurt war ein großer Mann!« rief der Markese; jedoch im selben Augenblick schien ihm etwas

Wichtiges durch den Kopf zu laufen, seufzend sprach er vor sich hin: »Gott, Gott, ich habe vergessen, nach Frankfurt an Rothschild zu schreiben!« Und mit ernstem Geschäftsgesicht, woraus aller parodistische Scherz verschwunden schien, empfahl er sich kurzweg, ohne lange Zeremonien, und versprach gegen Abend wiederzukommen.

Als er fort war und ich im Begriff stand, wie es in der Welt gebräuchlich ist, meine Glossen über eben den Mann zu machen, durch dessen Güte ich die angenehmste Bekanntschaft gewonnen, da fand ich zu meiner Verwunderung, daß alle ihn nicht genug zu rühmen wußten, und daß alle besonders seinen Enthusiasmus für das Schöne, sein adelig feines Betragen, und seine Uneigennützigkeit in den übertriebensten Ausdrücken priesen. Auch Signora Franscheska stimmte ein in diesen Lobgesang, doch gestand sie, seine Nase sei etwas beängstigend und erinnere sie immer an den Turm von Pisa.

Beim Abschied bat ich sie wieder um die Vergünstigung, ihren linken Fuß küssen zu dürfen; worauf sie, mit lächelndem Ernst, den roten Schuh auszog, so wie auch den Strumpf; und indem ich niederkniete, reichte sie mir den weißen, blühenden Liljenfuß, den ich vielleicht gläubiger an die Lippen preßte, als ich es mit dem Fuß des Papstes getan haben möchte. Wie sich von selbst versteht, machte ich auch die Kammerjungfer, und half den Strumpf und den Schuh wieder anziehen.

»Ich bin mit Ihnen zufrieden«, – sagte Signora Franscheska, nach verrichtetem Geschäfte, wobei ich mich nicht zu sehr übereilte, obgleich ich alle zehn Finger in Tätigkeit setzte, – »ich bin mit Ihnen zufrieden, Sie sollen mir noch öfter die Strümpfe anziehen. Heute haben Sie den linken Fuß geküßt, morgen soll Ihnen der rechte zu Gebot stehen. Übermorgen dürfen Sie mir schon die linke Hand küssen, und einen Tag nachher auch die rechte. Führen Sie sich gut auf, so reiche ich Ihnen späterhin den Mund, usw. Sie sehen, ich will Sie gern avancieren lassen, und da Sie jung sind, können Sie es in der Welt noch weit bringen.«

Und ich habe es weit gebracht in dieser Welt! Des seid mir Zeugen, toskanische Nächte, du hellblauer Himmel mit großen silbernen Sternen, ihr wilden Lorbeerbüsche und heimlichen Myrten, und ihr, o Nymphen des Apennins, die ihr mit bräutlichen Tänzen uns umschwebtet, und euch zurückträumtet in jene besseren Götterzeiten, wo es noch keine gotische Lüge gab, die nur blinde, tappende Genüsse im Verborgenen erlaubt und jedem freien Gefühl ihr heuchlerisches Feigenblättchen vorklebt.
Es bedurfte keiner besonderen Feigenblätter; denn ein ganzer Feigenbaum mit vollen ausgebreiteten Zweigen rauschte über den Häuptern der Glücklichen.

Kapitel VII

Was Prügel sind, das weiß man schon; was aber die Liebe ist, das hat noch keiner herausgebracht. Einige Naturphilosophen haben behauptet, es sei eine Art Elektrizität. Das ist möglich; denn im Momente des Verliebens ist uns zumute, als habe ein elektrischer Strahl aus dem Auge der Geliebten plötzlich in unser Herz eingeschlagen. Ach! diese Blitze sind die verderblichsten, und wer gegen diese einen Ableiter erfindet, den will ich höher achten als Franklin. Gäbe es doch kleine Blitzableiter, die man auf dem Herzen tragen könnte, und woran eine Wetterstange wäre, die das schreckliche Feuer anderswohin zu leiten vermöchte. Ich fürchte aber, dem kleinen Amor kann man seine Pfeile nicht so leicht rauben, wie dem Jupiter seinen Blitz und den Tyrannen ihr Zepter. Außerdem wirkt nicht jede Liebe blitzartig; manchmal lauert sie, wie eine Schlange unter Rosen, und erspäht die erste Herzenslücke, um hineinzuschlüpfen; manchmal ist es nur ein Wort, ein Blick, die Erzählung einer unscheinbaren Handlung, was wie ein lichtes Samenkorn in unser Herz fällt, eine ganze Winterzeit ruhig darin liegt, bis der Frühling kommt, und das kleine Samenkorn

aufschießt zu einer flammenden Blume, deren Duft den
Kopf betäubt. Dieselbe Sonne, die im Niltal Ägyptens Kro-
kodilleneier ausbrütet, kann zugleich zu Potsdam an der
Havel die Liebessaat in einem jungen Herzen zur Vollreife
bringen – dann gibt es Tränen in Ägypten und Potsdam.
Aber Tränen sind noch lange keine Erklärungen – Was ist
die Liebe? Hat keiner ihr Wesen ergründet? hat keiner das
Rätsel gelöst? Vielleicht bringt solche Lösung größere Qual
als das Rätsel selbst, und das Herz erschrickt und erstarrt
darob, wie beim Anblick der Medusa. Schlangen ringeln
sich um das schreckliche Wort, das dieses Rätsel auflöst –
Oh, ich will dieses Auflösungswort niemals wissen, das bren-
nende Elend in meinem Herzen ist mir immer noch lieber
als kalte Erstarrung. Oh, sprecht es nicht aus, ihr gestorbe-
nen Gestalten, die ihr schmerzlos wie Stein, aber auch ge-
fühllos wie Stein durch die Rosengärten dieser Welt wan-
delt, und mit bleichen Lippen auf den törichten Gesellen
herablächelt, der den Duft der Rosen preist und über Dor-
nen klagt.
Wenn ich dir aber, lieber Leser, nicht zu sagen vermag, was
die Liebe eigentlich ist, so könnte ich dir doch ganz aus-
führlich erzählen, wie man sich gebärdet und wie einem
zumut ist, wenn man sich auf den Apenninen verliebt hat.
Man gebärdet sich nämlich wie ein Narr, man tanzt über
Hügel und Felsen und glaubt, die ganze Welt tanze mit.
Zumute ist einem dabei, als sei die Welt erst heute erschaf-
fen worden, und man sei der erste Mensch. »Ach, wie schön
ist das alles!« jauchzte ich, als ich Franscheskas Wohnung
verlassen hatte. »Wie schön und kostbar ist diese neue
Welt!« Es war mir, als müßte ich allen Pflanzen und Tie-
ren einen Namen geben, und ich benannte alles nach seiner
innern Natur und nach meinem eignen Gefühl, das mit den
Außendingen so wunderbar verschmolz. Meine Brust war
eine Quelle von Offenbarung, und ich verstand alle Formen
und Gestaltungen, den Duft der Pflanzen, den Gesang der
Vögel, das Pfeifen des Windes und das Rauschen der Was-
serfälle. Manchmal hörte ich auch die göttliche Stimme:

»Adam, wo bist du?« »Hier bin ich, Franscheska«, rief ich dann, »ich bete dich an, denn ich weiß ganz gewiß, du hast Sonne, Mond und Sterne erschaffen und die Erde mit allen ihren Kreaturen!« Dann kicherte es aus den Myrtenbüschen, und heimlich seufzte ich in mich hinein: »O süße Torheit, verlaß mich nicht!«
Späterhin, als die Dämmerungszeit herankam, begann erst recht die verrückte Seligkeit der Liebe. Die Bäume auf den Bergen tanzten nicht mehr einzeln, sondern die Berge selbst tanzten mit schweren Häuptern, die von der scheidenden Sonne so rot bestrahlt wurden, als hätten sie sich mit ihren eignen Weintrauben berauscht. Unten der Bach schoß hastiger von dannen, und rauschte angstvoll, als fürchte er, die entzückt taumelnden Berge würden zu Boden stürzen. Dabei wetterleuchtete es so lieblich, wie lichte Küsse. »Ja«, rief ich, »der lachende Himmel küßt die geliebte Erde – O Franscheska, schöner Himmel, laß mich deine Erde sein! Ich bin so ganz irdisch und sehne mich nach dir, mein Himmel!« So rief ich und streckte die Arme flehend empor, und rannte mit dem Kopfe gegen manchen Baum, den ich dann umarmte statt zu schelten, und meine Seele jauchzte vor Liebestrunkenheit, – als plötzlich ich eine glänzende Scharlachgestalt erblickte, die mich aus allen meinen Träumen gewaltsam herausriß, und der kühlsten Wirklichkeit zurückgab.

Kapitel VIII

Auf einem Rasenvorsprung, unter einem breiten Lorbeerbaume, saß Hyazinthos, der Diener des Markese, und neben ihm Apollo, dessen Hund. Letzterer stand vielmehr, indem er die Vorderpfoten auf die Scharlachknie des kleinen Mannes gelegt hatte, und neugierig zusah, wie dieser, eine Schreibtafel in den Händen haltend, dann und wann etwas hineinschrieb, wehmütig vor sich hinlächelte, das Köpfchen schüttelte, tief seufzte und sich dann vergnügt die Nase putzte.

»Was Henker«, rief ich ihm entgegen, »Hirsch Hyazinthos! machst du Gedichte? Nun, die Zeichen sind günstig, Apollo steht dir zur Seite und der Lorbeer hängt schon über deinem Haupte!«

Aber ich tat dem armen Schelme unrecht. Liebreich antwortete er: »Gedichte? Nein, ich bin ein Freund von Gedichten, aber ich schreibe doch keine. Was sollte ich schreiben? Ich hatte eben nichts zu tun, und zu meinem Vergnügen machte ich mir eine Liste von den Namen derjenigen Freunde, die einst in meiner Kollekte gespielt haben. Einige davon sind mir sogar noch etwas schuldig – Glauben Sie nur nicht, Herr Doktor, ich wollte Sie mahnen – das hat Zeit, Sie sind mir gut. Hätten Sie nur zuletzt 1365 statt 1364 gespielt, so wären Sie jetzt ein Mann von hunderttausend Mark Banko, und brauchten nicht hier herumzulaufen, und könnten ruhig in Hamburg sitzen, ruhig und vergnügt, und könnten sich auf dem Sofa erzählen lassen, wie es in Italien aussieht. So wahr mir Gott helfe! ich wäre nicht hergereist, hätte ich es nicht Herrn Gumpel zuliebe getan. Ach, wieviel Hitz und Gefahr und Müdigkeit muß ich ausstehen, und wo nur eine Überspannung ist oder eine Schwärmerei, ist auch Herr Gumpel dabei, und ich muß alles mitmachen. Ich wäre schon längst von ihm gegangen, wenn er mich missen könnte. Denn wer soll nachher zu Hause erzählen, wieviel Ehre und Bildung er in der Fremde genossen? Und soll ich die Wahrheit sagen, ich selbst fang an, viel auf Bildung zu geben. In Hamburg hab ich sie Gottlob nicht nötig; aber man kann nicht wissen, man kommt einmal nach einem anderen Ort. Es ist eine ganz andere Welt jetzt. Und man hat recht; so ein bißchen Bildung ziert den ganzen Menschen. Und welche Ehre hat man davon! Lady Maxfield zum Beispiel, wie hat sie mich diesen Morgen aufgenommen und honoriert! Ganz parallel wie ihresgleichen. Und sie gab mir einen Franceskoni Trinkgeld, obschon die Blume nur fünf Paoli gekostet hatte. Außerdem ist es auch

ein Vergnügen, wenn man den kleinen, weißen Fuß von schönen Damenpersonen in Händen hat.«
Ich war nicht wenig betreten über diese letzte Bemerkung, und dachte gleich: ist das Stichelei? Wie konnte aber der Lump schon Kenntnis haben von dem Glücke, das mir erst denselben Tag begegnet, zu derselben Zeit, als er auf der entgegengesetzten Seite des Bergs war? Gabs dort etwa eine ähnliche Szene und offenbarte sich darin die Ironie des großen Weltbühnendichters da droben, daß er vielleicht noch tausend solcher Szenen, die gleichzeitig eine die andere parodieren, zum Vergnügen der himmlischen Heerscharen aufführen ließ? Indessen beide Vermutungen waren ungegründet, denn nach langen wiederholten Fragen, und nachdem ich das Versprechen geleistet, dem Markese nichts zu verraten, gestand mir der arme Mensch: Lady Maxfield habe noch zu Bette gelegen, als er ihr die Tulpe überreicht, in dem Augenblick, wo er seine schöne Anrede halten wollen, sei einer ihrer Füße nackt zum Vorschein gekommen, und da er Hühneraugen daran bemerkt, habe er gleich um die Erlaubnis gebeten, sie ausschneiden zu dürfen, welches auch gestattet und nachher, zugleich für die Überreichung der Tulpe, mit einem Franceskoni belohnt worden sei.
»Es ist mir aber immer nur um die Ehre zu tun« – setzte Hyazinth hinzu – »und das habe ich auch dem Baron Rothschild gesagt, als ich die Ehre hatte, ihm die Hühneraugen zu schneiden. Es geschah in seinem Kabinett; er saß dabei auf seinem grünen Sessel, wie auf einem Thron, sprach wie ein König, um ihn herum standen seine Courtiers, und er gab seine Ordres, und schickte Stafetten an alle Könige; und wie ich ihm währenddessen die Hühneraugen schnitt, dacht ich im Herzen: du hast jetzt in Händen den Fuß des Mannes, der selbst jetzt die ganze Welt in Händen hat, du bist jetzt ebenfalls ein wichtiger Mensch, schneidest du ihn unten ein bißchen zu scharf, so wird er verdrießlich, und schneidet oben die größten Könige noch ärger – Es war der glücklichste Moment meines Lebens!«
»Ich kann mir dieses schöne Gefühl vorstellen, Herr Hya-

zinth. Welchen aber von der Rothschildschen Dynastie haben Sie solchermaßen amputiert? War es etwa der hochherzige Brite, der Mann in Lombardstreet, der ein Leihhaus für Kaiser und Könige errichtet hat?«

»Versteht sich, Herr Doktor, ich meine den großen Rothschild, den großen Nathan Rothschild, Nathan den Weisen, bei dem der Kaiser von Brasilien seine diamantene Krone versetzt hat. Aber ich habe auch die Ehre gehabt, den Baron Salomon Rothschild in Frankfurt kennenzulernen, und wenn ich mich auch nicht seines intimen Fußes zu erfreuen hatte, so wußte er mich doch zu schätzen. Als der Herr Markese zu ihm sagte, ich sei einmal Lotteriekollekteur gewesen, sagte der Baron sehr witzig: ›Ich bin ja selbst so etwas, ich bin ja der Oberkollekteur der rothschildschen Lose, und mein Kollege darf beileibe nicht mit den Bedienten essen, er soll neben mir bei Tische sitzen‹ – Und so wahr wie mir Gott alles Guts geben soll, Herr Doktor, ich saß neben Salomon Rothschild, und er behandelte mich ganz wie seinesgleichen, ganz famillionär. Ich war auch bei ihm auf dem berühmten Kinderball, der in der Zeitung gestanden. So viel Pracht bekomme ich mein Lebtag nicht mehr zu sehen. Ich bin doch auch in Hamburg auf einem Ball gewesen, der 1500 Mark und 8 Schilling kostete, aber das war doch nur wie ein Hühnerdreckchen gegen einen Misthaufen. Wieviel Gold und Silber und Diamanten habe ich dort gesehen! Wieviel Sterne und Orden! Den Falkenorden, das Goldne Vlies, den Löwenorden, den Adlerorden – sogar ein ganz klein Kind, ich sage Ihnen, ein ganz klein Kind trug einen Elefantenorden. Die Kinder waren gar schön maskiert und spielten Anleihe, und waren angezogen wie die Könige, mit Kronen auf den Köpfen, ein großer Junge aber war angezogen präzise wie der alte Nathan Rothschild. Er machte seine Sache sehr gut, hatte beide Hände in der Hosentasche, klimperte mit Geld, schüttelte sich verdrießlich, wenn einer von den kleinen Königen was geborgt haben wollte, und nur dem kleinen mit dem weißen Rock und den roten Hosen streichelte er freundlich die Backen, und lobte ihn: ›Du bist mein Plaisir, mein Liebling, mein' Pracht, aber dein Vetter Michel soll mir vom Leib bleiben, ich werde diesem Narrn nichts borgen, der täglich mehr Menschen ausgibt, als er jährlich zu verzehren hat; es kommt durch ihn noch ein Unglück in die Welt, und mein Geschäft wird darunter leiden.‹ So wahr mir Gott alles Guts gebe, der Junge machte seine Sache sehr gut, besonders wenn er das dicke Kind, das in weißen Atlas mit echten silbernen Liljen gewickelt war, im Gehen unterstützte und bisweilen zu ihm sagte: ›Na, na, du, du, führ dich nur gut auf, ernähr dich redlich, sorg, daß du nicht wieder weggejagt wirst, damit ich nicht mein Geld verliere.‹ Ich versichere Sie, Herr Doktor, es war ein Vergnügen, den Jungen zu hören; und auch die anderen Kinder, lauter liebe Kinder, machten ihre Sache sehr gut – bis ihnen Kuchen gebracht wurde, und sie sich um das beste Stück stritten, und sich die Kronen vom Kopf rissen, und schrien und weinten, und einige sich sogar – –«

Solche Bücher läßt du drucken!
Teurer Freund, du bist verloren!
Willst du Geld und Ehre haben,
Mußt du dich gehörig ducken.

Nimmer hätt ich dir geraten,
So zu sprechen vor dem Volke,
So zu sprechen von den Pfaffen
Und von hohen Potentaten!

Teurer Freund, du bist verloren!
Fürsten haben lange Arme,
Pfaffen haben lange Zungen,
Und das Volk hat lange Ohren.

Diese Verse, die eigentlich der Extrakt eines sechs Bogen langen Briefes sind, den mir, kurz nach Erscheinung des zweiten Bandes der »Reisebilder«, ein Freund geschrieben hat, hüpfen mir eben durchs Gedächtnis, und sind schuld, daß ich den ehrlichen Hirsch Hyazinthos nicht weitersprechen lasse. Ich pflege sonst nichts zu fürchten; die Pfaffen begnügen sich, an meinem guten Namen zu nagen, und glauben auf diese Weise der Macht meines Wortes entgegenzuwirken; vor dummen Fürsten schütze ich mich, indem ich nie einen Fuß auf ihr Gebiet setze und ihnen dadurch keine Gelegenheit zu dummen Streichen gebe; aber vor Nathan Rothschild empfinde ich zitternde Angst. Ehe ich mich dessen versehe, schickt er mir einige Könige, ein paar Makler und einen Gendarm auf die Stube und läßt mich nach der ersten besten Festung abführen. Ich kriege Angst – bin ich in diesem Augenblick auch ganz sicher? Ich glaube: ja, denn ich befinde mich in Preußen, in einem freien, rechtsinnigen, klugen Staate, den ich ehemals in jugendlicher Beschränktheit nicht genug zu schätzen wußte, den ich jetzt aber, nachdem ich andre Länder gesehen habe, täglich mehr achten und sogar lieben lerne, so daß es mir ordentlich schmerzlich wäre, wenn er jemals den Mißgriff beginge, mich einzustekken und sich dadurch zu blamieren – ja wahrlich, ich gebe hiermit der preußischen Regierung den Wink, im Fall sie es mal für dienlich halten sollte, mich einzustecken, beileibe keinen öffentlichen Eklat zu machen, sondern sich direkt an mich selbst zu wenden, und ich werde mich dann unverzüglich freiwillig nach derjenigen Festung, die man mir nur zu bestimmen hat, hinbegeben, ohne im mindesten dem Publiko den wahren Grund meines dortigen Aufenthalts merken zu lassen. Kann man mehr von mir verlangen? Kann man zarter fühlen, als ich? Das ist wahrer Patriotismus, wenn man lieber sich selber als Volontär auf die Festung setzt, ehe man dem Staat Gelegenheit gibt, sich zu blamieren!

Ich sehe in diesem Augenblick, wie den ältesten Staatsmännern die Tränen der Rührung aus den Augen stürzen; nein, rufen sie alle aus, wie sehr haben wir diesen Menschen verkannt! Welch ein Gemüt! Ja, ihr kennt noch nicht den ganzen Umfang dieses Gemütes; denn wißt, aus patriotischer Vorsorge habe ich sogar jetzt schon meine Freunde darauf vorbereitet, daß ich nächsten Sommer einige Monate in Spandau zubringen würde, und das tat ich, damit ich ganz sicher bin, daß die wirklichen Ursachen eines etwaigen Aufenthalts daselbst nimmermehr erraten würden. Ihr seid gerührt, auch ich bin es, die Tränen rinnen, ich höre euch weinend ausrufen: »Dieser edle Mensch, dieser zweite Regulus, soll nicht auf die Festung kommen, lieber wollen wir selbst statt seiner dort sitzen« – Aber ich, ich sage euch, ich will hin, ich habe mich auf diese großmütige Tat schon ganz eingerichtet, ihr verderbt mir das edelste Aufopfrungsvergnügen – »Nein, nein«, hör ich euch wieder entgegnen und schluchzen: »Keine Festung, sondern tausend Taler Zulage!« – Welch ein Zeitalter! werden einst die Nachkommen, die dieses Buch lesen, mit Staunen ausrufen, welch ein Zeitalter, wo die Regierungen und die armen Schriftsteller sich wechselseitig an Großmut zu überbieten suchten! –

Du siehst jetzt, lieber Leser, wie gut ich mich mit der Regierung stehe. Sei also nicht gleich ängstlich, wenn ich mal laut heraussage, was andre so gar heimlich verschweigen. Sei nur ohne Sorge, wir beide haben nichts zu riskieren. Du, lieber Leser, kannst sagen, du habest es, sobald du es ausgelesen, mit Unwillen fortgeworfen, es sei ein schlechtes Buch ohne Salz und Geheimrat Schmalz, voll Immoralität und Gefährlichkeit – du verstehst mich. Man kann dir dann nichts anhaben. Was mich selbst betrifft, so habe ich ebensowenig zu riskieren, ich sage, wie Luther in seinem Briefe an Reuchlin: nihil timeo, quia nihil habeo. Gottlob! sie haben mir nichts gegeben auf dieser Welt, und ich habe daher nichts zu verlieren. Es wäre sehr politisch gewesen, wenn sie mich unter einer Last von Staatswürden niedergebeugt hätten; jetzt flattere ich ihnen über die Häupter weg, sorglos und leicht wie ein Vogel, und singe Freiheitslieder, selbst ein Lied und ein Bild der Freiheit. Freilich, obgleich man bei unserer jetzigen Zivilisation überall seine Bequemlichkeit findet, so möchte ich mir doch zuweilen ein eignes Sofa und eignes liebes Weib anschaffen; aber es könnte mich im Notfall genieren, ich hätte zu viel Sorge für mein Gepäck, und mit dem Besitztum käme auch die Furcht und die Knechtschaft. Es verdrießt mich schon genug, daß ich mir vor kurzem ein Teeservice angeschafft habe – die Zukkerdose war so lockend schön vergoldet, und auf einer von den Tassen war mein Liebling, der König von Bayern, und auf einer andern Tasse war ein Sofa und eheliches Glück ganz vorzüglich gemalt. Ich hab wahrhaftig schon Sorge, was ich mit all dem Porzellan anfange, wenn mir plötzlich die Regierung eine Mission ins Ausland gäbe und ich über Hals und Kopf abreisen sollte; – oder gar wenn ich aus eignem Triebe einer festen Anstellung entfliehen müßte. Ich fühle jetzt schon, wie mich das verdammte Porzellan im Schreiben hindert, ich werde so zahm vorsichtig, ich schmeichle oft aus Angst – am Ende glaube ich noch, der Porzellanhändler war ein östreichischer Polizeiagent und Metternich hat mir das Porzellan auf den Hals geladen, um mich zu zähmen. Ja, ja, das Bild des Königs von Bayern sah mich so lockend an, und eben *er*, der liebenswürdigste der Könige, war der Köder, womit man mich fing. Aber noch bin ich stark genug, meine Porzellanfesseln zu brechen, und macht man mir den Kopf warm, wahrhaftig, das ganze Service, außer der Königstasse, wird zum Fenster hinausgeschmissen, und wer just vorbeigeht, mag sich vor den Scherben hüten.

Je mehr ich mein Porzellan betrachte, desto wahrscheinlicher wird mir immer der Gedanke, daß es von Metternich herrührt. Ich verdenke es ihm aber nicht im mindesten, daß er mir auf solche Weise beizukommen sucht. Wenn man kluge Mittel gegen mich anwendet, werde ich nie unmutig; nur die Plumpheit und die Dummheit ist mir fatal. Auch hab ich außerdem ein gewisses Tendre für Metternich. Ich laß mich nicht täuschen durch seine politischen Bestrebungen, und ich bin überzeugt: der Mann, der den Berg besitzt, wo der flammende, liberale Johannisberger wächst, kann im Herzen den Servilismus und den Obskurantismus nimmermehr lieben. Es ist vielleicht eine Weinlaune von ihm, daß er der einzige freie und gescheite Mann in Östreich

sein will. Nun, jeder hat seine Laune, und ich will auch Metternich die seinige hingehen lassen. Auf keinen Fall will ich es mit ihm verderben; ich will nächstens in Wien gebratene Hähnderl essen.
Auch mit den Rothschilden will ich es nicht verderben, und ich will nächstens in einem besonderen Buche ihren Wert noch besonders anerkennen und ihre Verdienste preisen.
In der Tat, wenn ich über die Staatsökonomie dieser letzten Zeiten nachdenke, so wird es mir immer klarer, daß ohne die Hülfe jener Menschen die allgemeine Finanzverlegenheit in den meisten Staaten von den Revolutionären benutzt worden wäre, um die Masse des Volks zum Umsturz der bestehenden Ordnung oder Unordnung zu verleiten. Denn der Ausbruch von Revolutionen wird gewöhnlich durch Geldnot herbeigeführt, und dieser abhelfend hat das Rothschildsche System vielleicht die Ruhe Europas erhalten. Ja, dieses System, oder vielmehr Nathan Rothschild, dessen Erfinder, scheint jene Ruhe noch insofern zu begründen, daß zwar die einzelnen Staaten nicht dadurch abgehalten werden, gegeneinander nach wie vor Krieg zu führen, aber nimmermehr das Volk so leicht imstande sein wird, sich gegen seine Regierungen aufzulehnen. Freilich, die frommen Diener der Religion behaupten täglich: wenn man ihnen wieder ihre Abteien, Zehnten und sonstigen Gerechtsame zurückgäbe und ihnen überhaupt freie Hand ließe, würden sie durch ihre Erziehungsmethode und bekannten Hausmittelchen die neue Generation zu solch legitimer Dummheit erziehen, daß es dem dümmsten Minister leicht sein solle sie zu regieren, und folglich die Ruhe von Europa auf immer gesichert sein würde. Aber diese schwarzen Pädagogen lügen oder irren sich, wir lassen uns nicht mehr dumm machen, und nicht mehr in unserer Dummheit, sondern vielmehr in unserer Klugheit findet die Regierung jetzt die besten Garantien ihrer Sicherheit. Die Religion ist nicht mehr imstande, den Regierungen die Ruhe der Völker zu verbürgen, und das Rothschildsche Anleihesystem vermag dieses viel sicherer, es besitzt die moralische Zwangsgewalt, die in

der Religion erloschen, es mag jetzt als Surrogat derselben dienen, ja es ist eine neue Religion, die beim Untergang der älteren Religion die praktischen Segnungen derselben ersetzen wird. Wundersam genug, sind es wieder die Juden, die auch diese neue Religion erfunden . . . . Das gemeuchelte Judäa war listig wie der sterbende Nessus, und sein vergiftetes, mit dem eignen Blute vergiftetes Gewand verzehrte so wirksam die Kraft jenes Herkules, daß die gewaltigen Glieder ermatteten, daß ihm Panzer und Helm abfiel von dem welken Leib, daß seine mächtige Schlachtstimme herabsiechte zu betendem Gewimmer – so elend, eines langsamen Jahrtausendtodes stirbt Rom durch das judäische Gift.

Kapitel IX

Es gibt nichts Langweiligeres auf dieser Erde, als die Lektüre einer italienischen Reisebeschreibung – außer etwa das Schreiben derselben – und nur dadurch kann der Verfasser sie einigermaßen erträglich machen, daß er von Italien selbst so wenig als möglich darin redet. Trotzdem, daß ich diesen Kunstkniff vollauf anwende, kann ich dir, lieber Leser, in den nächsten Kapiteln nicht viel Unterhaltung versprechen. Wenn du dich bei dem ennuyanten Zeug, das darin vorkommen wird, langweilst, so tröste dich mit mir, der all dieses Zeug sogar schreiben mußte. Ich rate dir, überschlage dann und wann einige Seiten, dann kömmst du mit dem Buche schneller zu Ende – ach, ich wollt, ich könnt es ebenso machen! Glaub nur nicht, ich scherze; wenn ich dir ganz ernsthaft meine Herzensmeinung über dieses Buch gestehen soll, so rate ich dir, es jetzt zuzuschlagen, und gar nicht weiter darin zu lesen. Ich will dir nächstens etwas Besseres schreiben, und wenn wir in einem folgenden Buche, in der Stadt Lucca, wieder mit Mathilden und Franscheska zusammentreffen, so sollen dich die lieben Bilder viel anmutiger ergötzen, als gegenwärtiges Kapitel und gar die folgenden.

Gottlob, vor meinem Fenster erklingt ein Leierkasten mit lustigen Melodien! Mein trüber Kopf bedarf solcher Aufheiterung, besonders da ich jetzt meinen Besuch bei Seiner Exzellenz dem Markese Christophoro di Gumpelino zu beschreiben habe. Ich will diese rührende Geschichte, ganz genau, wörtlich treu, in ihrer schmutzigsten Reinheit, mitteilen.

Es war schon spät, als ich die Wohnung des Markese erreichte. Als ich ins Zimmer trat, stand Hyazinth allein und putzte die goldenen Sporen seines Herrn, welcher, wie ich durch die halbgeöffnete Türe seines Schlafkabinetts sehen konnte, vor einer Madonna und einem großen Kruzifixe, auf den Knien lag.

Du mußt nämlich wissen, lieber Leser, daß der Markese, dieser vornehme Mann, jetzt ein guter Katholik ist, daß er die Zeremonien der alleinseligmachenden Kirche streng ausübt, und sich, wenn er in Rom ist, sogar einen eignen Kapellan hält, aus demselben Grunde, weshalb er in England die besten Wettrenner und in Paris die schönste Tänzerin unterhielt.

»Herr Gumpel verrichtet jetzt sein Gebet« – flüsterte Hyazinth mit einem wichtigen Lächeln, und indem er nach dem Kabinette seines Herrn deutete, fügte er noch leiser hinzu: »so liegt er alle Abend zwei Stunden auf den Knien vor der Prima Donna mit dem Jesuskind. Es ist ein prächtiges Kunstbild, und es kostet ihm sechshundert Franceskonis.«

»Und Sie, Herr Hyazinth, warum knien Sie nicht hinter ihm? Oder sind Sie etwa kein Freund von der katholischen Religion?«

»Ich bin ein Freund davon, und bin auch wieder kein Freund davon«, antwortete jener mit bedenklichem Kopfwiegen. »Es ist eine gute Religion für einen vornehmen Baron, der den ganzen Tag müßiggehen kann, und für einen

Kunstkenner; aber es ist keine Religion für einen Hamburger, für einen Mann, der sein Geschäft hat, und durchaus keine Religion für einen Lotteriekollekteur. Ich muß jede Nummer, die gezogen wird, ganz exakt aufschreiben, und denke ich dann zufällig an Bum! Bum! Bum! an eine katholische Glock, oder schwebelt es mir vor den Augen wie katholischer Weihrauch, und ich verschreib mich, und ich schreibe eine unrechte Zahl, so kann das größte Unglück daraus entstehen. Ich habe oft zu Herren Gumpel gesagt: ›Ew. Ex. sind ein reicher Mann und können katholisch sein soviel Sie wollen, und können sich den Verstand ganz katholisch einräuchern lassen, und können so dumm werden wie eine katholische Glock, und Sie haben doch zu essen; ich aber bin ein Geschäftsmann, und muß meine sieben Sinne zusammen halten, um was zu verdienen.‹ Herr Gumpel meint freilich, es sei nötig für die Bildung, und wenn ich nicht katholisch würde, verstände ich nicht die Bilder, die zur Bildung gehören, nicht den Johann v. Viehesel, den Corretschio, den Carratschio, den Carravatschio – aber ich habe immer gedacht, der Corretschio und Carratschio und Carravatschio können mir alle nichts helfen, wenn niemand mehr bei mir spielt, und ich komme dann in die Patschio. Dabei muß ich Ihnen auch gestehen, Herr Doktor, daß mir die katholische Religion nicht einmal Vergnügen macht, und als ein vernünftiger Mann müssen Sie mir recht geben. Ich sehe das Plaisir nicht ein, es ist eine Religion als wenn der liebe Gott, gottbewahre, eben gestorben wäre, und es riecht dabei nach Weihrauch, wie bei einem Leichenbegängnis, und dabei brummt eine so traurige Begräbnismusik, daß man die Melancholik bekömmt – ich sage Ihnen, es ist keine Religion für einen Hamburger.«

»Aber, Herr Hyazinth, wie gefällt Ihnen denn die protestantische Religion?«

»Die ist mir wieder zu vernünftig, Herr Doktor, und gäbe es in der protestantischen Kirche keine Orgel, so wäre sie gar keine Religion. Unter uns gesagt, diese Religion schadet nichts und ist so rein wie ein Glas Wasser, aber, sie hilft auch nichts. Ich habe sie probiert und diese Probe kostet mich vier Mark vierzehn Schilling –«

»Wieso, mein lieber Herr Hyazinth?«

»Sehen, Herr Doktor, ich habe gedacht: das ist freilich eine sehr aufgeklärte Religion, und es fehlt ihr an Schwärmerei und Wunder; indessen, ein bißchen Schwärmerei muß sie doch haben, ein ganz klein Wunderchen muß sie doch tun können, wenn sie sich für eine honette Religion ausgeben will. Aber wer soll da Wunder tun, dacht ich, als ich mal in Hamburg eine protestantische Kirche besah, die zu der ganz kahlen Sorte gehörte, wo nichts als braune Bänke und weiße Wände sind, und an der Wand nichts als ein schwarz Täfelchen hängt, worauf ein halb Dutzend weiße Zahlen stehen. Du tust dieser Religion vielleicht unrecht, dacht ich wieder, vielleicht können diese Zahlen ebensogut ein Wunder tun wie ein Bild von der Mutter Gottes oder wie ein Knochen von ihrem Mann, dem heiligen Joseph, und um der Sache auf den Grund zu kommen, ging ich gleich nach Altona, und besetzte eben diese Zahlen in der Altonaer Lotterie, die Ambe besetzte ich mit acht Schilling, die Terne mit sechs, die Quaterne mit vier, und die Quinterne mit zwei Schilling – Aber, ich versichere Sie auf meine Ehre, keine einzige von den protestantischen Nummern ist herausgekommen. Jetzt wußte ich was ich zu denken hatte, jetzt dacht ich, bleibt mir weg mit einer Religion die gar nichts kann, bei der nicht einmal eine Ambe herauskömmt – werde ich so ein Narr sein, auf diese Religion, worauf ich schon vier Mark und vierzehn Schilling gesetzt und verloren habe, noch meine ganze Glückseligkeit zu setzen?«

»Die altjüdische Religion scheint Ihnen gewiß viel zweckmäßiger, mein Lieber?«

»Herr Doktor, bleiben Sie mir weg mit der altjüdischen Religion, die wünsche ich nicht meinem ärgsten Feind. Man hat nichts als Schimpf und Schande davon. Ich sage Ihnen, es ist gar keine Religion, sondern ein Unglück. Ich vermeide alles, was mich daran erinnern könnte, und weil Hirsch ein jüdisches Wort ist und auf deutsch Hyazinth heißt, so habe ich sogar den alten Hirsch laufen lassen, und unterschreibe mich jetzt: ›Hyazinth, Kollekteur, Operateur und Taxator‹. Dazu habe ich noch den Vorteil, daß schon ein H. auf meinem Petschaft steht und ich mir kein neues stechen zu lassen brauche. Ich versichere Ihnen, es kommt auf dieser Welt viel darauf an wie man heißt; der Name tut viel. Wenn ich mich unterschreibe: ›Hyazinth, Kollekteur, Operateur und Taxator‹, so klingt das ganz anders als schriebe ich Hirsch schlechtweg, und man kann mich dann nicht wie einen gewöhnlichen Lump behandeln.«

»Mein lieber Herr Hyazinth! Wer könnte Sie so behandeln! Sie scheinen schon so viel für Ihre Bildung getan zu haben, daß man in Ihnen den gebildeten Mann schon erkennt, ehe Sie den Mund auftun, um zu sprechen.«

»Sie haben recht, Herr Doktor, ich habe in der Bildung Fortschritte gemacht wie eine Riesin. Ich weiß wirklich nicht, wenn ich nach Hamburg zurückkehre, mit wem ich dort umgehn soll; und was die Religion anbelangt, so weiß ich was ich tue. Vorderhand aber kann ich mich mit dem neuen israelitischen Tempel noch behelfen; ich meine den reinen Mosaik-Gottesdienst, mit orthographischen deutschen Gesängen und gerührten Predigten, und einigen Schwärmereichen, die eine Religion durchaus nötig hat. So wahr mir Gott alles Guts gebe, für mich verlange ich jetzt keine bessere Religion, und sie verdient, daß man sie unterstützt. Ich will das Meinige tun, und bin ich wieder in Hamburg, so will ich alle Sonnabend, wenn kein Ziehungstag ist, in den neuen Religion-Tempel gehen. Es gibt leider Menschen, die diesem neuen israelitischen Gottesdienst einen schlechten Namen machen, und behaupten, er gäbe, mit Respekt zu sagen, Gelegenheit zu einem Schisma – aber ich kann Ihnen versichern, es ist eine gute reinliche Religion, noch etwas zu gut für den gemeinen Mann, für den die altjüdische Religion vielleicht noch immer sehr nützlich ist. Der gemeine Mann muß eine Dummheit haben, worin er sich glücklich fühlt, und er fühlt sich glücklich in seiner Dummheit. So ein alter Jude mit einem langen Bart und zerrissenem Rock, und der kein orthographisch Wort sprechen kann und sogar ein bißchen grindig ist, fühlt sich vielleicht innerlich glücklicher als ich mich mit all meiner Bildung. Da wohnt in Hamburg, im Bäckerbreitengang, auf einem Sahl, ein Mann, der heißt Moses Lump, man nennt ihn auch Moses Lümpchen, oder kurzweg Lümpchen; der läuft die ganze Woche herum, in Wind und Wetter, mit seinem Packen auf dem Rücken, um seine paar Mark zu verdienen; wenn der nun Freitag abends nach Hause kömmt, findet er die Lampe mit sieben Lichtern angezündet, den Tisch weiß gedeckt, und er legt seinen Packen und seine Sorgen von sich, und setzt sich zu Tisch mit seiner schiefen Frau und noch schieferen Tochter, ißt mit ihnen Fische, die gekocht sind in angenehm weißer Knoblauchsauce, singt dabei die prächtigsten Lieder vom König David, freut sich von ganzem Herzen über den Auszug der Kinder Israel aus Ägypten, freut sich auch, daß alle Bösewichter, die ihnen Böses getan, am Ende gestorben sind, daß König Pharao, Nebukadnezar, Haman, Antiochus, Titus und all solche Leute tot sind, daß Lümpchen aber noch lebt und mit Frau und Kind Fisch ißt – Und ich sage Ihnen, Herr Doktor, die Fische sind delikat und der Mann ist glücklich, er braucht sich mit keiner Bildung abzuquälen, er sitzt vergnügt in seiner Religion und seinem grünen Schlafrock, wie Diogenes in seiner Tonne, er betrachtet vergnügt seine Lichter, die er nicht einmal selbst putzt – Und ich sage Ihnen, wenn die Lichter etwas matt brennen, und die Schabbesfrau, die sie zu putzen hat, nicht bei der Hand ist, und Rothschild der Große käme jetzt herein, mit all seinen Maklern, Diskonteuren, Spediteuren und Chefs de Comptoir, womit er die Welt erobert, und er spräche: ›Moses Lump, bitte dir eine Gnade aus, was du haben willst, soll geschehen‹ – Herr Doktor, ich bin überzeugt, Moses Lump würde ruhig antworten: ›Putz mir die Lichter!‹ und Rothschild der Große würde mit Verwunderung sagen: ›Wär ich nicht Rothschild, so möchte ich so ein Lümpchen sein!‹«

Während Hyazinth solchermaßen, episch breit, nach seiner

Gewohnheit, seine Ansichten entwickelte, erhob sich der Markese von seinem Betkissen, und trat zu uns, noch immer einige Paternoster durch die Nase schnurrend. Hyazinth zog jetzt den grünen Flor über das Madonnenbild, das oberhalb des Betpultes hing, löschte die beiden Wachskerzen aus, die davor brannten, nahm das kupferne Kruzifix herab, kam damit zu uns zurück, und putzte es mit demselben Lappen und mit derselben spuckenden Gewissenhaftigkeit, womit er eben auch die Sporen seines Herrn geputzt hatte. Dieser aber war wie aufgelöst in Hitze und weicher Stimmung; statt eines Oberkleides trug er einen weiten, blauseidenen Domino mit silbernen Frangen, und seine Nase schimmerte wehmütig, wie ein verliebter Louisdor. »O Jesus!« – seufzte er, als er sich in die Kissen des Sofas sinken ließ – »finden Sie nicht, Herr Doktor, daß ich heute abend sehr schwärmerisch aussehe? Ich bin sehr bewegt, mein Gemüt ist aufgelöst, ich ahne eine höhere Welt,

Das Auge sieht den Himmel offen,
Es schwelgt das Herz in Seligkeit!«

»Herr Gumpel, Sie müssen einnehmen« – unterbrach Hyazinth die pathetische Deklamation – »das Blut in Ihren Eingeweiden ist wieder schwindelig, ich weiß, was Ihnen fehlt –«
»Du weißt nicht« – seufzte der Herr.
»Ich sage Ihnen, ich weiß« – erwiderte der Diener, und nickte mit seinem gutmütig betätigenden Gesichtchen – »ich kenne Sie ganz durch und durch, ich weiß, Sie sind ganz das Gegenteil von mir, wenn Sie Durst haben, habe ich Hunger, wenn Sie Hunger haben, habe ich Durst; Sie sind zu korpulent und ich bin zu mager, Sie haben viel Einbildung und ich habe desto mehr Geschäftssinn, ich bin ein Praktikus und Sie sind ein Diarrhetikus, kurz und gut, Sie sind ganz mein Antipodex.«
»Ach Julia!« – seufzte Gumpelino – »wär ich der gelblederne Handschuh doch auf deiner Hand und küßte

deine Wange! Haben Sie, Herr Doktor, jemals die Crelinger in Romeo und Julia gesehen?«

»Freilich, und meine ganze Seele ist noch davon entzückt –«

»Nun dann« – rief der Markese begeistert, und Feuer schoß aus seinen Augen und beleuchtete die Nase – »dann verstehen Sie mich, dann wissen Sie was es heißt, wenn ich Ihnen sage: ich liebe! Ich will mich Ihnen ganz decouvrieren. Hyazinth, geh mal hinaus –«

»Ich brauche gar nicht hinauszugehen« – sprach dieser verdrießlich – »Sie brauchen sich vor mir nicht zu genieren, ich kenne auch die Liebe, und ich weiß schon –«

»Du weißt nicht!« rief Gumpelino.

»Zum Beweise, Herr Markese, daß ich weiß, brauche ich nur den Namen Julia Maxfield zu nennen. Beruhigen Sie sich, Sie werden wiedergeliebt – aber es kann Ihnen alles nichts helfen. Der Schwager Ihrer Geliebten läßt sie nicht aus den Augen, und bewacht sie Tag und Nacht wie einen Diamant.«

»O ich Unglücklicher« – jammerte Gumpelino – »ich liebe und bin wiedergeliebt, wir drücken uns heimlich die Hände, wir treten uns unterm Tisch auf die Füße, wir winken uns mit den Augen, und wir haben keine Gelegenheit! Wie oft stehe ich im Mondschein auf dem Balkon, und bilde mir ein ich wäre selbst die Julia, und mein Romeo oder mein Gumpelino habe mir ein Rendezvous gegeben, und ich deklamiere, ganz wie die Crelinger:

Komm Nacht! Komm Gumpelino, Tag in Nacht!
Denn du wirst ruhn auf Fittichen der Nacht,
Wie frischer Schnee auf eines Raben Rücken.
Komm milde, liebevolle Nacht! Komm, gib
Mir meinen Romeo, oder Gumpelino –

Aber ach! Lord Maxfield bewacht uns beständig, und wir sterben beide vor Sehnsuchtsgefühl! Ich werde den Tag nicht erleben, daß eine solche Nacht kommt, wo jedes rei-

ner Jugend Blüte zum Pfande setzt, gewinnend zu verlieren! Ach! so eine Nacht wäre mir lieber, als wenn ich das Große Los in der Hamburger Lotterie gewönne –«
»Welche Schwärmerei!« – rief Hyazinth – »das Große Los, 100,000 Mark!«
»Ja, lieber als das Große Los« – fuhr Gumpelino fort – »wär mir so eine Nacht, und ach! sie hat mir schon oft eine solche Nacht versprochen, bei der ersten Gelegenheit, und ich hab mir schon gedacht, daß sie dann des Morgens deklamieren wird, ganz wie die Crelinger:

> Willst du schon gehn? Der Tag ist ja noch fern.
> Es war die Nachtigall und nicht die Lerche,
> Die eben jetzt dein banges Ohr durchdrang.
> Sie singt des Nachts auf dem Granatbaum dort.
> Glaub, Lieber, mir, es war die Nachtigall.«

»Das Große Los für eine einzige Nacht!« – wiederholte unterdessen mehrmals Hyazinth, und konnte sich nicht zufriedengeben – »Ich habe eine große Meinung, Herr Markese, von Ihrer Bildung, aber daß Sie es in der Schwärmerei so weit gebracht, hätte ich nicht geglaubt. Die Liebe sollte einem lieber sein als das Große Los! Wirklich, Herr Markese, seit ich mit Ihnen Umgang habe, als Bedienter, habe ich mir schon viel Bildung angewöhnt; aber so viel weiß ich, nicht einmal ein Achtelchen vom Großen Los gäbe ich für die Liebe! Gott soll mich davor bewahren! Wenn ich auch rechne fünfhundert Mark Abzugsdekort, so bleiben doch noch immer zwölftausend Mark! Die Liebe! Wenn ich alles zusammenrechne was mich die Liebe gekostet hat, kommen nur zwölf Mark und dreizehn Schilling heraus. Die Liebe! Ich habe auch viel Umsonstglück in der Liebe gehabt, was mich gar nichts gekostet hat; nur dann und wann habe ich mal meiner Geliebten par Complaisanz die Hühneraugen geschnitten. Ein wahres, gefühlvoll leidenschaftliches Attachement hatte ich nur ein einziges Mal, und das war die dicke Gudel vom Dreckwall. Die Frau spielte bei mir, und wenn ich kam, ihr das Los zu renovieren, drückte sie mir immer ein Stück Kuchen in die Hand, ein Stück sehr guten Kuchen; – auch hat sie mir manchmal etwas Eingemachtes gegeben, und ein Likörchen dabei, und als ich ihr einmal klagte, daß ich mit Gemütsbeschwerden behaftet sei, gab sie mir das Rezept zu den Pulvern, die ihr eigner Mann braucht. Ich brauche die Pulver noch bis zur heutigen Stunde, sie tun immer ihre Wirkung – weitere Folgen hat unsere Liebe nicht gehabt. Ich dächte, Herr Markese, Sie brauchten mal eins von diesen Pulvern. Es war mein erstes, als ich nach Italien kam, daß ich in Mailand nach der Apotheke ging, und mir die Pulver machen ließ, und ich trage sie beständig bei mir. Warten Sie nur, ich will sie suchen, und wenn ich suche so finde ich sie, und wenn ich sie finde so müssen sie Ew. Exzellenz einnehmen.«

Es wäre zu weitläuftig, wenn ich den Kommentar wiederholen wollte, womit der geschäftige Sucher jedes Stück begleitete, das er aus seiner Tasche kramte. Da kam zum Vorschein: 1. ein halbes Wachslicht, 2. ein silbernes Etui, worin die Instrumente zum Schneiden der Hühneraugen, 3. eine Zitrone, 4. eine Pistole, die obgleich nicht geladen, dennoch mit Papier umwickelt war, vielleicht damit ihr Anblick keine gefährliche Träume verursache, 5. eine gedruckte Liste von der letzten Ziehung der großen Hamburger Lotterie, 6. ein schwarzledernes Büchlein, worin die Psalmen Davids und die ausstehenden Schulden, 7. ein dürres Weidensträußchen, wie zu einem Knoten verschlungen, 8. ein Päckchen, das mit verblichenem Rosataffet überzogen war und die Quittung eines Lotterieloses enthielt, das einst funfzigtausend Mark gewonnen, 9. ein plattes Stück Brot, wie weißgebackner Schiffszwieback, mit einem kleinen Loch in der Mitte, und endlich 10. die oben erwähnten Pulver, die der kleine Mann mit einer gewissen Rührung und mit seinem verwundert wehmütigen Kopfschütteln betrachtete.

»Wenn ich bedenke« – seufzte er – »daß mir vor zehn Jahren die dicke Gudel dies Rezept gegeben, und daß ich jetzt in Italien bin und dasselbe Rezept in Händen habe, und

wieder die Worte lese: sal mirabile Glauberi, das heißt auf deutsch extra feines Glaubensalz von der besten Sorte – ach, da ist mir zumut, als hätte ich das Glaubensalz selbst schon eingenommen und als fühlte ich die Wirkung. Was ist der Mensch! Ich bin in Italien und denke an die dicke Gudel vom Dreckwall! Wer hätte das gedacht! Ich kann mir vorstellen, sie ist jetzt auf dem Lande, in ihrem Garten, wo der Mond scheint, und gewiß auch eine Nachtigall singt oder eine Lerche –«
»Es ist die Nachtigall und nicht die Lerche!« seufzte Gumpelino dazwischen, und deklamierte vor sich hin:

»Sie singt des Nachts auf dem Granatbaum dort;
Glaub, Lieber, mir, es war die Nachtigall.«

»Das ist ganz einerlei« – fuhr Hyazinth fort – »meinethalben ein Kanarienvogel, die Vögel die man im Garten hält, kosten am wenigsten. Die Hauptsache ist das Treibhaus, und die Tapeten im Pavillon und die Staatsfiguren, die davorstehen, und da stehen, zum Beispiel, ein nackter General von den Göttern und die Venus Urinia, die beide dreihundert Mark kosten. Mitten im Garten hat sich die Gudel auch eine Fontenelle anlegen lassen – Und da steht sie vielleicht jetzt und puhlt sich die Nase, und macht sich ein Schwärmereivergnügen, und denkt an mich – Ach!«
Nach diesem Seufzer erfolgte eine sehnsüchtige Stille, die der Markese endlich unterbrach, mit der schmachtenden Frage: »Sage mir auf deine Ehre, Hyazinth, glaubst du wirklich, daß dein Pulver wirken wird?«
»Es wird auf meine Ehre wirken«, erwiderte jener. »Warum soll es nicht wirken? Wirkt es doch bei mir! Und bin ich denn nicht ein lebendiger Mensch so gut wie Sie? Glaubensalz macht alle Menschen gleich; und wenn Rothschild Glaubensalz einnimmt, fühlt er dieselbe Wirkung wie das kleinste Maklerchen. Ich will Ihnen alles voraussagen: Ich schütte das Pulver in ein Glas, gieße Wasser dazu, rühre es,

und sowie Sie das hinuntergeschluckt haben, ziehen Sie ein saures Gesicht und sagen prr! prr! Hernach hören Sie selbst, wie es in Ihnen herumkullert, und es ist Ihnen etwas kurios zumut und Sie legen sich zu Bett, und ich gebe Ihnen mein Ehrenwort, Sie stehen wieder auf, und Sie legen sich wieder, und stehen wieder auf, und so fort, und den andern Morgen fühlen Sie sich leicht wie ein Engel mit weißen Flügeln, und Sie tanzen vor Gesundeswohlheit, nur ein bißchen blaß sehen Sie dann aus; aber ich weiß, Sie sehen gern schmachtend blaß aus, und wenn Sie schmachtend blaß aussehen, sieht man Sie gern.«
Obgleich Hyazinth solchermaßen zuredete, und schon das Pulver bereitete, hätte das doch wenig gefruchtet, wenn nicht dem Markese plötzlich die Stelle, wo Julia den verhängnisvollen Trank einnimmt, in den Sinn gekommen wäre. »Was halten Sie, Doktor« – rief er – »von der Müller in Wien? Ich habe sie als Julia gesehen, und Gott! Gott! wie spielt sie! Ich bin doch der größte Enthusiast für die Crelinger, aber die Müller, als sie den Becher austrank, hat mich hingerissen. Sehen Sie« – sprach er, indem er mit tragischer Gebärde das Glas, worin Hyazinth das Pulver geschüttet, zur Hand nahm – »sehen Sie, so hielt sie den Becher und schauderte, daß man alles mitfühlte wenn sie sagte:

Kalt rieselt matter Schaur durch meine Adern,
Der fast die Lebenswärm erstarren macht!

Und so stand sie, wie ich jetzt stehe, und hielt den Becher an die Lippen, und bei den Worten:

Weile, Tybalt!
Ich komme, Romeo! Dies trink ich dir.

Da leerte sie den Becher –«
»Wohl bekomme es Ihnen, Herr Gumpel!« sprach Hyazinth mit feierlichem Tone; denn der Markese hatte in

nachahmender Begeisterung das Glas ausgetrunken, und sich, erschöpft von der Deklamation, auf das Sofa hingeworfen.

Er verharrte jedoch nicht lange in dieser Lage; denn es klopfte plötzlich jemand an die Türe, und herein trat Lady Maxfields kleiner Jockey, der dem Markese, mit lächelnder Verbeugung, ein Billett überreichte und sich gleich wieder empfahl. Hastig erbrach jener das Billett; während er las, leuchteten Nase und Augen vor Entzücken, jedoch plötzlich überflog eine Geisterblässe sein ganzes Gesicht, Bestürzung zuckte in jeder Muskel, mit Verzweiflungsgebärden sprang er auf, lachte grimmig, rannte im Zimmer umher und schrie: »Weh mir, ich Narr des Glücks!«

»Was ist? Was ist?« frug Hyazinth mit zitternder Stimme, und indem er krampfhaft das Kruzifix, woran er wieder putzte, in zitternden Händen hielt – »Werden wir diese Nacht überfallen?«

»Was ist Ihnen, Herr Markese?« frug ich, ebenfalls nicht wenig erstaunt.

»Lest! lest!« – rief Gumpelino, indem er uns das empfangene Billett hinwarf, und immer noch verzweiflungsvoll im Zimmer umherrannte, wobei sein blauer Domino ihn wie eine Sturmwolke umflatterte – »Weh mir, ich Narr des Glücks!«

In dem Billette aber lasen wir folgende Worte:

»Süßer Gumpelino! Sobald es tagt, muß ich nach England abreisen. Mein Schwager ist indessen schon vorangeeilt und erwartet mich in Florenz. Ich bin jetzt unbeobachtet, aber leider nur diese einzige Nacht – Laß uns diese benutzen, laß uns den Nektarkelch, den uns die Liebe kredenzt, bis auf den letzten Tropfen leeren. Ich harre, ich zittere –

Julia Maxfield.«

»Weh mir, ich Narr des Glücks!« jammerte Gumpelino – »die Liebe will mir ihren Nektarkelch kredenzen, und ich, ach! ich Hansnarr des Glücks, ich habe schon den Becher des Glaubensalzes geleert! Wer bringt mir den schrecklichen Trank wieder aus dem Magen? Hülfe! Hülfe!«

»Hier kann kein irdischer Lebensmensch mehr helfen«, seufzte Hyazinth.

»Ich bedauere Sie von ganzem Herzen«, kondolierte ich ebenfalls. »Statt eines Kelchs mit Nektar ein Glas mit Glaubersalz zu genießen, das ist bitter! Statt des Thrones der Liebe harrt Ihrer jetzt der Stuhl der Nacht!«

»O Jesus! O Jesus!« – schrie der Markese noch immer – »Ich fühle, wie es durch alle meine Adern rinnt – O wakkerer Apotheker! dein Trank wirkt schnell – aber ich lasse mich doch nicht dadurch abhalten, ich will zu ihr eilen, zu ihren Füßen will ich niedersinken, und da verbluten!«

»Von Blut ist gar nicht die Rede« – begütigte Hyazinth – »Sie haben ja keine Homeriden. Sein Sie nur nicht leidenschaftlich –«

»Nein, nein! ich will zu ihr hin, in ihren Armen – o Nacht! o Nacht –«

»Ich sage Ihnen« – fuhr Hyazinth fort mit philosophischer Gelassenheit – »Sie werden in ihren Armen keine Ruhe haben, Sie werden zwanzigmal aufstehen müssen. Sein Sie nur nicht leidenschaftlich. Je mehr Sie im Zimmer auf- und abspringen und je mehr Sie sich alterieren, desto schneller wirkt das Glaubensalz. Ihr Gemüt spielt der Natur in die Hände. Sie müssen wie ein Mann tragen, was das Schicksal über Sie beschlossen hat. Daß es so gekommen ist, ist vielleicht gut, und es ist vielleicht gut, daß es so gekommen ist. Der Mensch ist ein irdisches Wesen und begreift nicht die Fügung der Göttlichkeit. Der Mensch meint oft, er ginge seinem Glück entgegen, und auf seinem Wege steht vielleicht das Unglück mit einem Stock, und wenn ein bürgerlicher Stock auf einen adeligen Rücken kommt, so fühlts der Mensch, Herr Markese.«

»Weh mir, ich Narr des Glücks!« tobte noch immer Gumpelino, sein Diener aber sprach ruhig weiter:

»Der Mensch erwartet oft einen Kelch mit Nektar, und er kriegt eine Prügelsuppe, und ist auch Nektar süß, so sind doch Prügel desto bitterer; und es ist noch ein wahres Glück, daß der Mensch, der den andern prügelt, am Ende müde wird, sonst könnte es der andere wahrhaftig nicht aushalten. Gefährlicher ist aber noch, wenn das Unglück mit Dolch und Gift, auf dem Wege der Liebe, dem Menschen auflauert, so daß er seines Lebens nicht sicher ist. Vielleicht, Herr Markese, ist es wirklich gut, daß es so gekommen ist, denn vielleicht wären Sie in der Hitze der Liebe zu der Geliebten hingelaufen, und auf dem Wege wäre ein kleiner Italiener mit einem Dolch, der sechs Brabanter Ellen lang ist, auf Sie losgerannt, und hätte Sie – ich will meinen Mund nicht zum Bösen auftun – bloß in die Wade gestochen. Denn hier kann man nicht, wie in Hamburg, gleich die Wache rufen, und in den Apenninen gibt es keine Nachtwächter. Oder vielleicht gar« – fuhr der unerbittliche Tröster fort, ohne durch die Verzweiflung des Markese sich im mindesten stören zu lassen – »vielleicht gar, wenn Sie bei Lady Maxfield ganz wohl und warm säßen, käme plötzlich der Schwager von der Reise zurück und setzte Ihnen die geladene Pistole auf die Brust, und ließe Sie einen Wechsel unterschreiben von hunderttausend Mark. Ich will meinen Mund nicht zum Bösen auftun, aber ich setze den Fall: Sie wären ein schöner Mensch, und Lady Maxfield wäre in Verzweiflung, daß sie den schönen Menschen verlieren soll, und eifersüchtig, wie die Weiber sind, wollte sie nicht, daß eine andre sich nachher an Ihnen beglücke – Was tut sie? Sie nimmt eine Zitrone oder eine Orange, und schüttet ein klein weiß Pülverchen hinein, und sagt: ›Kühle dich, Geliebter, du hast dich heiß gelaufen‹ – und den andern Morgen sind Sie wirklich ein kühler Mensch. Da war ein Mann, der hieß Pieper und der hatte eine Leidenschaftsliebe mit einer Mädchenperson, die das Posaunenengelhannchen hieß, und die wohnte auf der Kaffemacherei und der Mann wohnte in der Fuhlentwiete –«

»Ich wollte, Hirsch« – schrie wütend der Markese, dessen Unruhe den höchsten Grad erreicht hatte – »ich wollt, dein Pieper von der Fuhlentwiete und sein Posaunenengel von der Kaffemacherei, und du und die Gudel, Ihr hättet mein Glaubensalz im Leibe!«

»Was wollen Sie von mir, Herr Gumpel?« – versetzte Hyazinth, nicht ohne Anflug von Hitze – »Was kann ich dafür, daß Lady Maxfield just heut nacht abreisen will und Sie just heute invitiert? Konnt ich das vorauswissen? Bin ich Aristoteles? Bin ich bei der Vorsehung angestellt? Ich habe bloß versprochen, daß das Pulver wirken soll, und es wirkt so sicher, wie ich einst selig werde, und wenn Sie so disparat und leidenschaftlich mit solcher Raserei hin und her laufen, so wird es noch schneller wirken –«

»So will ich mich ruhig hinsetzen!« ächzte Gumpelino, stampfte den Boden, warf sich ingrimmig aufs Sofa, unterdrückte gewaltsam seine Wut und Herr und Diener sahen sich lange schweigend an, bis jener endlich nach einem tiefen Seufzer und fast kleinlaut ihn anredete:

»Aber Hirsch, was soll die Frau von mir denken, wenn ich nicht komme? Sie wartet jetzt auf mich, sie harrt sogar, sie zittert, sie glüht vor Liebe –«

»Sie hat einen schönen Fuß« – sprach Hyazinth in sich hinein und schüttelte wehmütig sein Köpflein. In seiner Brust aber schien es sich gewaltig zu bewegen, unter seinem roten Rocke arbeitete sichtbar ein kühner Gedanke –

»Herr Gumpel« – sprach es endlich aus ihm hervor – »Schicken Sie mich!«

Bei diesen Worten zog eine hohe Röte über das bläßliche Geschäftsgesicht.

Kapitel X

Als Candide nach Eldorado kam, sah er auf der Straße mehrere Buben, die mit großen Goldklumpen statt mit Steinen spielten. Dieser Luxus machte ihn glauben, es seien das Kinder des Königs, und er war nicht wenig verwundert, als er vernahm, daß in Eldorado die Goldklumpen ebenso

wertlos sind, wie bei uns die Kieselsteine, und daß die Schulknaben damit spielen. Einem meiner Freunde, einem Ausländer, ist etwas Ähnliches begegnet, als er nach Deutschland kam und zuerst deutsche Bücher las, und über den Gedankenreichtum, welchen er darin fand, sehr erstaunte; bald aber merkte er, daß Gedanken in Deutschland so häufig sind, wie Goldklumpen in Eldorado, und daß jene Schriftsteller, die er für Geistesprinzen gehalten, nur gewöhnliche Schulknaben waren.
Diese Geschichte kommt mir immer in den Sinn, wenn ich im Begriff stehe, die schönsten Reflexionen über Kunst und Leben niederzuschreiben, und dann lache ich und behalte lieber meine Gedanken in der Feder, oder kritzele statt dieser irgendein Bild oder Figürchen auf das Papier, und überrede mich, solche Tapeten seien in Deutschland, dem geistigen Eldorado, weit brauchbarer als die goldigsten Gedanken.
Auf der Tapete, die ich dir jetzt zeige, lieber Leser, siehst du wieder die wohlbekannten Gesichter Gumpelinos und seines Hirsch-Hyazinthos, und wenn auch jener mit minder bestimmten Zügen dargestellt ist, so hoffe ich doch, du wirst scharfsinnig genug sein, einen Negationscharakter ohne allzu positive Bezeichnungen zu begreifen. Letztere könnten mir einen Injurienprozeß zuwege bringen, oder gar noch bedenklichere Dinge. Denn der Markese ist mächtig durch Geld und Verbindungen. Dabei ist er der natürliche Alliierte meiner Feinde, er unterstützt sie mit Subsidien, er ist Aristokrat, Ultrapapist, nur etwas fehlte ihm noch – je nun, auch das wird er sich schon anlehren lassen – er hat das Lehrbuch dazu in den Händen, wie du auf der Tapete sehen wirst.
Es ist wieder Abend, auf dem Tische stehen zwei Armleuchter mit brennenden Wachskerzen, ihr Schimmer spielt über die goldenen Rahmen der Heiligenbilder, die, an der Wand hängend, durch das flackernde Licht und die beweglichen Schatten zu leben scheinen. Draußen, vor dem Fenster, stehen im silbernen Mondschein, unheimlich bewe-

gungslos, die düsteren Zypressen, und in der Ferne ertönt ein trübes Marienliedchen in abgebrochenen Lauten und wie von einer kranken Kinderstimme. Es herrscht eine eigene Schwüle im Zimmer, der Markese Christophoro di Gumpelino sitzt, oder vielmehr liegt wieder, nachlässig vornehm, auf den Kissen des Sofas, der edle schwitzende Leib ist wieder mit dem dünnen, blauseidenen Domino bekleidet, in den Händen hält er ein Buch, das in rotes Saffianpapier mit Goldschnitt gebunden ist, und deklamiert daraus laut und schmachtend. Sein Auge hat dabei einen gewissen klebrigten Lustre, wie er verliebten Katern eigen zu sein pflegt, und seine Wangen, sogar die beiden Seitenflügel der Nase, sind etwas leidend blaß. Jedoch, lieber Leser, diese Blässe ließe sich wohl philosophisch anthropologisch erklären, wenn man bedenkt, daß der Markese den Abend vorher ein ganzes Glas Glaubersalz verschluckt hat.
Hirsch-Hyazinthos aber kauert am Boden des Zimmers, und mit einem großen Stück weißer Kreide zeichnet er auf das braune Estrich, in großem Maßstabe ungefähr folgende Charaktere:

◡ ◡ — ◡ ◡ — ◡ ◡ — ⏒ ⏒
◡ ◡ — ◡ ◡ — ◡ ◡ — ⏒ ⏒
◡ ◡ — ◡ ◡ — ◡ ◡ — ⏒ ⏒
◡ ◡ — ◡ ◡ — ⏒ ⏒
⏒ ⏒

Dieses Geschäft scheint dem kleinen Manne ziemlich sauer zu werden; keuchend bei dem jedesmaligen Bücken, murmelt er verdrießlich: Spondeus, Trochäus, Jambus, Antispaß, Anapäst und die Pest! Dazu hat er, um der bequemeren Bewegung willen, den roten Oberrock abgelegt, und zum Vorschein kommen zwei kurze, demütige Beinchen in engen Scharlachhosen, und zwei etwas längere abgemagerte Arme in weißen, schlotternden Hemdärmeln.
»Was sind das für sonderbare Figuren?« frug ich ihn, als ich diesem Treiben eine Weile zugesehen.

»Das sind Füße in Lebensgröße«, ächzte er zur Antwort, »und ich geplagter Mann muß diese Füße im Kopf behalten, und meine Hände tun mir schon weh von all den Füßen, die ich jetzt aufschreiben muß. Es sind die wahren echten Füße von der Poesie. Wenn ich es nicht meiner Bildung wegen täte, so ließe ich die Poesie laufen mit allen ihren Füßen. Ich habe jetzt bei dem Herrn Markese Privatunterricht in der Poesiekunst. Der Herr Markese liest mir die Gedichte vor, und expliziert mir, aus wieviel Füßen sie bestehen, und ich muß sie notieren und dann nachrechnen, ob das Gedicht richtig ist.«
»Sie treffen uns« – sprach der Markese didaktisch pathetischen Tones – »wirklich in einer poetischen Beschäftigung. Ich weiß wohl, Doktor, Sie gehören zu den Dichtern, die einen eigensinnigen Kopf haben, und nicht einsehen, daß die Füße in der Dichtkunst die Hauptsache sind. Ein gebildetes Gemüt wird aber nur durch die gebildete Form angesprochen, diese können wir nur von den Griechen lernen und von neueren Dichtern, die griechisch streben, griechisch denken, griechisch fühlen, und in solcher Weise ihre Gefühle an den Mann bringen.«
»Versteht sich an den Mann, nicht an die Frau, wie ein unklassischer romantischer Dichter zu tun pflegt« – bemerkte meine Wenigkeit.
»Herr Gumpel spricht zuweilen wie ein Buch«, flüsterte mir Hyazinth von der Seite zu, preßte die schmalen Lippen zusammen, blinzelte mit stolz vergnügten Äuglein und schüttelte das wunderstaunende Häuptlein. »Ich sage Ihnen« – setzte er etwas lauter hinzu – »wie ein Buch spricht er zuweilen, er ist dann sozusagen kein Mensch mehr, sondern ein höheres Wesen, und ich werde dann wie dumm, je mehr ich ihn anhöre.«
»Und was haben Sie denn jetzt in den Händen?« frug ich den Markese.
»Brillanten!« antwortete er und überreichte mir das Buch.
Bei dem Wort »Brillanten« sprang Hyazinth in die Höhe; doch als er nur ein Buch sah, lächelte er mitleidigen Blicks.

Dieses brillante Buch aber hatte auf dem Vorderblatte folgenden Titel:
»Gedichte von August Grafen von Platen; Stuttgart und Tübingen. Verlag der J. G. Cottaschen Buchhandlung. 1828.«
Auf dem Hinterblatte stand zierlich geschrieben: »Geschenk warmer brüderlicher Freundschaft.« Dabei roch das Buch nach jenem seltsamen Parfüm, der mit Eau de Cologne nicht die mindeste Verwandtschaft hat, und vielleicht auch dem Umstande beizumessen war, daß der Markese die ganze Nacht darin gelesen hatte.
»Ich habe die ganze Nacht kein Auge zutun können« – klagte er mir – »ich war so sehr bewegt, ich mußte eilfmal aus dem Bette steigen, und zum Glück hatte ich dabei diese vortreffliche Lektüre, woraus ich nicht bloß Belehrung für die Poesie, sondern auch Trost für das Leben geschöpft habe. Sie sehen, wie sehr ich das Buch geehrt, es fehlt kein einziges Blatt, und doch, wenn ich so saß, wie ich saß, kam ich manchmal in Versuchung –«
»Das wird mehreren passiert sein, Herr Markese.«
»Ich schwöre Ihnen bei unserer lieben Frau von Loretto und so wahr ich ein ehrlicher Mann bin« – fuhr jener fort – »diese Gedichte haben nicht ihresgleichen. Ich war, wie Sie wissen, gestern abend in Verzweiflung, sozusagen, au désespoir, als das Fatum mir nicht vergönnte, meine Julia zu besitzen – da las ich diese Gedichte, jedesmal ein Gedicht wenn ich aufstehen mußte, und eine solche Gleichgültigkeit gegen die Weiber war die Folge, daß mir mein eigener Liebesschmerz zuwider wurde. Das ist eben das Schöne an diesem Dichter, daß er nur für Männer glüht, in warmer Freundschaft; er gibt uns den Vorzug vor dem weiblichen Geschlechte, und schon für diese Ehre sollten wir ihm dankbar sein. Er ist darin größer als alle andern Dichter, er schmeichelt nicht dem gewöhnlichen Geschmack des großen Haufens, er heilt uns von unserer Passion für die Weiber, die uns soviel Unglück zuzieht – O Weiber! Weiber! wer uns von Euren Fesseln befreit, der ist ein Wohltäter der

Menschheit. Es ist ewig schade, daß Shakespeare sein eminentes theatralisches Talent nicht dazu benutzt hat, denn er soll, wie ich hier zuerst lese, nicht minder großherzig gefühlt haben als der große Graf Platen, der in seinen Sonetten von Shakespeare sagt:

Nicht Mädchenlaunen störten deinen Schlummer,
Doch stets um Freundschaft sehn wir warm dich ringen:
Dein Freund errettet dich aus Weiberschlingen,
Und seine Schönheit ist dein Ruhm und Kummer.«

Während der Markese diese Worte mit warmem Gefühl deklamierte, und der glatte Mist ihm gleichsam auf der Zunge schmolz, schnitt Hyazinth die widersprechendsten Gesichter, zugleich verdrießlich und beifällig, und endlich sprach er:
»Herr Markese, Sie sprechen wie ein Buch, auch die Verse gehen Ihnen wieder so leicht ab wie diese Nacht, aber ihr Inhalt will mir nicht gefallen. Als Mann fühle ich mich geschmeichelt, daß der Graf Platen uns den Vorzug gibt vor den Weibern, und als Freund von den Weibern bin ich wieder ein Gegner von solch einem Manne. So ist der Mensch! Der eine ißt gern Zwiebeln, der andere hat mehr Gefühl für warme Freundschaft, und ich, als ehrlicher Mann, muß aufrichtig gestehen, ich esse gern Zwiebeln, und eine schiefe Köchin ist mir lieber als der schönste Schönheitsfreund. Ja, ich muß gestehen, ich sehe nicht so viel Schönes am männlichen Geschlecht, daß man sich darin verlieben sollte.«
Diese letzteren Worte sprach Hyazinth, während er sich musternd im Spiegel betrachtete, der Markese aber ließ sich nicht stören und deklamierte weiter:

»Der Hoffnung Schaumgebäude bricht zusammen,
Wir mühn uns, ach! und kommen nicht zusammen:
Mein Name klingt aus deinem Mund melodisch,
Doch reihst du selten dies Gedicht zusammen;
Wie Sonn und Mond uns stets getrennt zu halten,

Verschworen Sitte sich und Pflicht zusammen,
Laß Haupt an Haupt uns lehnen, denn es taugen
Dein dunkles Haar, mein hell Gesicht zusammen!
Doch ach! ich träume, denn du ziehst von hinnen,
Eh noch das Glück uns brachte dicht zusammen:
Die Seelen bluten, da getrennt die Leiber,
O wärens Blumen, die man flicht zusammen!«

»Eine komische Poesie!« – rief Hyazinth, der die Reime nachmurmelte – »Sitte sich und Pflicht zusammen, Gesicht zusammen, dicht zusammen, flicht zusammen! komische Poesie! Mein Schwager, wenn er Gedichte liest, macht oft den Spaß, daß er am Ende jeder Zeile die Worte ›von vorn‹ und ›von hinten‹ abwechselnd hinzusetzt; und ich habe nie gewußt, daß die Poesiegedichte, die dadurch entstehen, Ghaselen heißen. Ich muß einmal die Probe machen, ob das Gedicht, das der Herr Markese deklamiert hat, nicht noch schöner wird, wenn man nach dem Wort ›zusammen‹ jedesmal, mit Abwechslung ›von vorn‹ und ›von hinten‹ setzt; die Poesie davon wird gewiß zwanzig Prozent stärker.«
Ohne auf dieses Geschwätz zu achten, fuhr der Markese fort im Deklamieren von Ghaselen und Sonetten, worin der Liebende seinen Schönheitsfreund besingt, ihn preist, sich über ihn beklagt, ihn des Kaltsinns beschuldigt, Pläne schmiedet, um zu ihm zu gelangen, mit ihm äugelt, eifersüchtelt, schmächtelt, eine ganze Skala von Zärtlichkeiten durchliebelt, und zwar so warmselig, betastungssüchtig und anleckend, daß man glauben sollte, der Verfasser sei ein manntolles Mägdlein – Nur müßte es dann einigermaßen befremden, daß dieses Mägdlein beständig jammert, ihre Liebe sei gegen die »Sitte«, daß sie gegen »diese trennende Sitte« so bitter gestimmt ist, wie ein Taschendieb gegen die Polizei, daß sie liebend »die Lende« des Freundes umschlingen möchte, daß sie sich über »Neider« beklagt, »die sich schlau vereinen, um uns zu hindern und getrennt zu halten«, daß sie über verletzende Kränkungen klagt von seiten des Freundes, daß sie ihm versichert, sie wolle ihn nur flüchtig

erblicken, ihm beteuert, »Nicht eine Silbe soll dein Ohr erschrecken!« und endlich gesteht:

> Mein Wunsch bei andern zeugte Widerstreben,
> Du hast ihn nicht erhört, doch abgeschlagen
> Hast du ihn auch nicht, o mein süßes Leben!

Ich muß dem Markese das Zeugnis erteilen, daß er diese Gedichte gut vortrug, hinlänglich dabei seufzte, ächzte und auf dem Sofa hin und her rutschend gleichsam mit dem Gesäße kokettierte. Hyazinth versäumte keineswegs, immer die Reime nachzuplappern, wenn er auch ungehörige Bemerkungen dazwischenschwätzte. Den Oden schenkte er die meiste Aufmerksamkeit. »Man kann bei dieser Sorte«, sagte er, »weit mehr lernen als bei Saunetten und Ghaselen; da bei den Oden die Füße oben ganz besonders abgedruckt sind, kann man jedes Gedicht mit Bequemlichkeit nachrechnen. Jeder Dichter sollte, wie der Graf Platen, bei seinen schwierigsten Poesiegedichten, die Füße oben drucken und zu den Leuten sagen: ›Seht, ich bin ein ehrlicher Mann, ich will euch nicht betrügen, diese krummen und geraden Striche, die ich vor jedes Gedicht setze, sind sozusagen ein Conto finto von jedem Gedicht, und ihr könnt nachrechnen, wieviel Mühe es mich gekostet, sie sind, sozusagen, das Ellenmaß von jedem Gedichte, und ihr könnt nachmessen, und fehlt daran eine einzige Silbe, so sollt ihr mich einen Spitzbuben nennen, so wahr ich ein ehrlicher Mann bin.‹ Aber eben durch diese ehrliche Miene kann das Publikum betrogen werden. Eben wenn die Füße vor dem Gedichte angegeben sind, denkt man: ich will kein mißtrauischer Mensch sein, wozu soll ich dem Manne nachzählen, er ist gewiß ein ehrlicher Mann und man zählt nicht nach und wird betrogen. Und kann man immer nachrechnen? Wir sind jetzt in Italien und da habe ich Zeit, die Füße mit Kreide auf die Erde zu schreiben und jede Ode zu kollationieren. Aber in Hamburg, wo ich mein Geschäft habe, fehlt mir die Zeit dazu, und ich müßte dem Grafen Platen ungezählt trauen, wie man traut bei den Geldbeuteln von der Courantkasse, worauf geschrieben steht, wieviel Hundert Taler darin enthalten – sie gehen versiegelt von Hand zu Hand, jeder traut dem andern, daß so viel darin enthalten ist, wie darauf steht, und es gibt doch Beispiele, daß ein Müßiggänger, der nicht viel zu tun hatte, so einen Beutel geöffnet und nachgezählt und ein paar Taler zu wenig darin gefunden hat. So kann auch in der Poesie viel Spitzbüberei vorfallen. Besonders wenn ich an Geldbeutel denke, werde ich mißtrauisch. Denn mein Schwager hat mir erzählt: im Zuchthaus zu Odensee sitzt – ein gewisser Jemand, der bei der Post angestellt war, und die Geldbeutel, die durch seine Hände gingen, unehrlich geöffnet und unehrlich Geld herausgenommen, und sie wieder künstlich zugenäht und weitergeschickt hat. Hört man von solcher Geschicklichkeit, so verliert man das menschliche Zutrauen und wird ein mißtrauischer Mensch. Es gibt jetzt viel Spitzbüberei in der Welt, und es ist gewiß in der Poesie wie in jedem anderen Geschäft.«

»Die Ehrlichkeit« – fuhr Hyazinth fort, während der Markese weiter deklamierte, ohne unserer zu achten, ganz versunken in Gefühl – »die Ehrlichkeit, Herr Doktor, ist die Hauptsache, und wer kein ehrlicher Mann ist, den betrachte ich wie einen Spitzbuben, und wen ich wie einen Spitzbuben betrachte, von dem kaufe ich nichts, von dem lese ich nichts, kurz ich mache kein Geschäft mit ihm. Ich bin ein Mann, Herr Doktor, der sich auf nichts etwas einbildet, wenn ich mir aber etwas einbilden wollte auf etwas, so würde ich mir etwas darauf einbilden, daß ich ein ehrlicher Mann bin. Ich will Ihnen einen edlen Zug von mir erzählen, und Sie werden staunen – ich sag Ihnen, Sie werden staunen, so wahr ich ein ehrlicher Mann bin. Da wohnt ein Mann in Hamburg auf dem Speersort, und der ist ein Krautkrämer und heißt Klötzchen, das heißt, ich heiße den Mann Klötzchen, weil wir gute Freunde sind, sonst heißt der Mann Herr Klotz. Auch seine Frau muß man Madam Klotz nennen, und sie hat nie leiden können, daß ihr Mann bei mir spielte, und wenn ihr Mann bei mir spielen wollte, so durfte ich mit dem Lotterielos nicht zu ihm ins Haus kommen, und er sagte mir immer auf der Straße: die und die Nummer will ich bei dir spielen und hier hast du das Geld, Hirsch! Und ich sagte dann: gut, Klötzchen! Und kam ich nach Hause, so legte ich die Nummer couvertiert für ihn aparte, und schrieb auf das Couvert mit deutschen Buchstaben: für Rechnung des Herrn Christian Hinrich Klotz. Und nun hören Sie und staunen Sie: Es war ein schöner Frühlingstag, und die Bäume an der Börse waren grün, und die Zephyrlüfte waren angenehm, und die Sonne glänzte am Himmel, und ich stand an der Hamburger Bank. Da kommt Klötzchen, mein Klötzchen, und hat am Arm seine dicke Madam Klotz, und grüßt mich zuerst, und spricht von der Frühlingspracht Gottes, macht auch einige patriotische Bemerkungen über das Bürgermilitär, und er fragt mich, wie die Geschäfte gehen, und ich erzähle ihm, daß vor einigen Stunden wieder einer am Pranger gestanden, und so im Gespräch sagt er mir: gestern nacht habe ich geträumt, Numero 1538 wird als das Große Los herauskommen – und in demselben Moment, während Madam Klotz die Kaiserstatisten vor dem Rathaus betrachtet, drückt er mir dreizehn vollwichtige Stück Louisdor in die Hand – ich meine ich fühle sie noch jetzt – und ehe Madam Klotz sich wieder herumdreht, sag ich: gut Klötzchen! und gehe weg. Und ich gehe directement, ohne mich umzusehen, nach der Hauptkollekte und hole mir Numero 1538, und couvertiere sie sobald ich nach Hause komme, und schreibe auf das Couvert: für Rechnung des Herrn Christian Hinrich Klotz. Und was tut Gott? Vierzehn Tage nachher, um meine Ehrlichkeit auf die Probe zu stellen, läßt er Numero 1538 herauskommen mit einem Gewinn von 50,000 Mark. Was tut aber Hirsch, derselbe Hirsch, der jetzt vor Ihnen steht? Dieser Hirsch zieht ein reines weißes Oberhemdchen und ein reines weißes Halstuch an und nimmt sich eine Droschke und holt sich bei der Hauptkollekte seine 50,000 Mark und fährt damit nach dem Speersort – Und wie mich

Klötzchen sieht, fragt er: Hirsch, warum bist du heut so geputzt? Ich aber antworte kein Wort, und setze einen großen Überraschungsbeutel mit Gold auf den Tisch, und rede ganz feierlich: Herr Christian Hinrich Klotz! die Numero 1538, die Sie so gütig waren bei mir zu bestellen, hat das Glück gehabt, 50,000 Mark zu gewinnen, in diesem Beutel habe ich die Ehre Ihnen das Geld zu präsentieren, und ich bin so frei mir eine Quittung auszubitten! Wie Klötzchen das hört, fängt er an zu weinen, wie Madam Klotz die Geschichte hört, fängt sie an zu weinen, die rote Magd weint, der krumme Ladendiener weint, die Kinder weinen, und ich? ein Rührungsmensch, wie ich bin, konnte ich doch nicht weinen, und fiel erst in Ohnmacht, und erst nachher kamen mir die Tränen aus den Augen wie ein Wasserbach, und ich weinte drei Stunden.«

Die Stimme des kleinen Menschen bebte als er dieses erzählte, und feierlich zog er ein schon erwähntes Päckchen aus der Tasche, wickelte davon den schon verblichenen Rosataffet, und zeigte mir den Schein, worin Christian Hinrich Klotz den richtigen Empfang der 50,000 Mark quittierte. »Wenn ich sterbe« – sprach Hyazinth, eine Träne im Auge – »soll man mir diese Quittung mit ins Grab legen, und wenn ich einst dort oben, am Tage des Gerichts, Rechenschaft geben muß von meinen Taten, dann werde ich mit dieser Quittung in der Hand vor den Stuhl der Allmacht treten, und wenn mein böser Engel die bösen Handlungen, die ich auf dieser Welt begangen habe, vorgelesen, und mein guter Engel auch die Liste von meinen guten Handlungen ablesen will, dann sag ich ruhig: Schweig! – ich will nur wissen, ist diese Quittung richtig? ist das die Handschrift von Christian Hinrich Klotz? Dann kommt ein ganz kleiner Engel herangeflogen, und sagt, er kenne ganz genau Klötzchens Handschrift, und er erzählt zugleich die merkwürdige Geschichte von der Ehrlichkeit, die ich mal begangen habe. Der Schöpfer der Ewigkeit aber, der Allwissende der alles weiß, erinnert sich an diese Geschichte, und er lobt mich in Gegenwart von Sonne, Mond und Sternen, und berechnet gleich im Kopf, daß wenn meine bösen Handlungen von 50,000 Mark Ehrlichkeit abgezogen werden, mir noch ein Saldo zugut kommt, und er sagt dann: Hirsch! ich ernenne dich zum Engel erster Klasse, und du darfst Flügel tragen mit rot und weißen Federn.«

Kapitel XI

Wer ist denn der Graf Platen, den wir im vorigen Kapitel als Dichter und warmen Freund kennenlernten? Ach, lieber Leser, diese Frage las ich schon lange auf deinem Gesichte, und nur zaudernd gehe ich an die Beantwortung. Das ist ja eben das Mißgeschick deutscher Schriftsteller, daß sie jeden guten oder bösen Narrn, den sie aufs Tapet bringen, erst durch trockne Charakterschilderung und Personalbeschreibung bekannt machen müssen, damit man erstens wisse, daß er existiert, und zweitens den Ort kenne, wo die Geißel ihn trifft, ob unten oder oben, vorn oder hinten. Anders war es bei den Alten, anders ist es noch jetzt bei neueren Völkern, z. B. den Engländern und Franzosen, die ein Volksleben, und daher public characters haben. Wir Deutschen aber, wir haben zwar ein ganzes närrisches Volk, aber wenig ausgezeichnete Narren, die bekannt genug wären, um sie als allgemein verständliche Charaktere in Prosa oder Versen gebrauchen zu können. Die wenigen Männer dieser Art, die wir besitzen, haben wirklich recht, wenn sie sich wichtig machen. Sie sind von unschätzbarem Werte und zu den höchsten Ansprüchen berechtigt. So z. B. der Herr Geheimrat Schmalz, Professor der Berliner Universität, ist ein Mann, der nicht mit Geld zu bezahlen ist; ein humoristischer Schriftsteller kann ihn nicht entbehren, und er selbst fühlt diese persönliche Wichtigkeit und Unentbehrlichkeit in so hohem Grade, daß er jede Gelegenheit ergreift, um humoristischen Schriftstellern Stoff zur Satire zu geben, daß er Tag und Nacht grübelt, wie er sich als Staatsmann,

Servilist, Dekan, Antihegelianer und Patriot lächerlich machen kann, und somit die Literatur, für die er sich gleichsam aufopfert, tatkräftig zu befördern. Den deutschen Universitäten muß man überhaupt nachrühmen, daß sie den deutschen Schriftsteller, mehr als jede andere Zunft, mit allerlei Narren versorgen, und besonders Göttingen habe ich immer in dieser Hinsicht zu schätzen gewußt. Dies ist auch der geheime Grund, weshalb ich mich für die Erhaltung der Universitäten erkläre, obgleich ich stets Gewerbefreiheit und Vernichtung des Zunftwesens gepredigt habe. Bei solchem fühlbaren Mangel an ausgezeichneten Narren, kann man mir nicht genug danken, wenn ich neue aufs Tapet bringe und allgemein brauchbar mache. Zum Besten der Literatur will ich daher jetzt vom Grafen August von Platen-Hallermünde etwas ausführlicher reden. Ich will dazu beitragen, daß er zweckmäßig bekannt, und gewissermaßen berühmt werde, ich will ihn literarisch gleichsam herausfüttern, wie die Irokesen tun mit den Gefangenen, die sie bei späteren Festmahlen verspeisen wollen. Ich werde ganz treu ehrlich verfahren und überaus höflich, wie es einem Bürgerlichen ziemt, ich werde das Materielle, das sogenannt Persönliche, nur insoweit berühren, als sich geistige Erscheinungen dadurch erklären lassen, und ich werde immer ganz genau den Standpunkt, von wo aus ich ihn sah, und sogar manchmal die Brille, wodurch ich ihn sah, angeben.

Der Standpunkt, von wo ich den Grafen Platen zuerst gewahrte, war München, der Schauplatz seiner Bestrebungen, wo er, bei allen, die ihn kennen, sehr berühmt ist, und wo er gewiß, solange er lebt, unsterblich sein wird. Die Brille, wodurch ich ihn sah, gehörte einigen Insassen Münchens, die über seine äußere Erscheinung dann und wann, in heiteren Stunden, ein heiteres Wort hinwarfen. Ich habe ihn selbst nie gesehen, und wenn ich mir seine Person denken will, erinnere ich mich immer an die drollige Wut, womit einmal mein Freund, der Doktor Lautenbacher, über Poetennarrheit im allgemeinen loszog, und insbesondere eines Grafen Platen erwähnte, der, mit einem Lorbeerkranze auf dem

Kopfe, sich auf der öffentlichen Promenade zu Erlangen den Spaziergängern in den Weg stellte und, mit der bebrillten Nase gen Himmel starrend, in poetischer Begeisterung zu sein vorgab. Andere haben besser von dem armen Grafen gesprochen, und beklagten nur seine beschränkten Mittel, die ihn, bei seinem Ehrgeiz, sich wenigstens als ein Dichter auszuzeichnen, über die Gebühr zum Fleiße nötigten, und sie lobten besonders seine Zuvorkommenheit gegen Jüngere, bei denen er die Bescheidenheit selbst gewesen sei, indem er mit der liebreichsten Demut ihre Erlaubnis erbeten, dann und wann zu ihnen aufs Zimmer kommen zu dürfen, und sogar die Gutmütigkeit so weit getrieben habe, immer wieder zu kommen, selbst wenn man ihn die Lästigkeit seiner Visiten aufs deutlichste merken lassen. Dergleichen Erzählungen haben mich gewissermaßen gerührt, obgleich ich diesen Mangel an Personalbeifall sehr natürlich fand. Vergebens klagte oft der Graf:

– Deine blonde Jugend, süßer Knabe,
Verschmäht den melancholischen Genossen.
So will in Scherz ich mich ergehn, in Possen,
Anstatt ich jetzt mich bloß an Tränen labe,
Und um der Fröhlichkeit mir fremde Gabe
Hab ich den Himmel anzuflehn beschlossen.

Vergebens versicherte der arme Graf, daß er einst der berühmteste Dichter werde, daß schon der Schatten eines Lorbeerblattes auf seiner Stirne sichtbar sei, daß er seine süßen Knaben ebenfalls unsterblich machen könne, durch unvergängliche Gedichte. Ach! eben diese Zelebrität war keinem lieb, und in der Tat, sie war keine beneidenswerte. Ich erinnere mich noch, mit welchem unterdrückten Lächeln ein Kandidat solcher Zelebrität von einigen lustigen Freunden, unter den Arkaden zu München, betrachtet wurde. Ein scharfsichtiger Bösewicht meinte sogar, er sähe zwischen den Rockschößen desselben den Schatten eines Lorbeerblattes. Was mich betrifft, lieber Leser, so bin ich nicht so boshaft, wie du denkst, ich bemitleide den armen Grafen, wenn ihn andere verhöhnen, ich zweifle, daß er sich an der verhaßten »Sitte« tätlich gerächt habe, obgleich er in seinen Liedern schmachtet, sich solcher Rache hinzugeben; ich glaube vielmehr an die verletzenden Kränkungen, beleidigenden Zurücksetzungen und Abweisungen, wovon er selbst so rührend singt. Ich bin überzeugt, er betrug sich gegen die Sitten überhaupt weit löblicher, als ihm selber lieb war, und er kann vielleicht, wie General Tilly, von sich rühmen: Ich war nie berauscht, ich habe nie ein Weib berührt und habe nie eine Schlacht verloren. Deshalb gewiß sagt von ihm der Dichter:

Du bist ein nüchterner, modester Junge.

Der arme Junge, oder vielmehr der arme alte Junge – denn er hatte schon einige Lustren hinter sich – hockte damals, wenn ich nicht irre, auf der Universität in Erlangen, wo man ihm einige Beschäftigung angewiesen hatte; doch da diese seinem hochstrebenden Geiste nicht genügte, da mit den Lustren auch die Lüsternheit nach illüstrer Lust ihn mehr und mehr stachelte, und der Graf von seiner künftigen Herrlichkeit täglich mehr und mehr begeistert wurde, gab er jedes Geschäft auf, und beschloß, von der Schriftstellerei, von gelegentlichen Gaben von oben und einigen sonstigen Verdiensten zu leben. Die Grafschaft des Grafen liegt nämlich im Monde, von wo er, wegen der schlechten Kommunikation mit Bayern, nach Gruithuisens Berechnung, erst in 20,000 Jahren, wenn der Mond dieser Erde näher kommt, seine ungeheuern Revenuen beziehen kann.
Schon früher hatte Don Platen de Collibrados Hallermünde, bei Brockhaus in Leipzig, eine Gedichtesammlung mit einer Vorrede, betitelt: »Lyrische Blätter Nummer 1« herausgegeben, die freilich nicht bekannt wurde, obgleich, wie er uns versichert, die Sieben Weisen dem Verfasser ihr Lob gespendet. Später gab er, nach Tieckschem Muster, einige dramatisierte Märchen und Erzählungen heraus, die ebenfalls das

Glück hatten, daß sie der unweisen großen Menge unbekannt blieben, und nur von den Sieben Weisen gelesen wurden. Indessen um, außer den Sieben Weisen, noch einige Leser zu gewinnen, legte sich der Graf auf Polemik und schrieb eine Satire gegen berühmte Schriftsteller, vornehmlich gegen Müllner, der damals schon allgemein gehaßt und moralisch vernichtet war, so daß der Graf eben zur rechten Zeit kam, um dem toten Hofrat Örindur noch einen Hauptstich, nicht ins Haupt, sondern, nach falstaffscher Weise, in die Wade zu versetzen. Der Widerwille gegen Müllner hatte jedes edle Herz erfüllt; der Mensch ist überhaupt schwach; die Polemik des Grafen mißfiel daher nicht, und »Die verhängnisvolle Gabel« fand hie und da eine bereitwillige Aufnahme, nicht beim großen Publikum, sondern bei Literatoren und bei den eigentlichen Schulleuten, bei letztern hauptsächlich weil jene Satire nicht mehr dem romantischen Tieck, sondern dem klassischen Aristophanes nachgeahmt war.
Ich glaube, es war um diese Zeit, daß der Herr Graf nach Italien reiste; er zweifelte nicht mehr, von seiner Poesie leben zu können, Cotta hatte die gewöhnliche prosaische Ehre, für Rechnung der Poesie das Geld herzugeben; denn die Poesie, die Himmelstochter, die Hochgeborene, hat selbst nie Geld und wendet sich, bei solchem Bedürfnis, immer an Cotta. Der Graf versifizierte jetzt Tag und Nacht, er blieb nicht bei dem Vorbilde Tiecks und des Aristophanes, sondern er ahmte auch den Goethe nach im Liede, dann den Horaz in der Ode, dann den Petrarcha in Sonetten, dann den Dichter Hafis in persischen Ghaselen – kurz er gab uns solchermaßen eine Blumenlese der besten Dichter und zugleich seine eigenen lyrischen Blätter unter dem Titel: »Gedichte des Grafen Platen etc.«
Niemand in Deutschland ist gegen poetische Erzeugnisse billiger als ich, und ich gönne einem armen Menschen, wie Platen, sein Stückchen Ruhm, das er im Schweiße seines Angesichts so sauer erwirbt, gewiß herzlich gern. Keiner ist mehr geneigt, als ich, seine Bestrebungen zu rühmen, seinen

Fleiß und seine Belesenheit in der Poesie zu loben, und seine silbenmäßigen Verdienste anzuerkennen. Meine eignen Versuche befähigen mich, mehr als jeden andern, die metrischen Verdienste des Grafen zu würdigen. Die bittere Mühe, die unsägliche Beharrlichkeit, das winternächtliche Zähneklappern, die ingrimmigen Anstrengungen, womit er seine Verse ausgearbeitet, entdeckt unsereiner weit eher als der gewöhnliche Leser, der die Glätte, Zierlichkeit und Politur jener Verse des Grafen für etwas Leichtes hält, und sich an der glatten Wortspielerei gedankenlos ergötzt, wie man sich bei Kunstspringern, die auf dem Seile balancieren, über Eier tanzen und sich auf den Kopf stellen, ebenfalls einige Stunden amüsiert, ohne zu bedenken, daß jene armen Wesen, nur durch jahrelangen Zwang und grausames Hungerleiden, solche Gelenkigkeitskünste, solche Metrik des Leibes erlernt haben. Ich, der ich mich in der Dichtkunst nicht so sehr geplagt, und sie immer in Verbindung mit gutem Essen ausgeübt habe, ich will den Grafen Platen, dem es saurer und nüchterner dabei ergangen, um so mehr preisen, ich will von ihm rühmen, daß kein Seiltänzer in Europa so gut wie er auf schlaffen Ghaselen balanciert, daß keiner den Eiertanz über

◡ ◡ — ◡ ◡ ◡ — — —
◡ ◡ — — — ◡ ◡ ◡ ◡ usw.

so gut exekutiert wie er, daß keiner sich so gut wie er auf den Kopf stellt. Wenn ihm auch die Musen nicht hold sind, so hat er doch den Genius der Sprache in seiner Gewalt, oder vielmehr er weiß ihm Gewalt anzutun; – denn die freie Liebe dieses Genius fehlt ihm, er muß auch diesem Jungen beharrlich nachlaufen, und er weiß nur die äußeren Formen zu erfassen, die trotz ihrer schönen Ründung sich nie edel aussprechen. Nie sind tiefe Naturlaute, wie wir sie im Volksliede, bei Kindern und anderen Dichtern finden, aus der Seele eines Platen hervorgebrochen oder offenbarungsmäßig hervorgeblüht; den beängstigenden Zwang, den er sich antun muß, um etwas zu sagen, nennt er eine »große Tat in Worten« – so gänzlich unbekannt mit dem Wesen der Poesie, weiß er nicht einmal, daß das Wort nur bei dem Rhetor eine Tat ist, bei dem wahren Dichter aber ein Ereignis. Ungleich dem wahren Dichter, ist die Sprache nie Meister geworden in ihm, er ist dagegen Meister geworden in der Sprache oder vielmehr auf der Sprache, wie ein Virtuose auf einem Instrumente. Je weiter er es solcherart im Technischen brachte, desto größere Meinung bekam er von seiner Virtuosität; er wußte ja in allen Weisen zu spielen, er versifizierte ja die schwierigsten Passagen, er dichtete, sozusagen, manchmal nur auf der G-Saite, und ärgerte sich, wenn das Publikum nicht klatschte. Wie alle Virtuosen, die solch einsaitiges Talent ausgebildet, strebte er nur nach Applaudissement, sah er mit Ingrimm auf den Ruhm anderer, beneidete er seine Kollegen um ihren Gewinst, wie z. B. den Clauren, schrieb er gleich fünfaktige Pasquille, wenn er nur eine einzige Xenie des Tadels auf sich beziehen konnte, kontrollierte er alle Rezensionen, worin andere gelobt wurden, und schrie er beständig: ich werde nicht genug gelobt, nicht genug belohnt, denn *ich* bin der Poet, der Poet der Poeten usw. So hungerig und lechzend nach Lob und Spenden zeigte sich nie ein wahrer Dichter, niemals Klopstock, niemals Goethe, zu deren Drittem der Graf Platen sich selbst ernennt, obgleich jeder einsieht, daß er nur mit Ramler und etwa A. W. v. Schlegel ein Triumvirat bildet. Der große Ramler, wie man ihn zu seiner Zeit hieß, als er, zwar ohne Lorbeerkranz auf dem Haupte, aber mit desto größerem Zopf und Haarbeutel, das Auge gen Himmel gehoben und den steifleinenen Regenschirm unterm Arm, im Berliner Tiergarten skandierend wandelte, hielt sich damals für den Repräsentanten der Poesie auf Erden. Seine Verse waren die vollendetesten in deutscher Sprache, und seine Verehrer, worunter sogar ein Lessing sich verirrte, meinten, weiter könne man es in der Poesie nicht bringen. Fast dasselbe war späterhin der Fall bei A. W. v. Schlegel, dessen poetische Unzulänglichkeit aber sichtbar wird, seitdem die Sprache weiter ausgebildet worden, so daß sogar diejenigen, die einst den Sänger des »Arion« für einen gleichfallsigen Arion gehalten, jetzt nur noch den verdienstlichen Schullehrer in ihm sehen. Ob aber der Graf Platen schon befugt ist, über den sonst rühmenswerten Schlegel zu lachen, wie dieser einst über Ramler lachte, das weiß ich nicht. Aber das weiß ich, in der Poesie sind alle drei sich gleich, und wenn der Graf Platen noch so hübsch in den Ghaselen seine schaukelnden Balancierkünste treibt, wenn er in seinen Oden noch so vortrefflich den Eiertanz exekutiert, ja, wenn er, in seinen Lustspielen, sich auf den Kopf stellt – so ist er doch kein Dichter. Er ist kein Dichter, sagt sogar die undankbare männliche Jugend, die er so zärtlich besingt. Er ist kein Dichter, sagen die Frauen, die vielleicht – ich muß es zu seinem Besten andeuten – hier nicht ganz unparteiisch sind, und vielleicht wegen der Hingebung, die sie bei ihm entdecken, etwas Eifersucht empfinden, oder gar durch die Tendenz seiner Gedichte ihre bisherige vorteilhafte Stellung in der Gesellschaft gefährdet glauben. Strenge Kritiker, die mit scharfen Brillen versehen sind, stimmen ein in dieses Urteil, oder äußern sich noch lakonisch bedenklicher. »Was finden Sie in den Gedichten des Grafen von Platen-Hallermünde?« frug ich jüngst einen solchen Mann. »Sitzfleisch!« war die Antwort. »Sie meinen in Hinsicht der mühsamen, ausgearbeiteten Form?« entgegnete ich. »Nein«, erwiderte jener, »Sitzfleisch auch in Betreff des Inhalts.«

Was nun den Inhalt der Platenschen Gedichte betrifft, so möchte ich den armen Grafen dafür zwar nicht loben, aber ihn auch nicht unbedingt der Censorischen Wut preisgeben, womit unsere Catonen davon sprechen oder gar schweigen. Chacun à son goût, dem einen gefällt der Ochs, dem andren Wasischtas Kuh. Ich tadele sogar den furchtbaren rhadamantischen Ernst womit über jenen Inhalt der Platenschen Gedichte in den Berliner »Jahrbüchern für wissenschaftliche Kritik« gerichtet worden. Aber so sind die Menschen, es wird ihnen sehr leicht, in Eifer zu geraten, wenn sie über Sünden sprechen, die ihnen kein Vergnügen machen würden. Im Morgenblatte las ich kürzlich einen Aufsatz, überschrieben: »Aus dem Journal eines Lesers«, worin der Graf Platen gegen solche strenge Tadler seiner Freundschaftsliebe mit jener Bescheidenheit sich ausspricht, die er nie zu verleugnen weiß, und woran man ihn auch hier erkennt. Wenn er sagt, daß »das Hegelsche Wochenblatt« ihn eines geheimen Lasters mit »lächerlichem Pathos« beschuldige, so will er, wie leicht zu erraten ist, nur der Rüge anderer Leute zuvorkommen, deren Gesinnung er durch dritte Hand erforschen lassen. Indessen, man hat ihm schlecht berichtet, ich werde mir nie in dieser Hinsicht einen Pathos zuschulden kommen lassen, der edle Graf ist mir vielmehr eine ergötzliche Erscheinung, und in seiner erlauchten Liebhaberei sehe ich nur etwas Unzeitgemäßes, nur die zaghaft verschämte Parodie eines antiken Übermuts. Das ist es ja eben, jene Liebhaberei war im Altertum nicht in Widerspruch mit den Sitten, und gab sich kund mit heroischer Öffentlichkeit. Als z. B. der Kaiser Nero, auf Schiffen, die mit Gold und Elfenbein ausgelegt waren, ein Gastmahl hielt, das einige Millionen kostete, ließ er sich mit einem aus dem Jünglingsserail, namens Pythagoras, feierlich einsegnen, (cuncta denique spectata quae etiam in femina nox operit) und steckte nachher mit der Hochzeitsfackel die Stadt Rom in Brand, um bei den prasselnden Flammen desto besser den Untergang Trojas besingen zu können. Das war noch ein Ghaselendichter, über den ich mit Pathos sprechen könnte; doch nur lächeln kann ich über den neuen Pythagoreer, der im heutigen Rom, die Pfade der Freundschaft dürftig und nüchtern und ängstlich dahinschleicht, mit seinem hellen Gesichte von liebloser Jugend abgewiesen wird, und nachher bei kümmerlichem Öllämpchen sein Ghaselchen ausseufzt. Interessant in solcher Hinsicht ist die Vergleichung der Platenschen Gedichtchen mit dem Petron. Bei diesem ist schroffe, antike, plastisch heidnische Offenheit; Graf Platen hingegen, trotz seinem Pochen auf Klassizität, behandelt seinen Gegenstand vielmehr romantisch, verschleiernd, sehnsüchtig, pfäffisch, – ich muß hinzusetzen: heuchlerisch. Denn der Graf vermummt sich manchmal in fromme Gefühle, er vermeidet die genaueren Geschlechtsbezeichnungen; nur die Eingeweihten sollen klar sehen; gegen den großen Haufen glaubt er sich genugsam versteckt zu haben, wenn er das Wort Freund manchmal ausläßt, und es geht ihm dann wie dem Vogel Strauß, der sich hinlänglich verborgen glaubt, wenn er den Kopf in den Sand gesteckt, so daß nur der Steiß sichtbar bleibt. Unser erlauchter Vogel hätte besser getan, wenn er den Steiß in den Sand versteckt und uns den Kopf gezeigt hätte. In der Tat, er ist mehr ein Mann von Steiß als ein Mann von Kopf, der Name Mann überhaupt paßt nicht für ihn, seine Liebe hat einen passiv pythagoreischen Charakter, er ist in seinen Gedichten ein Pathikos, er ist ein Weib, und zwar ein Weib, das sich an gleich Weibischem ergötzt, er ist gleichsam eine männliche Tribade. Diese ängstlich schmiegsame Natur duckt durch alle seine Liebesgedichte, er findet immer einen neuen Schönheitsfreund, überall in diesen Gedichten sehen wir Polyandrie, und wenn er auch sentimentalisiert:

Du liebst und schweigst – O hätt ich auch geschwiegen,
Und meine Blicke nur an dich verschwendet!
O hätt ich nie ein Wort dir zugewendet,
So müßt ich keinen Kränkungen erliegen!
Doch diese Liebe möcht ich nie besiegen,
Und weh dem Tag, an dem sie frostig endet!
Sie ward aus jenen Räumen uns gesendet,
Wo selig Engel sich an Engel schmiegen –

so denken wir doch gleich an die Engel, die zu Loth, dem Sohne Harans, kamen und nur mit Not und Mühe den zärtlichsten Anschmiegungen entgingen, wie wir lesen im Pentateuch, wo leider die Ghaselen und Sonette nicht mitgeteilt sind, die damals vor Loths Türe gedichtet wurden. Überall in den Platenschen Gedichten sehen wir den Vogel Strauß, der nur den Kopf verbirgt, den eiteln ohnmächtigen Vogel, der das schönste Gefieder hat und doch nicht fliegen kann, und zänkisch humpelt über die polemische Sandwüste der Literatur. Mit seinen schönen Federn ohne Schwungkraft, mit seinen schönen Versen ohne poetischen Flug, bildet er den Gegensatz zu jenem Adler des Gesanges, der minder glänzende Flügel hat, aber sich damit zur Sonne erhebt – ich muß wieder auf den Refrain zurückkommen: der Graf Platen ist kein Dichter.

Von einem Dichter verlangt man zwei Dinge; in seinen lyrischen Gedichten müssen Naturlaute, in seinen epischen oder dramatischen Gedichten müssen Gestalten sein. Kann er sich in dieser Hinsicht nicht legitimieren, so wird ihm der Dichtertitel abgesprochen, selbst wenn seine übrigen Familienpapiere und Adelsdiplome in der größten Ordnung sind. Daß letzteres bei dem Grafen Platen der Fall sein mag, daran zweifle ich nicht, und ich bin überzeugt, er würde mitleidig heiter lächeln, wenn man seinen Grafentitel verdächtig machen wollte; aber wagt es nur, über seinen Dichtertitel mit einer einzigen Xenie den geringsten Zweifel zu verraten – gleich wird er sich ingrimmig niedersetzen und fünfaktige Satiren gegen euch drucken. Denn die Menschen halten um so eifriger auf einen Titel, je zweideutiger und ungewisser der Titulus ist, der sie dazu berechtigt. Vielleicht aber würde der Graf Platen ein Dichter sein, wenn er in einer anderen Zeit lebte, und wenn er außerdem auch ein anderer wäre, als er jetzt ist. Der Mangel an Naturlauten in den Gedichten des Grafen rührt vielleicht daher, daß er in einer Zeit lebt, wo er seine wahren Gefühle nicht nennen darf, wo dieselbe Sitte, die seiner Liebe immer feindlich entgegensteht, ihm sogar verbietet, seine Klage darüber unverhüllt auszusprechen, wo er jede Empfindung ängstlich verkappen muß, um so wenig das Ohr des Publikums, als das eines »spröden Schönen« durch eine einzige Silbe zu erschrecken. Diese Angst läßt bei ihm keine eignen Naturlaute aufkommen, sie verdammt ihn, die Gefühle anderer Dichter, gleichsam als untadelhaften, vorgefundenen Stoff, metrisch zu bearbeiten, und nötigenfalls zur Vermummung

seiner eigenen Gefühle zu gebrauchen. Unrecht geschieht ihm vielleicht, wenn man, solche unglückliche Lage verkennend, behauptet hat, daß Graf Platen auch in der Poesie sich als Graf zeigen und auf Adel halten wolle, und uns daher nur Gefühle von bekannter Familie, Gefühle, die schon ihre 64 Ahnen haben, vorführe. Lebte er in der Zeit des römischen Pythagoras, so würde er vielleicht seine eigenen Gefühle freier hervortreten lassen und er würde vielleicht für einen Dichter gelten. Es würden dann wenigstens die Naturlaute in seinen lyrischen Gedichten nicht vermißt werden – doch der Mangel an Gestalten in seinen Dramen würde noch immer bleiben, solange sich nicht auch seine sinnliche Natur veränderte, und er gleichsam ein anderer würde. Die Gestalten, die ich meine, sind nämlich jene selbständigen Geschöpfe, die aus dem schaffenden Dichtergeiste, wie Pallas Athene aus dem Haupte Kronions, vollendet und gerüstet hervortreten, lebendige Traumwesen, deren mystische Geburt, mehr als man glaubt, in wundersam bedingender Beziehung steht mit der sinnlichenNatur des Dichters, so daß solches geistige Gebären demjenigen versagt ist, der selbst nur, als ein unfruchtbares Geschöpf, sich ghaselig hingibt in windiger Weichheit.
Indessen, das sind Privatmeinungen eines Dichters, und ihr Gewicht hängt davon ab, wieweit man an die Kompetenz desselben glauben will. Ich kann nicht umhin zu erwähnen, daß der Graf Platen gar oft dem Publikum versichert, daß er erst späterhin das Bedeutendste dichten werde, wovon man jetzt noch keine Ahnung habe, ja, daß er Iliaden und Odysseen, Klassizitätstragödien und sonstige Unsterblichkeitskolossalgedichte erst dann schreiben werde, wenn er sich nach soundso viel Lustren gehörig vorbereitet habe. Du hast, lieber Leser, diese Ergießungen des Selbstbewußtseins, in mühsam gefeilten Versen vielleicht selbst gelesen, und das Versprechen solcher schönen Zukunft war dir vielleicht um so erfreulicher, als der Graf zu gleicher Zeit alle Dichter Deutschlands, außer dem ganz alten Goethe, wie einen Schwarm schlechter Sudler geschildert, die ihm nur im

Wege stehen auf der Bahn des Ruhmes, und die so unverschämt seien, jene Lorbeeren und Belohnungen zu pflücken, die nur ihm gebührten.

Was ich in München darüber sprechen hörte, will ich übergehen; aber, der Chronologie wegen, muß ich anführen, daß zu jener Zeit der König von Bayern die Absicht aussprach, irgendeinem deutschen Dichter ein Jahrgehalt zu erteilen, ohne damit ein Amt zu verbinden, welches ungewöhnliche Beispiel für die ganze deutsche Literatur von schöner Folge sein konnte. Man sagte mir –

Doch ich will mein Thema nicht verlassen, ich sprach von den Prahlereien des Grafen Platen, der beständig rief: »Ich bin der Poet, der Poet der Poeten! ich werde Iliaden und Odysseen dichten usw.« Ich weiß nicht, was das Publikum von solchen Prahlereien hält, aber ganz genau weiß ich, was ein Dichter davon denkt, nämlich ein wahrer Dichter, der die verschämte Süßigkeit und die geheimen Schauer der Poesie schon empfunden hat, und von der Seligkeit dieser Empfindungen, wie ein glücklicher Page, der die verborgene Gunst einer Prinzessin genießt, gewiß nicht auf öffentlichem Markte prahlen wird.

Man hat schon öfter den Grafen Platen, wegen solcher Prahlhansereien, weidlich gehänselt und er wußte immer, wie Falstaff, sich zu entschuldigen. Bei solchen Entschuldigungen kommt ihm ein Talent zustatten, das außerordentlich in seiner Art ist, und das eine besondere Anerkennung verdient. Der Graf Platen weiß nämlich von jedem Flekken, der in seiner eignen Brust ist, auch bei irgendeinem großen Manne eine Spur, und sei sie noch so klein, zu entdecken, und sich wegen solcher Wahlfleckenverwandtschaft mit ihm zu vergleichen. Z. B. von Shakespeares Sonetten weiß er, daß sie an einen jungen Mann und nicht an ein Weib gerichtet sind, und ob solcher verständigen Wahl preist er Shakespeare, vergleicht sich mit ihm – und das ist das einzige, was er von ihm zu sagen hat. Man könnte negativ eine Apologie des Grafen Platen schreiben, und behaupten, daß er sich die und die Verirrung noch nicht zu-

schulden kommen lassen, weil er sich mit dem oder dem großen Manne, dem sie nachgeredet worden, noch nicht verglichen habe. Am genialsten aber und bewunderungswürdigsten zeigte er sich in der Wahl des Mannes, in dessen Leben er unbescheidene Reden entdeckt, und durch dessen Beispiel er seine eigene Prahlerei beschönigen will. Wahrlich, zu einem solchen Zwecke sind die Worte dieses Mannes noch nie zitiert worden – denn es ist kein Geringerer als Jesus Christus selbst, der uns bisher immer für ein Muster der Demut und Bescheidenheit gegolten. Christus hätte jemals geprahlt? der bescheidenste der Menschen, um so bescheidener, als er der göttlichste war? Ja, was bisher allen Theologen entgangen ist, das entdeckte der Graf Platen, denn er insinuiert uns: Christus, als er vor Pilatus gestanden, sei ebenfalls nicht bescheiden gewesen, und habe nicht bescheiden geantwortet, sondern als jener ihn frug, bist du der König der Juden? habe er gesprochen: Du sagst es. Und so sage auch er, der Graf Platen: »Ich bin es, ich bin der Poet!« – Was nie dem Hasse eines Verächters Christi gelungen ist, das gelang der Exegese selbstverliebter Eitelkeit.
Wie wir wissen, was wir davon zu halten, wenn einer solchermaßen beständig schreit: »Ich bin der Poet!« so wissen wir auch, was es für eine Bewandtnis hat mit den ganz außerordentlichen Gedichten, die der Graf, wenn er die gehörige Reife erlangt, noch dichten will, und die seine bisherigen Meisterstücke an Bedeutung so unerhört übertreffen sollen. Wir wissen ganz genau, daß die späteren Werke des wahren Dichters keineswegs bedeutender sind als die früheren, ebensowenig wie ein Weib, je öfter sie gebärt, desto vollkommenere Kinder zur Welt bringt; nein, das erste Kind ist schon ebenso gut wie das zweite – nur das Gebären wird leichter. Die Löwin wirft nicht erst ein Kaninchen, dann ein Häschen, dann ein Hündchen und endlich einen Löwen. Madame Goethe warf gleich ihren jungen Leu, und dieser gab uns, im ersten Wurf, seinen Löwen von Berlichingen. Ebenso warf auch Schiller gleich seine Räuber, an deren Tatze man schon die Löwenart erkannte. Später kam erst

die Politur, die Glätte, die Feile, die »Natürliche Tochter« und die »Braut von Messina«. Nicht so begab es sich mit dem Grafen Platen, der mit der ängstlichsten Künstelei anfing, und von dem der Dichter singt:

Du, der du sprangst so fertig aus dem Nichts,
Geleckten und lackierten Angesichts,
Gleichst einer Spielerei, geschnitzt aus Korke.

Indessen, wenn ich meine geheimsten Gedanken aussprechen soll, so gestehe ich, daß ich den Grafen Platen für keinen so großen Narrn halte, wie man wegen jener Prahlsucht und beständigen Selbstberäucherung glauben sollte. Ein bißchen Narrheit, das versteht sich, gehört immer zur Poesie; aber es wäre entsetzlich, wenn die Natur eine so beträchtliche Portion Narrheit, die für hundert große Dichter hinreichen würde, einem einzigen Menschen aufgebürdet, und von der Poesie selbst ihm nur eine so unbedeutend geringe Dosis gegeben hätte. Ich habe Gründe zu vermuten, daß der Herr Graf an seine eigne Prahlerei nicht glaubt, und daß er, dürftig im Leben wie in der Literatur, vielmehr für das Bedürfnis des Augenblicks sein eigner anpreisender Ruffiano sein mußte, in der Literatur wie im Leben. Daher in beiden die Erscheinungen, von denen man sagen konnte, daß sie mehr ein psychologisches als ästhetisches Interesse gewährten, daher zu gleicher Zeit die weinerlichste Seelenerschlaffung und der erlogene Übermut, daher das klägliche Dünnetun mit baldigem Sterben, und das drohende Dicktun mit künftiger Unsterblichkeit, daher der auflodernde Bettelstolz und die schmachtende Untertänigkeit, daher das beständige Klagen, »daß ihn Cotta verhungern lasse«, und wiederum Klagen, »daß ihn Cotta verhungern lasse«, daher die Anfälle von Katholizismus usw.
Obs dem Grafen mit dem Katholizismus Ernst ist, daran zweifle ich. Ob er überhaupt katholisch geworden ist, wie einige seiner hochgeborenen Freunde, das weiß ich nicht. Daß er es werden wolle, erfuhr ich zuerst aus öffentlichen

Blättern, die sogar hinzufügten, der Graf Platen werde Mönch und ginge ins Kloster. Böse Zungen meinten, daß ihm das Gelübde der Armut und die Enthaltung von Weibern nicht schwerfallen würde. Wie sich von selbst versteht, in München klangen, bei solchen Nachrichten, die frommen Glöcklein in den Herzen seiner Freunde. Mit Kyrie eleison und Halleluja wurden seine Gedichte gepriesen in den Pfaffenblättern; und in der Tat, die heiligen Männer des Zölibats mußten erfreut sein über jene Gedichte, wodurch die Enthaltung vom weiblichen Geschlechte befördert wird. Leider haben meine Gedichte eine andere Tendenz, und daß Pfaffen und Knabensänger nicht davon angesprochen werden, konnte mich zwar betrüben, aber nicht befremden. Ebensowenig befremdete es mich, als ich den Tag vor meiner Abreise nach Italien von meinem Freunde dem Doktor Kolb vernahm, daß der Graf Platen sehr feindselig gegen mich gestimmt sei, und mir mein Verderben schon bereitet habe in einem Lustspiele namens »König Ödipus«, das bereits zu Augsburg bei einigen Fürsten und Grafen, deren Namen ich vergessen habe oder vergessen will, angelangt sei. Auch andere erzählten mir, daß mich der Graf Platen hasse und sich mir als Feind entgegenstelle; – und das war mir auf jeden Fall angenehmer, als hätte man mir nachgesagt: daß mich der Graf Platen als Freund hinter meinem Rücken liebe. Was die heiligen Männer betrifft, deren fromme Wut sich zu gleicher Zeit gegen mich kundgab, und nicht bloß meiner antizölibatischen Gedichte wegen, sondern auch wegen der »Politischen Annalen«, die ich damals herausgab, so konnte ich ebenfalls nur gewinnen, wenn man deutlich sah, daß ich keiner der Ihrigen sei. Wenn ich hiermit andeute, daß man nichts Gutes von ihnen sagt, so sage ich darum noch nichts Böses von ihnen. Ich bin sogar der Meinung, daß sie, nur aus Liebe zum Guten, durch frommen Betrug und gottgefällige Verleumdung das Wort der Bösen entkräftigen möchten, und daß sie diesen, nur für einen solchen edlen Zweck, der jedes Mittel heiligt, nicht bloß die geistigen Lebensquellen, sondern auch die materiellen zu verschütten suchen. Man hat jene guten Leute, die sich in München sogar öffentlich als Kongregation präsentierten, törichterweise mit dem Namen Jesuiten beehrt. Sie sind wahrlich keine Jesuiten, sonst hätten sie eingesehen, daß z. B. ich, einer von den Bösen, schlimmstenfalls die literarisch alchimistische Kunst verstehe, aus meinen Feinden selbst Dukaten zu schlagen, dergestalt, daß ich dabei die Dukaten bekomme und meine Feinde die Schläge; – sie hätten eingesehen, daß solche Schläge nichts von ihrem Gehalte verlieren, wenn man auch den Namen des Schlagenden aviliert, wie der arme Sünder den Staupbesen nicht minder stark fühlt, obgleich der Scharfrichter, der ihn erteilt, für unehrlich erklärt wird; – und, was die Hauptsache ist, sie hätten eingesehen, daß etwas Vorliebe für den antiaristokratischen Voß und einige arglose Muttergotteswitze, weshalb sie mich zuerst mit Kot und Dummheit angriffen, nicht aus antikatholischem Eifer hervorgegangen. Wahrlich, sie sind keine Jesuiten, sondern nur Mischlinge von Kot und Dummheit, die ich, ebensowenig wie eine Mistkarre und den Ochsen der sie zieht, zu hassen vermag, und die mit allen ihren Anstrengungen nur das Gegenteil ihrer Absicht erreichen, und mich nur dahin bringen könnten: daß ich ihnen zeige wie sehr ich Protestant bin, daß ich mein gutes protestantisches Recht, in seiner weitesten Ermächtigung ausübe, und die gute protestantische Streitaxt mit Herzenslust handhabe. Sie könnten dann immerhin, um den Plebs zu gewinnen, die alten Weiberlegenden von meiner Ungläubigkeit durch ihren Leibpoeten in Verse bringen lassen – an den wohlbekannten Schlägen sollten sie schon den Glaubensgenossen eines Luthers, Lessings und Voß erkennen. Freilich, ich würde nicht mit dem Ernste dieser Heroen die alte Axt schwingen – denn der Anblick der Gegner bringt mich leicht zum Lachen, und ich bin ein bißchen eulenspiegeliger Natur und liebe eine Beimischung von Spaß – aber ich würde jenen Mistochsen nicht minder stark vor den Kopf schlagen, wenn ich auch vorher mit lachenden Blumen meine Axt umkränzte.

Doch ich will mein Thema nicht zu weit verlassen. Ich glaube, es war um jene Zeit, daß der König von Bayern, in schon erwähnter Absicht, dem Grafen Platen ein Jahrgehalt von sechshundert Gulden gab, und zwar nicht aus der Staatskasse, sondern aus der königlichen Privatkasse, wie es sich der Graf als besondere Gnade gewünscht hatte. Letzteren Umstand, der die Kaste charakterisiert, so geringfügig er auch erscheint, erwähne ich nur als Notiz für den Naturforscher, der vielleicht Beobachtungen über den Adel macht. In der Wissenschaft ist alles wichtig. Wer mir vorwerfen möchte, daß ich den Grafen Platen zu wichtig nehme, der gehe nach Paris und sehe, wie sorgfältig der feine, zierliche Cuvier, in seinen Vorlesungen, das unreinste Insekt mit dem genauesten Detail schildert. Es ist mir deshalb auch sogar leid, daß ich das Datum jener 600 Gulden nicht genauer konstatieren kann; so viel weiß ich aber, daß der Graf Platen den »König Ödipus« früher verfertigt hatte, und daß dieser nicht so bissig geworden wäre, wenn der Verfasser mehr zu beißen gehabt hätte.

In Norddeutschland, wohin mich plötzlich der Tod meines Vaters zurückrief, erhielt ich endlich das ungeheure Geschöpf, das dem großen Ei, worüber unser schöngefiederter Vogel Strauß so lange gebrütet, endlich entkrochen war, und das die Nachteulen der Kongregation mit frommem Gekrächze und die adeligen Pfauen mit freudigem Radschlagen schon lange im voraus begrüßt hatten. Es sollte nichts Minderes als ein verderblicher Basilisk sein. Kennst du, lieber Leser, die Sage von dem Basilisk? Das Volk erzählt: wenn ein männlicher Vogel, wie ein Weib, ein Ei gelegt, so entstände daraus ein giftiges Geschöpf, dessen Hauch die Luft verpeste, und das man nur dadurch töten könne, daß man ihm einen Spiegel vorhalte, indem es alsdann über den Anblick seiner eigenen Scheußlichkeit vor Schrecken sterbe.

Heilige Schmerzen, die ich nicht entweihen wollte, erlaubten es mir erst zwei Monat später, als ich auf der Insel Helgoland badete, den »König Ödipus« zu lesen, und dort, großgestimmt von dem beständigen Anblick des großen, kühnen Meers, mußte mir die kleinliche Gesinnung und die Altflickerei des hochgeborenen Verfassers recht anschaulich werden. Jenes Meisterwerk zeigte mir ihn endlich ganz wie er ist, mit all seiner blühenden Welkheit, seinem Überfluß an Geistesmangel, seiner Einbildung ohne Einbildungskraft, ganz wie er ist, forciert ohne Force, pikiert ohne pikant zu sein, eine trockne Wasserseele, ein trister Freudenjunge. Dieser Troubadour des Jammers, geschwächt an Leib und Seele, versuchte es, den gewaltigsten, phantasiereichsten und witzigsten Dichter der jugendlichen Griechenwelt nachzuahmen! Nichts ist wahrlich widerwärtiger als diese krampfhafte Ohnmacht, die sich wie Kühnheit aufblasen möchte, diese mühsam zusammengetragenen Invektiven, denen der Schimmel des verjährten Grolls anklebt, und dieser silbenstecherisch ängstlich nachgeahmte Geistestaumel. Wie sich von selbst versteht, zeigt sich in des Grafen Werk keine Spur von einer tiefen Weltvernichtungsidee, die jedem aristophanischen Lustspiele zum Grunde liegt, und die darin, wie ein phantastisch ironischer Zauberbaum, emporschießt mit blühendem Gedankenschmuck, singenden Nachtigallnestern und kletternden Affen. Eine solche Idee, mit dem Todesjubel und dem Zerstörungsfeuerwerk, das dazu gehört, durften wir freilich von dem armen Grafen nicht erwarten. Der Mittelpunkt, die erste und letzte Idee, Grund und Zweck seines sogenannten Lustspiels, besteht, wie bei der »verhängnisvollen Gabel«, wieder in geringfügig literarischen Händeln, der arme Graf konnte nur einige Äußerlichkeiten des Aristophanes nachahmen, nämlich die feinen Verse und die groben Worte. Ich sage: grobe Worte, weil ich keinen gröbern Ausdruck brauchen will. Wie ein keifendes Weib, gießt er ganze Blumentöpfe von Schimpfreden auf die Häupter der deutschen Dichter. Ich will dem Grafen herzlich gern seinen Groll verzeihen, aber er hätte doch einige Rücksichten beobachten müssen. Er hätte wenigstens das Geschlecht in uns ehren sollen, da wir keine Weiber sind, sondern Männer, und folglich zu einem Geschlechte gehören, das nach seiner Meinung das schöne Geschlecht ist, und das er so sehr liebt. Es bleibt dieses immer ein Mangel an Delikatesse, mancher Jüngling wird deshalb an seinen Huldigungen zweifeln, da jeder fühlt, daß der Wahrhaftliebende auch das ganze Geschlecht verehrt. Der Sänger Frauenlob war gewiß nie grob gegen irgendein Weib, und ein Platen sollte daher mehr Achtung zeigen gegen Männer. Aber der Undelikate! ohne Scheu erzählt er dem Publikum: Wir Dichter in Norddeutschland hätten alle die »Krätze, wofür wir leider eine Salbe brauchten, die als mefitisch er vor vielen schätze«. Der Reim ist gut. Am unzartesten ist er gegen Immermann. Schon im Anfang seines Gedichts läßt er diesen hinter einer spanischen Wand Dinge tun, die ich nicht nennen darf, und die dennoch nicht zu widerlegen sind. Ich halte es sogar für wahrscheinlich, daß Immermann schon solche Dinge getan hat. Es ist aber charakteristisch, daß die Phantasie des Grafen Platen sogar seine Feinde a posteriori zu belauschen weiß. Er schonte nicht einmal Houwald, diese gute Seele, sanft wie ein Mädchen – ach, vielleicht eben dieser holden Weiblichkeit wegen haßt ihn ein Platen. Müllner, den er, wie er sagt, schon längst »durch wirklichen Witz urkräftig erlegt«, dieser Tote wird wieder aus dem Grabe gescharrt. Kind und Kindeskind bleiben nicht unangetastet. Raupach ist ein Jude,

»Das Jüdchen Raupel –
Das jetzt als Raupach trägt so hoch die Nase«

»schmiert Tragödien im Katzenjammer«. Noch weit schlimmer ergeht es dem »getauften Heine«. Ja, ja, du irrst dich nicht, lieber Leser, das bin *ich*, den er meint, und im »König Ödipus« kannst du lesen, wie ich ein wahrer Jude bin, wie ich, wenn ich einige Stunden Liebeslieder geschrieben, gleich darauf mich niedersetze und Dukaten beschneide, wie ich am Sabbat mit langbärtigen Mauscheln zusammenhocke und den Talmud singe, wie ich in der Osternacht einen unmündigen Christen schlachte und aus Malice immer einen unglücklichen Schriftsteller dazu wähle – Nein, lieber Leser, ich will dich nicht belügen, solche gute, ausgemalte Bilder stehen nicht im »König Ödipus«, und daß sie nicht darin stehen, das nur ist der Fehler, den ich tadele. Der Graf Platen hat zuweilen die besten Motive und weiß sie nicht zu benutzen. Hätte er nur ein bißchen mehr Phantasie, so würde er mich wenigstens als geheimen Pfänderverleiher geschildert haben; welche komische Szenen hätten sich dargeboten! Es tut mir in der Seele weh, wenn ich sehe, wie sich der arme Graf jede Gelegenheit zu guten Witzen vorbeigehen lassen! Wie kostbar hätte er Raupach benutzen können als Tragödien-Rothschild, bei dem die königlichen Bühnen ihre Anleihen machen. Den Ödipus selbst, die Hauptperson seines Lustspiels, hätte er, durch einige Modifikationen in der Fabel des Stückes, ebenfalls besser benutzen können. Statt daß er ihn den Vater Lajus töten, und die Mutter Jokaste heiraten ließ, hätte er es im Gegenteil so einrichten sollen, daß Ödipus seine Mutter tötet und seinen Vater heiratet. Das dramatische pDrastische in einem solchen Gedichte hätte einem Platen meisterhaft gelingen müssen, seine eigene Gefühlsrichtung wäre ihm dabei zustatten gekommen, er hätte manchmal, wie eine Nachtigall, nur die Regungen der eignen Brust zu besingen gebraucht, er hätte ein Stück geliefert, das, wenn der ghaselige Iffland noch lebte, gewiß in Berlin gleich einstudiert worden wäre, und das man auch jetzt auf Privatbühnen geben würde. Ich kann mir nichts Vollendeteres denken als den Schauspieler Wurm in der Rolle eines solchen Ödipus. Er würde sich selbst übertreffen. Dann finde ich es auch nicht politisch vom Grafen, daß er in seinem Lustspiele versichert, er habe »wirklichen Witz«. Oder arbeitet er vielleicht auf den Überraschungseffekt, auf den Theatercoup, daß dadurch das Publikum beständig Witz erwarten, und dieser am Ende doch nicht erscheinen soll? Oder will er vielmehr das Publikum aufmuntern, den Wirkl. Geh. Witz im Stücke zu suchen, und das Ganze wäre nur ein Blindekuhspiel, wo der Platensche Witz so schlau ist, sich nie ertappen zu lassen? Deshalb vielleicht ist auch das Publikum, das sonst bei Lustspielen zu lachen pflegt, bei der Lektüre des Platenschen Stücks so verdrießlich, es kann den versteckten Witz nicht finden, vergebens piept der versteckte Witz, und piept immer lauter: hier bin ich! hier bin ich wirklich! – vergebens, das Publikum ist dumm und macht ein ernsthaftes Gesicht. Ich aber, der ich weiß wo der Witz steckt, habe herzlich gelacht, als ich von dem »gräflichen, herrschsüchtigen Dichter« las, der sich in einen aristokratischen Nimbus hüllt, der von sich rühmt, »daß jeder Hauch, der zwischen seine Zähne komme, eine Zermalmung sei«, und der zu allen deutschen Dichtern sagt:

> Ja, gleichwie Nero, wünscht ich euch nur *ein* Gehirn,
> Durch einen einzigen Witzeshieb zu spalten es –

Der Vers ist schlecht. Der versteckte Witz aber besteht darin: daß der Graf eigentlich wünscht, wir wären alle lauter Neronen und er, im Gegenteil, unser einziger lieber Freund Pythagoras.

Vielleicht würde ich zum Besten des Grafen noch manchen anderen versteckten Witz hervorloben, doch da er mir in seinem »König Ödipus« das Liebste angegriffen – denn was könnte mir lieber sein als mein Christentum? – so ist es mir nicht zu verdenken, wenn ich, menschlich gesinnt, den Ödipus, diese »große Tat in Worten«, minder ernstlich als die früheren Tätigkeiten würdige.

Indessen, das wahre Verdienst hat immer seinen Lohn gefunden, und dem Verfasser des Ödipus wird der seinige nicht entgehen, obgleich er sich auch hier, wie immer, nur dem Einfluß seiner adeligen und geistlichen Hintersassen hingab. Ja, es geht eine uralte Sage unter den Völkern des Orients und Okzidents, daß jede gute oder böse Tat ihre nächsten Folgen habe für den Täter. Und kommen wird der Tag, wo sie kommen – mach dich darauf gefaßt, lieber Leser, daß ich jetzt etwas in Pathos gerate und schauerlich werde – kommen wird der Tag, wo sie dem Tartaros entsteigen, die furchtbaren Töchter der Nacht, »die Eumeniden«. Beim Styx! – bei diesem Flusse schwören wir Götter niemals falsch – kommen wird der Tag, wo sie erscheinen, die dunkeln, urgerechten Schwestern, sie werden erscheinen mit schlangengelockten, roterzürnten Gesichtern, mit denselben Schlangengeißeln, womit sie einst den Orestes gegeißelt, den unnatürlichen Sünder, der die Mutter gemordet, die tyndaridische Klytämnestra. Vielleicht hört der Graf schon jetzt die Schlangen zischen – Ich bitte dich, lieber Leser, denk dir jetzt die Wolfsschlucht und Samielmusik – Vielleicht erfaßt den Grafen schon jetzt das geheime Sündergrauen, der Himmel verdüstert sich, Nachtgevögel kreischt, ferne Donner rollen, es blitzt, es riecht nach Kolophonium, Wehe! Wehe! die erlauchten Ahnen steigen aus den Gräbern, sie rufen noch drei bis viermal Wehe! Wehe! über den kläglichen Enkel, sie beschwören ihn, ihre alten Eisenhosen anzuziehen, um sich zu schützen vor den entsetzlichen Ruten – denn die Eumeniden werden ihn damit zerfetzen, die Geißelschlangen werden sich ironisch an ihm vergnügen, und wie der buhlerische König Rodrigo, als man ihn in den Schlangenturm gesperrt, wird auch der arme Graf am Ende wimmern und winseln:

Ach! sie fressen, ach! sie fressen,
Womit meistens ich gesündigt.

Entsetze dich nicht, lieber Leser, es ist ja alles nur Scherz. Diese furchtbaren Eumeniden sind nichts als ein heiteres Lustspiel, das ich, nach einigen Lustren, unter diesem Titel schreiben werde, und die tragischen Verse, die dich eben erschreckt, stehen in dem allerlustigsten Buche von der Welt, im »Don Quixote von la Mancha«, wo eine alte, anständige Hofdame sie in Gegenwart des ganzen Hofes rezitiert. Ich sehe, du lächelst wieder. Laß uns heiter und lachend voneinander Abschied nehmen. Wenn dieses letzte Kapitel etwas langweilig war, so lags nur an dem Gegenstande; auch schrieb ich es mehr zum Nutzen als zur Lust, und wenn es mir gelungen ist, einen neuen Narrn auch für die Literatur brauchbar gemacht zu haben, wird mir das Vaterland Dank schuldig sein. Ich habe das Feld urbar gemacht, worauf geistreichere Schriftsteller säen und ernten werden. Das bescheidene Bewußtsein dieses Verdienstes ist mein schönster Lohn.

Für etwaige Könige, die mir dafür noch extra eine Tabatiere schicken wollen, bemerke ich, daß die Buchhandlung »Hoffmann und Campe in Hamburg« Ordre hat, dergleichen für mich in Empfang zu nehmen.

Geschrieben im Spätherbst
des Jahres 1829.

Die Stadt Lucca

Lachen muß ich immer über die Engländer, die diesen ihren zweiten Dichter (denn nach Shakespeare gebührt Byron die Palme) so jämmerlich spießbürgerlich beurteilen, weil er ihre Pedanterie verspottete, sich ihren Krähwinkelsitten nicht fügen, ihren kalten Glauben nicht teilen wollte, ihre Nüchternheit ihm ekelhaft war, und er sich über ihren Hochmut und ihre Heuchelei beklagte. Viele machen schon ein Kreuz, wenn sie nur von ihm sprechen, und selbst die Frauen, obgleich ihre Wangen von Enthusiasmus glühen, wenn sie ihn lesen, nehmen öffentlich heftig Partei gegen den heimlichen Liebling –

Briefe eines Verstorbenen. Ein fragmentarisches Tagebuch aus England. München 1830.

Kapitel I

Die umgebende Natur wirkt auf den Menschen – warum nicht auch der Mensch auf die Natur, die ihn umgibt? In Italien ist sie leidenschaftlich wie das Volk, das dort lebt; bei uns in Deutschland ist sie ernster, sinniger und geduldiger. Hatte einst wie die Menschen auch die Natur mehr inneres Leben? Die Gemütskraft eines Orpheus, sagt man, konnte Bäume und Steine nach begeisterten Rhythmen bewegen. Könnte noch jetzt dergleichen geschehen? Menschen und Natur sind phlegmatisch geworden und gähnen sich einander an. Ein königl. Preuß. Poet wird nimmermehr, mit den Klängen seiner Leier, den Templower Berg oder die Berliner Linden zum Tanzen bringen können.

Auch die Natur hat ihre Geschichte und das ist eine andere Naturgeschichte als wie die, welche in Schulen gelehrt wird. Irgendeine von jenen grauen Eidechsen, die schon seit Jahrtausenden in den Felsenspalten des Apennins leben, sollte man als ganz außerordentliche Professorin bei einer unserer Universitäten anstellen, und man würde ganz außerordentliche Dinge zu hören bekommen. Aber der Stolz einiger Herren von der juristischen Fakultät würde sich gegen eine solche Anstellung auflehnen. Hegt doch einer von ihnen schon jetzt eine geheime Eifersucht gegen den armen Fido Savant, fürchtend daß dieser ihn einst im gelehrten Apportieren ersetzen könnte.

Die Eidechsen mit ihren klugen Schwänzchen und spitzfündigen Äuglein, haben mir wunderbare Dinge erzählt, wenn ich einsam zwischen den Felsen der Apenninen umherkletterte. Wahrlich, es gibt Dinge zwischen Himmel und Erde, die nicht bloß unsere Philosophen, sondern sogar die gewöhnlichsten Dummköpfe nicht begreifen.

Die Eidechsen haben mir erzählt, es gehe eine Sage unter den Steinen, daß Gott einst Stein werden wolle, um sie aus ihrer Starrheit zu erlösen. Eine alte Eidechse meinte aber, diese Steinwerdung würde nur dann stattfinden, wenn Gott bereits in alle Tier- und Pflanzenarten sich verwandelt und sie erlöst habe.

Nur wenige Steine haben Gefühl, und nur im Mondschein atmen sie. Aber diese wenige Steine, die ihren Zustand fühlen, sind schrecklich elend. Die Bäume sind viel besser daran, sie können weinen. Die Tiere aber sind am meisten begünstigt, denn sie können sprechen, jedes nach seiner Art und die Menschen am besten. Einst, wenn die ganze Welt erlöst ist, werden alle anderen Erschaffnisse ebenfalls sprechen können, wie in jenen uralten Zeiten, wovon die Dichter singen.

Die Eidechsen sind ein ironisches Geschlecht, und betören gern die anderen Tiere. Aber sie waren gegen mich so demütig, sie seufzten so ehrlich, sie erzählten mir Geschichten von Atlantis, die ich nächstens aufschreiben will, zu Nutz und Frommen der Welt. Es ward mir so innig zumute bei den kleinen Wesen, die gleichsam die geheimen Annalen der Natur aufbewahren. Sind es etwa verzauberte Priesterfamilien, gleich denen des alten Egyptens, die ebenfalls naturbelauschend in labyrinthischen Felsengrotten wohnten? Auf ihren Köpfchen, Leibchen und Schwänzchen blühen so wunderbare Zeichenbilder, wie auf egyptischen Hieroglyphenmützen und Hierophantenröcken.

Meine kleinen Freunde haben mich auch eine Zeichensprache gelehrt, vermittelst welcher ich mit der stummen Natur zu sprechen vermag. Dieses erleichtert mir oft die Seele, besonders gegen Abend, wenn die Berge in schaurig süßen Schatten gehüllt stehen, und die Wasserfälle rauschen, und alle Pflanzen duften, und hastige Blitze hin und her zucken. –

O Natur! du stumme Jungfrau! wohl verstehe ich dein Wetterleuchten, den vergeblichen Redeversuch, der über dein schönes Antlitz dahinzuckt, und du dauerst mich so tief, daß ich weine. Aber alsdann verstehst du auch mich, und du heiterst dich auf, und lachst mich an aus goldnen Augen. Schöne Jungfrau, ich verstehe deine Sterne und du verstehst meine Tränen!

Kapitel II

»Nichts in der Welt will rückwärts gehen«, sagte mir ein alter Eidechs, »alles strebt vorwärts, und am Ende wird ein großes Naturavancement stattfinden. Die Steine werden Pflanzen, die Pflanzen werden Tiere, die Tiere werden Menschen und die Menschen werden Götter werden.«
»Aber«, rief ich, »was soll denn aus diesen guten Leuten, aus den armen alten Göttern werden?«
»Das wird sich finden, lieber Freund«, antwortete jener; »wahrscheinlich danken sie ab, oder werden auf irgendeine ehrende Art in den Ruhestand versetzt.«
Ich habe von meinem hieroglyphenhäutigen Naturphilosophen noch manches andre Geheimnis erfahren; aber ich gab mein Ehrenwort, nichts zu enthüllen. Ich weiß jetzt mehr als Schelling und Hegel.
»Was halten Sie von diesen beiden?« frug mich der alte Eidechs mit einem höhnischen Lächeln, als ich mal diese Namen gegen ihn erwähnte.
»Wenn man bedenkt«, antwortete ich, »daß sie bloß Menschen und keine Eidechsen sind, so muß man über das Wissen dieser Leute sehr erstaunen. Im Grunde lehren sie eine und dieselbe Lehre, die Ihnen wohlbekannte Identitätsphilosophie, nur in der Darstellungsart unterscheiden sie sich. Wenn Hegel die Grundsätze seiner Philosophie aufstellt, so glaubt man jene hübschen Figuren zu sehen, die ein geschickter Schulmeister, durch eine künstliche Zusammenstellung von allerlei Zahlen, zu bilden weiß, dergestalt, daß ein gewöhnlicher Beschauer nur das Oberflächliche, nur das Häuschen oder Schiffchen oder absolute Soldätchen sieht, das aus jenen Zahlen formiert ist, während ein den-

kender Schulknabe in der Figur selbst vielmehr die Auflösung eines tiefen Rechenexempels erkennen kann. Die Darstellungen Schellings gleichen mehr jenen indischen Tierbildern, die aus allerlei anderen Tieren, Schlangen, Vögeln, Elefanten und dergleichen lebendigen Ingredienzen, durch abenteuerliche Verschlingungen, zusammengesetzt sind. Diese Darstellungsart ist viel anmutiger, heiterer, pulsierend wärmer, alles darin lebt, statt daß die abstrakt hegelschen Chiffern uns so grau, so kalt und tot anstarren.«
»Gut, gut«, erwiderte der alte Eidechserich, »ich merke schon was Sie meinen; aber sagen Sie mir, haben diese Philosophen viele Zuhörer?«
Ich schilderte ihm nun, wie in der gelehrten Karawanserei zu Berlin die Kamele sich sammeln um den Brunnen hegelscher Weisheit, davor niederknien, sich die kostbaren Schläuche aufladen lassen, und damit weiterziehen durch die Märksche Sandwüste. Ich schilderte ihm ferner, wie die neuen Athener um den Springquell des schellingschen Geistestranks sich drängen, als wär es das beste Bier, Breihahn des Lebens, Gesöffe der Unsterblichkeit. –
Den kleinen Naturphilosophen überlief der gelbe Neid, als er hörte, daß seine Kollegen sich so großen Zuspruchs erfreuen, und ärgerlich frug er: »Welchen von beiden halten Sie für den größten?« »Das kann ich nicht entscheiden«, gab ich zur Antwort, »ebensowenig wie ich entscheiden könnte, ob die Schechner größer sei als die Sontag, und ich denke –«
»Denke!« rief der Eidechs mit einem scharfen, vornehmen Tone der tiefsten Geringschätzung, »denken! wer von Euch denkt? Mein weiser Herr, schon an die dreitausend Jahre mache ich Untersuchungen über die geistigen Funktionen der Tiere, ich habe besonders Menschen, Affen und Schlangen zum Gegenstand meines Studiums gemacht, ich habe so viel Fleiß auf diese seltsamen Geschöpfe verwendet, wie Lyonnet auf seine Weidenraupen, und als Resultat aller meiner Beobachtungen, Experimente und anatomischen Vergleichungen, kann ich Ihnen bestimmt versichern: kein

Mensch denkt, es fällt nur dann und wann den Menschen etwas ein, solche ganz unverschuldete Einfälle nennen sie Gedanken, und das Aneinanderreihen derselben nennen sie Denken. Aber in meinem Namen können Sie es wiedersagen: kein Mensch denkt, kein Philosoph denkt, weder Schelling noch Hegel denkt, und was gar ihre Philosophie betrifft, so ist sie eitel Luft und Wasser, wie die Wolken des Himmels; ich habe schon unzählige solcher Wolken, stolz und sicher, über mich hin ziehen sehen, und die nächste Morgensonne hat sie aufgelöst in ihr ursprüngliches Nichts; – es gibt nur eine einzige wahre Philosophie, und diese steht, in ewigen Hieroglyphen, auf meinem eigenen Schwanze.«

Bei diesen Worten, die mit einem dedaignanten Pathos gesprochen wurden, drehte mir der alte Eidechs den Rücken, und indem er langsam fortschwänzelte, sah ich darauf die wunderlichsten Charaktere, die sich in bunter Bedeutsamkeit bis über den ganzen Schwanz hinabzogen.

Kapitel III

Auf dem Wege zwischen den Bädern von Lucca und der Stadt dieses Namens, unweit von dem großen Kastanienbaume, dessen wildgrüne Zweige den Bach überschatten, und in Gegenwart eines alten, weißbärtigen Ziegenbocks, der dort einsiedlerisch weidete, wurde das Gespräch geführt, das ich im vorigen Kapitel mitgeteilt habe. Ich ging nach der Stadt Lucca, um Franscheska und Mathilde zu suchen, die ich unserer Verabredung gemäß, schon vor acht Tagen dort treffen sollte. Ich war aber, zur bestimmten Zeit, vergebens hingereist, und ich hatte mich jetzt zum zweitenmale auf den Weg gemacht. Ich ging zu Fuße, längs den schönen Bergen und Baumgruppen, wo die goldnen Orangen, wie Sterne des Tages, aus dem dunklen Grün hervorleuchteten, und Girlanden von Weinreben, in festlichen Windungen, sich meilenweit hinzogen. Das ganze Land ist dort so gartenhaft und geschmückt, wie bei uns die ländlichen Szenen, die auf dem Theater dargestellt werden; auch die Landleute selbst gleichen jenen bunten Gestalten, die uns dann als singende, lächelnde und tanzende Staffage ergötzen. Nirgends Philistergesichter. Und gibt es hier auch Philister, so sind es doch italienische Orangenphilister und keine plump deutschen Kartoffelphilister. Pittoresk und idealisch wie das Land sind auch die Leute, und dabei trägt jeder Mann einen so individuellen Ausdruck im Gesicht, und weiß in Stellung, Faltenwurf des Mantels, und nötigenfalls in Handhabung des Messers, seine Persönlichkeit geltend zu machen. Dagegen bei uns zulande lauter Menschen mit allgemeinen, gleichförmlichen Physiognomien; wenn ihrer zwölf beisammen sind bilden sie ein Dutzend, und wenn einer sie dann angreift rufen sie die Polizei.

Auffallend war mir, im Luccesischen, wie im größten Teile Toskanas, tragen die Frauenzimmer große schwarze Filzhüte mit herabwallend schwarzen Straußfedern; sogar die Strohflechterinnen tragen dergleichen schwere Hauptbedekkung. Die Männer hingegen tragen meistens einen leichten Strohhut, und junge Burschen erhalten solchen zum Geschenk von einem Mädchen, das ihn selbst verfertigt, ihre Liebesgedanken und vielleicht auch manchen Seufzer hineingeflochten. So saß einst Franscheska unter den Mädchen und Blumen des Arnotals, und flocht einen Hut, für ihren caro Cecco, und küßte jeden Strohhalm, den sie dazu nahm, und trillerte ihr hübsches »Occhie, Stelle mortale«; – das lockigte Haupt, das den hübschen Hut nachher so hübsch trug, hat jetzt eine Tonsur, und der Hut selbst hängt, alt und abgenutzt, im Winkel eines trüben Abatestübchens zu Bologna.

Ich gehöre zu den Leuten, die immer gern einen kürzeren Weg nehmen, als die Landstraße bietet, und denen es alsdann wohl begegnet, daß sie sich auf engen Holz- und Felsenpfaden verirren. Das geschah auch hier, und ich habe,

zu meiner Reise nach Lucca, gewiß doppelt so viel Zeit gebraucht als gewöhnliche Landstraßmenschen. Ein Sperling, den ich um den Weg frug, zwitscherte und zwitscherte, und konnte mir doch keinen rechten Bescheid geben. Vielleicht auch wußte er ihn selbst nicht. Den Schmetterlingen und Libellen, die auf großen Glockenblumen saßen, konnte ich kein Wort abgewinnen; sie waren schon davongeflattert, ehe sie noch meine Fragen vernommen, und die Blumen schüttelten ihre tonlosen Glockenhäupter. Manchmal weckten mich die wilden Myrten, die, mit feinen Stimmchen, aus der Ferne kicherten. Hastig erklomm ich dann die höchsten Felsenspitzen, und rief: »Ihr Wolken des Himmels! Segler der Lüfte! sagt mir, wo geht der Weg nach Franscheska? Ist sie in Lucca? Sagt mir was tut sie? was tanzt sie? Sagt mir alles, und wenn ihr mir alles gesagt habt, so sagt es mir nochmals!«
Bei solcher Überfülle von Torheit konnte es wohl geschehen, daß ein ernster Adler, den mein Ruf aus seinen einsamen Träumen aufgestört, mich mit geringschätzendem Unmute ansah. Aber ich verziehs ihm gerne; denn er hatte niemals Franscheska gesehen, und daher konnte er noch immer so erhabenmütig auf seinem festen Felsen sitzen, und so seelenfrei zum Himmel emporstarren, oder so impertinent ruhig auf mich herabglotzen. So ein Adler hat einen unerträglich stolzen Blick, und sieht einen an, als wollte er sagen: »Was bist du für ein Vogel? Weißt du wohl, daß ich noch immer ein König bin, ebensogut wie in jenen Heldenzeiten, als ich Jupiters Blitze trug und Napoleons Fahnen schmückte? Bist du etwa ein gelehrter Papagoi, der die alten Lieder auswendig gelernt hat und pedantisch nachplappert? Oder eine vermüffte Turteltaube, die schön fühlt und miserabel gurrt? Oder eine Almanachsnachtigall? Oder ein abgestandener Gänserich, dessen Vorfahren das Kapitol gerettet? Oder gar ein serviler Haushahn, dem man, aus Ironie, das Emblem des kühnen Fliegens, nämlich mein Miniaturbild, um den Hals gehängt hat, und der sich deshalb so mächtig spreizt, als wäre er nun selbst ein Adler?« Du

weißt, lieber Leser, wie wenig Ursache ich habe, mich beleidigt zu fühlen, wenn ein Adler dergleichen von mir dachte. Ich glaube, der Blick, den ich ihm zurückwarf, war noch stolzer als der seinige, und wenn er sich bei dem ersten besten Lorbeerbaume erkundigt hat, so weiß er jetzt, wer ich bin.

Ich war wirklich im Gebirge verirrt, als schon die Dämmerung hereinbrach, und die bunten Waldlieder allmählich verstummten und die Bäume immer ernsthafter rauschten. Eine erhabene Heimlichkeit und innige Feier zog, wie der Odem Gottes, durch die verklärte Stille. Hie und da, aus dem Boden, blickte ein schönes dunkles Auge zu mir herauf, und verschwand im selben Augenblick. Zärtliches Flüstern tändelte mir ums Herz, und unsichtbare Küsse berührten luftig meine Wangen. Das Abendrot umhüllte die Berge wie mit Purpurmänteln, und die letzten Sonnenstrahlen beleuchteten ihre Gipfel, daß es aussah, als wären sie Könige mit goldenen Kronen auf den Häuptern. Ich aber stand, wie ein Kaiser der Welt, in der Mitte dieser gekrönten Vasallen, die schweigend mir huldigten.

Kapitel IV

Ich weiß nicht, ob der Mönch, der mir unfern Lucca begegnete, ein frommer Mann ist. Aber ich weiß, sein alter Leib steckt arm und nackt in einer groben Kutte, jahraus jahrein; die zerrissenen Sandalen können seine bloßen Füße nicht genug schützen, wenn er, durch Dorn und Gestrippe, die Felsen hinaufklimmt, um droben, in den Bergdörfern, Kranke zu trösten oder Kinder beten zu lehren; – und er ist zufrieden, wenn man ihm dafür ein Stückchen Brot in den Sack steckt, und ihm ein bißchen Stroh gibt, um darauf zu schlafen.

»Gegen *den* Mann will ich nicht schreiben«, sprach ich zu mir selbst. »Wenn ich wieder zu Hause in Deutschland, auf meinem Lehnsessel, am knisternden Öfchen, bei einer behaglichen Tasse Tee, wohlgenährt und warm sitze, und gegen die katholischen Pfaffen schreibe – gegen *den* Mann will ich nicht schreiben.« –

Um gegen die katholischen Pfaffen zu schreiben, muß man auch ihre Gesichter kennen. Die Originalgesichter sieht man aber nur in Italien. Die deutschen katholischen Priester und Mönche sind bloß schlechte Nachahmungen, oft sogar Parodien der italienischen; eine Vergleichung derselben würde ebenso ausfallen, als wenn man römische oder florentinische Heiligenbilder vergleichen wollte mit jenen heuschrecklichen, frommen Fratzen, die etwa dem spießbürgerlichen Pinsel eines Nürrenberger Stadtmalers, oder gar der lieben Einfalt eines Gemütsbeflissenen aus der langhaarig christlich neudeutschen Schule, ihr trauriges Dasein verdanken.

Die Pfaffen in Italien haben sich schon längst mit der öffentlichen Meinung abgefunden, das Volk dort ist längst daran gewöhnt, die geistliche Würde von der unwürdigen Person zu unterscheiden, jene zu ehren, wenn auch diese verächtlich ist. Eben der Kontrast, den die idealen Pflichten und Ansprüche des geistlichen Standes und die unabweislichen Bedürfnisse der sinnlichen Natur bilden müssen, jener uralte, ewige Konflikt zwischen dem Geiste und der Materie, macht die italienischen Pfaffen zu stehenden Charakteren des Volkshumors, in Satiren, Liedern und Novellen. Ähnliche Erscheinungen zeigen sich uns überall, wo ein ähnlicher Priesterstand vorhanden ist, z. B. in Hindostan. In den Komödien dieses urfrommen Landes, wie wir schon in der Sakontala bemerkt und in der neulich übersetzten Vasantasena bestätigt finden, spielt immer ein Bramine die komische Rolle, sozusagen den Priestergrazioso, ohne daß dadurch die Ehrfurcht, die man seinen Opferverrichtungen und seiner privilegierten Heiligkeit schuldig ist, im mindesten beeinträchtigt wird, – ebensowenig wie ein Italiener mit minderer Andacht bei einem Priester Messe hört oder beichtet, den er noch tags zuvor betrunken im Straßenkote gefunden hat. In Deutschland ist das anders, der katholische Priester will da nicht bloß seine Würde durch sein Amt, sondern auch sein Amt durch seine Person repräsentieren; und weil er es vielleicht anfangs mit seinem Berufe wirklich ganz ernsthaft gemeint hat, und er nachher, wenn seine Keuschheits- und Demutsgelübde etwas mit dem alten Adam kollidieren, sie dennoch nicht öffentlich verletzen will, besonders auch weil er unserem Freunde Krug in Leipzig keine Blöße geben will, so sucht er wenigstens den Schein eines heiligen Wandels zu bewahren. Daher Scheinheiligkeit, Heuchelei und gleißendes Frömmeln bei deutschen Pfaffen; bei den italienischen hingegen viel mehr Durchsichtigkeit der Maske, und eine gewisse feiste Ironie und behagliche Weltverdauung.

Doch was helfen solche allgemeine Reflexionen! Sie können dir wenig nutzen, lieber Leser, wenn du etwa Lust hättest gegen das katholische Pfaffentum zu schreiben. Zu diesem Zwecke muß man, wie gesagt, mit eignen Augen die Gesichter sehen, die dazu gehören. Wahrlich, es ist nicht einmal hinreichend, wenn man sie im königlichen Opernhause zu Berlin gesehen hat. Der vorige Generalintendant tat zwar immer das Seinige, um den Krönungszug in der Jungfrau von Orleans so täuschend treu als möglich darzustellen, seinen Landsleuten die Idee einer Prozession zu veranschaulichen und ihnen Pfaffen von allen Couleuren vor Augen zu bringen. Doch das getreueste Kostüm kann nicht die Originalgesichter ersetzen, und vertrödelte man sogar noch extra 100,000 Taler für goldne Bischofsmützen, festonierte Chorhemden, buntgestickte Meßgewänder, und ähnlichen Kram – so würden doch die protestantisch vernünftigen Nasen, die unter jenen Bischofsmützen hervorprotestieren, die dünnen denkgläubigen Beine, die aus den weißen Spitzen dieser Chorhemden herausgucken, die aufgeklärten Bäuche, denen jene Meßgewänder viel zu weit, alles würde unsereinen daran erinnern, daß keine katholische Geistliche, sondern Berliner Weltliche über die Bühne wandeln.

Ich habe oft darüber nachgedacht, ob der Generalintendant jenen Zug nicht viel besser darstellen und uns das Bild einer Prozession viel treuer vor Augen bringen könnte, wenn er die Rollen der katholischen Pfaffen nicht mehr von den gewöhnlichen Statisten, sondern von jenen protestantischen Geistlichen spielen ließe, die in der theologischen Fakultät, in der Kirchenzeitung und auf den Kanzeln am orthodoxesten gegen Vernunft, Weltlust, Gesenius und Teufeltum zu predigen wissen. Es würden dann Gesichter zum Vorschein kommen, deren pfäffisches Gepräge gewiß jenen Rollen viel täuschender entspräche. Ist es doch eine bekannte Bemerkung, daß die Pfaffen in der ganzen Welt, Rabbinen, Muftis, Dominikaner, Konsistorialräte, Popen, Bonzen, kurz das ganze diplomatische Corps Gottes, im Gesichte eine gewisse Familienähnlichkeit haben, wie man sie immer findet bei Leuten, die ein und dasselbe Gewerbe treiben. Schneider, in der ganzen Welt, zeichnen sich aus durch Zartheit der Glieder, Metzger und Soldaten tragen wieder überall denselben farouschen Anstrich, Juden haben ihre eigentümlich ehrliche Miene, nicht weil sie von Abraham, Isaak und Jakob abstammen, sondern weil sie Kaufleute sind, und der Frankfurter christliche Kaufmann sieht dem Frankfurter jüdischen Kaufmanne ebenso ähnlich, wie ein faules Ei dem andern. Die geistlichen Kaufleute, solche die von Religionsgeschäften ihren Unterhalt gewinnen, erlangen daher auch im Gesichte eine Ähnlichkeit. Freilich, einige Nuancen entstehen durch die Art und Weise wie sie ihr Geschäft treiben. Der katholische Pfaffe treibt es mehr wie ein Commis, der in einer großen Handlung angestellt ist; die Kirche, das große Haus, dessen Chef der Papst ist, gibt ihm bestimmte Beschäftigung und dafür ein bestimmtes Salär; er arbeitet lässig, wie jeder, der nicht für eigne Rechnung arbeitet und viele Kollegen hat, und im großen Geschäftstreiben leicht unbemerkt bleibt – nur der Kredit des Hauses liegt ihm am Herzen, und noch mehr dessen Erhaltung, da er bei einem etwaigen Bankerotte seinen Lebensunterhalt verlöre. Der protestantische Pfaffe hingegen ist überall selbst Prinzipal, und er treibt die Religionsgeschäfte für eigene Rechnung. Er treibt keinen Großhandel

wie sein katholischer Gewerbsgenosse, sondern nur einen Kleinhandel; und da er demselben allein vorstehen muß, darf er nicht lässig sein, er muß seine Glaubensartikel den Leuten anrühmen, die Artikel seiner Konkurrenten herabsetzen, und als echter Kleinhändler steht er in seiner Ausschnittbude, voll von Gewerbsneid gegen alle großen Häuser, absonderlich gegen das große Haus in Rom, das viele tausend Buchhalter und Packknechte besoldet und seine Faktoreien hat in allen vier Weltteilen.
Solches hat nun freilich auch seine physiognomische Wirkungen, aber diese sind doch nicht vom Parterre aus bemerkbar, die Familienähnlichkeit in den Gesichtern katholischer und protestantischer Pfaffen bleibt doch in ihren Hauptzügen unverändert, und wenn der Generalintendant die obenerwähnten Herren gut bezahlt, so werden sie ihre Rolle, wie immer, recht täuschend spielen. Auch ihr Gang wird zur Illusion beitragen; obgleich ein feines, geübtes Auge wohl merkt, daß er sich von dem Gange katholischer Priester und Mönche ebenfalls durch feine Nuancen unterscheidet.
Ein katholischer Pfaffe wandelt einher als wenn ihm der Himmel gehöre; ein protestantischer Pfaffe hingegen geht herum als wenn er den Himmel gepachtet habe.

Kapitel V

Es war schon Nacht als ich die Stadt Lucca erreichte.
Wie ganz anders erschien sie mir die Woche vorher, als ich am Tage durch die widerhallend öden Straßen wandelte, und mich in eine jener verwunschenen Städte versetzt glaubte, wovon mir einst die Amme so viel erzählt. Da war die ganze Stadt still wie das Grab, alles war so verblichen und verstorben, auf den Dächern spielte der Sonnenglanz, wie Goldflitter auf dem Haupte einer Leiche, hie und da aus den Fenstern eines altverfallenen Hauses hingen Efeu-

ranken, wie vertrocknet grüne Tränen, überall glimmernder Moder und ängstlich stockender Tod, die Stadt schien nur das Gespenst einer Stadt, ein steinerner Spuk am hellen Tage. Da suchte ich lange vergebens die Spur eines lebendigen Wesens. Ich erinnere mich nur, vor einem alten Palazzo lag ein schlafender Bettler mit ausgestreckt offner Hand. Auch erinnere ich mich, oben am Fenster eines schwärzlich morschen Häuslein sah ich einen Mönch, der den roten Hals mit dem feisten Glatzenhaupt recht lang aus der braunen Kutte hervorreckte, und neben ihm kam ein vollbusig nacktes Weibsbild zum Vorschein; unten, in die halboffne Haustüre sah ich einen kleinen Jungen hineingehen, der als ein schwarzer Abate gekleidet war, und mit beiden Händen eine mächtig großbäuchige Weinflasche trug. – In demselben Augenblick läutete unfern ein feines ironisches Glöcklein, und in meinem Gedächtnisse kicherten die Novellen des Boccaccio. Diese Klänge konnten aber keineswegs das seltsame Grauen, das meine Seele durchschauerte, ganz verscheuchen. Es hielt mich vielleicht um so gewaltiger befangen, da die Sonne, so warm und hell, die unheimlichen Gebäude beleuchtete; und ich merkte wohl, Gespenster sind noch furchtbarer, wenn sie den schwarzen Mantel der Nacht abwerfen, und sich im hellen Mittagslichte sehen lassen.
Als ich jetzt, acht Tage später, wieder nach Lucca kam, wie erstaunte ich über den veränderten Anblick dieser Stadt! Was ist das? rief ich, als die Lichter mein Auge blendeten und die Menschenströme durch die Gassen sich wälzten. Ist ein ganzes Volk als nächtliches Gespenst aus dem Grabe gestiegen, um im tollsten Mummenschanz das Leben nachzuäffen? Die hohen, trüben Häuser sind mit Lampen verziert, überall aus den Fenstern hängen bunte Teppiche, die morschgrauen Wände fast bedeckend, und darüber lehnen sich holde Mädchengesichter, so frisch, so blühend, daß ich wohl merke, es ist das Leben selbst, das sein Vermählungsfest mit dem Tode feiert und Schönheit und Jugend dazu eingeladen hat. Ja, es war so ein lebendes Totenfest, ich weiß nicht wie es im Kalender genannt wird, auf jeden Fall

so ein Schindungstag irgendeines geduldigen Martyrers, denn ich sah nachher einen heiligen Totenschädel und noch einige Extra-Knochen, mit Blumen und Edelsteinen geziert, und unter hochzeitlicher Musik herumtragen. Es war eine schöne Prozession.

Voran gingen die Kapuziner, die sich von den anderen Mönchen durch lange Bärte auszeichneten, und gleichsam die Sappeurs dieser Glaubensarmee bildeten. Darauf folgten Kapuziner ohne Bärte, worunter viele männlich edle Gesichter, sogar manch jugendlich schönes Gesicht, das die breite Tonsur sehr gut kleidete, weil der Kopf dadurch wie mit einem zierlichen Haarkranz umflochten schien, und samt dem bloßen Nacken recht anmutig aus der braunen Kutte hervortrat. Hierauf folgten Kutten von anderen Farben, schwarz, weiß, gelb, panaché, auch herabgeschlagene dreieckige Hüte, kurz all jene Klosterkostüme, womit wir durch die Bemühungen unseres Generalintendanten längst bekannt sind. Nach den Mönchsorden kamen die eigentlichen Priester, weiße Hemde über schwarze Hosen, und farbige Käppchen; hinter ihnen kamen noch vornehmere Geistliche, in buntseidne Decken gewickelt, und auf dem Haupte eine Art hoher Mützen, die wahrscheinlich aus Egypten stammen, und die man auch aus dem Denonschen Werke, aus der Zauberflöte und aus dem Belzoni kennenlernt; es waren altgediente Gesichter, und sie schienen eine Art von alter Garde zu bedeuten. Zuletzt kam der eigentliche Stab, ein Thronhimmel und darunter ein alter Mann mit einer noch höheren Mütze, und in einer noch reicheren Decke, deren Zipfel von zwei ebenso gekleideten alten Männern, nach Pagenart, getragen wurden.

Die vorderen Mönche gingen mit gekreuzten Armen, ernsthaft schweigend; aber die mit den hohen Mützen sangen einen gar unglücklichen Gesang, so näselnd, so schlürfend, so kollerend, daß ich überzeugt bin: wären die Juden die größere Volksmenge, und ihre Religion wäre die Staatsreligion, so würde man obiges Gesinge mit dem Namen »Mauscheln« bezeichnen. Glücklicherweise konnte man es nur zur Hälfte vernehmen, indem hinter der Prozession, mit lautem Trommeln und Pfeifen, mehrere Kompanien Militär einherzogen, sowie überhaupt an beiden Seiten neben den wallenden Geistlichen, auch immer je zwei und zwei Grenadiere marschierten. Es waren fast mehr Soldaten als Geistliche; aber zur Unterstützung der Religion gehören heutzutage viel Bajonette, und wenn gar der Segen gegeben wird, dann müssen in der Ferne auch die Kanonen bedeutungsvoll donnern.

Wenn ich eine solche Prozession sehe, wo unter stolzer Militär-Eskorte, die Geistlichen so gar trübselig und jammervoll einherwandeln, so ergreift es mich immer schmerzhaft, und es ist mir als sähe ich unseren Heiland selbst, umringt von Lanzenträgern, zur Richtstätte abführen. Die Sterne zu Lucca dachten gewiß wie ich, und als ich seufzend nach ihnen hinaufblickte, sahen sie mich so übereinstimmend an mit ihren frommen Augen, so hell, so klar. Aber man bedurfte nicht ihres Lichtes, tausend und abertausend Lampen und Kerzen und Mädchengesichter flimmerten aus allen Fenstern, an den Straßenecken standen lodernde Pechkränze aufgepflanzt, und dann hatte auch jeder Geistliche noch seinen besonderen Kerzenträger zur Seite. Die Kapuziner hatten meistens kleine Buben, die ihnen die Kerze trugen, und die jugendlich frischen Gesichtchen schauten bisweilen recht neugierig vergnügt hinauf nach den alten, ernsten Bärten; so ein armer Kapuziner kann keinen großen Kerzenträger besolden, und der Knabe, den er das Ave Maria lehrt, oder dessen Muhme ihm beichtet, muß bei Prozessionen wohl gratis dieses Amt übernehmen, und es wird darum gewiß nicht mit geringerer Liebe verrichtet. Die folgenden Mönche hatten nicht viel größere Buben, einige vornehmere Orden hatten schon erwachsene Rangen, und die hochmützigen Priester hatten wirkliche Bürgersleute zu Kerzenträgern. Aber endlich gar der Herr Erzbischof – denn das war wohl der Mann, der in vornehmer Demut unter dem Thronhimmel ging und sich die Gewandzipfel von greisen Pagen nachtragen ließ – dieser hatte

an jeder Seite einen Lakaien, die beide in blauen Livreen mit gelben Tressen prangten, und zeremoniös, als servierten sie bei Hof, die weißen Wachskerzen trugen.
Auf jeden Fall schien mir solche Kerzenträgerei eine gute Einrichtung, denn ich konnte dadurch um so heller die Gesichter besehen, die zum Katholizismus gehören. Und ich habe sie jetzt gesehen, und zwar in der besten Beleuchtung. Und was sah ich denn? Nun ja, der klerikale Stempel fehlte nirgends. Aber dieses abgerechnet, waren die Gesichter untereinander ebenso verschieden, wie andre Gesichter. Das eine war blaß, das andre rot, diese Nase erhob sich stolz, jene war niedergeschlagen, hier ein funkelnd schwarzes dort ein schimmernd graues Auge – aber in allen diesen Gesichtern lagen die Spuren derselben Krankheit, einer schrecklichen, unheilbaren Krankheit, die wahrscheinlich Ursache sein wird, daß mein Enkel, wenn er hundert Jahr später die Prozession in Lucca zu sehen bekommt, kein einziges von jenen Gesichtern wiederfindet. Ich fürchte, ich bin selbst angesteckt von dieser Krankheit, und eine Folge derselben ist jene Weichheit, die mich wunderbar beschleicht, wenn ich so ein sieches Mönchsgesicht betrachte, und darauf die Symptome jener Leiden sehe, die sich unter der groben Kutte verstecken: – gekränkte Liebe, Podagra, getäuschter Ehrgeiz, Rückendarre, Reue, Hämorrhoiden, die Herzwunden die uns vom Undank der Freunde, von der Verleumdung der Feinde, und von der eignen Sünde geschlagen worden, alles dieses und noch viel mehr, was ebensoleicht unter einer groben Kutte wie unter einem feinen Modefrack seinen Platz zu finden weiß. Oh! es ist keine Übertreibung, wenn der Poet in seinem Schmerze ausruft: das Leben ist eine Krankheit, die ganze Welt ein Lazarett!
»Und der Tod ist unser Arzt –« Ach! ich will nichts Böses von ihm reden, und nicht andre in ihrem Vertrauen stören; denn da er der einzige Arzt ist, so mögen sie immerhin glauben er sei auch der beste, und das einzige Mittel, das er anwendet, seine ewige Erdkur, sei auch das beste. Wenigstens kann man von ihm rühmen, daß er immer gleich bei

der Hand ist, und trotz seiner großen Praxis nie lange auf sich warten läßt, wenn man ihn verlangt. Manchmal folgt er seinen Patienten sogar zur Prozession, und trägt ihnen die Kerze. Es war gewiß der Tod selbst, den ich an der Seite eines blassen, bekümmerten Priesters gehen sah; in dünnen zitternden Knochenhänden trug er diesem die flimmernde Kerze, nickte dabei gar gutmütig besänftigend mit dem ängstlich kahlen Köpfchen, und so schwach er selbst auf den Beinen war, so unterstützte er doch noch zuweilen den armen Priester, der bei jedem Schritte noch bleicher wurde und umsinken wollte. Er schien ihm Mut einzusprechen: »Warte nur noch einige Stündchen, dann sind wir zu Hause, und ich lösche die Kerze aus, und ich lege dich aufs Bett, und die kalten, müden Beine können ausruhen, und du sollst so fest schlafen, daß du das wimmernde Sankt Michaelsglöckchen nicht hören wirst.«
»Gegen *den* Mann will ich auch nicht schreiben«, dacht ich, als ich den armen, bleichen Priester sah, dem der leibhaftige Tod zu Bette leuchtete.
Ach! man sollte eigentlich gegen niemanden in dieser Welt schreiben. Jeder ist selbst krank genug in diesem großen Lazarett, und manche polemische Lektüre erinnert mich unwillkürlich an ein widerwärtiges Gezänk, in einem kleineren Lazarett zu Krakau, wobei ich mich als zufälliger Zuschauer befand, und wo entsetzlich anzuhören war, wie die Kranken sich einander ihre Gebrechen spottend vorrechneten, wie ausgedörrte Schwindsüchtige den aufgeschwollenen Wassersüchtling verhöhnten, wie der eine lachte über den Nasenkrebs des andern, und dieser wieder über Maulsperre und Augenverdrehung seiner Nachbaren, bis am Ende die Fiebertollen nackt aus den Betten sprangen, und den andern Kranken die Decken und Laken von den wunden Leibern rissen, und nichts als scheußliches Elend und Verstümmlung zu sehen war.

Kapitel VI

Jener schenkte nunmehr auch der übrigen
Götterversammlung,
Rechtshin, lieblichen Nektar dem Mischkrug emsig
entschöpfend.
Doch unermeßliches Lachen erscholl den seligen Göttern,
Als sie sahn, wie Hephästos im Saal so gewandt
umherging.
Also den ganzen Tag bis spät zur sinkenden Sonne
Schmausten sie; und nicht mangelt' ihr Herz des
gemeinsamen Mahles,
Nicht des Saitengetöns von der lieblichen Leier Apollons,
Noch des Gesangs der Musen mit holdantwortender
Stimme.

(Vulgata)

Da plötzlich keuchte heran ein bleicher, bluttriefender Jude, mit einer Dornenkrone auf dem Haupte, und mit einem großen Holzkreuz auf der Schulter; und er warf das Kreuz auf den hohen Göttertisch, daß die goldnen Pokale zitterten, und die Götter verstummten und erblichen, und immer bleicher wurden, bis sie endlich ganz in Nebel zerrannen.

Nun gabs eine traurige Zeit, und die Welt wurde grau und dunkel. Es gab keine glücklichen Götter mehr, der Olymp wurde ein Lazarett wo geschundene, gebratene und gespießte Götter langweilig umherschlichen, und ihre Wunden verbanden und triste Lieder sangen. Die Religion gewährte keine Freude mehr, sondern Trost; es war eine trübselige, blutrünstige Delinquentenreligion.

War sie vielleicht nötig für die erkrankte und zertretene Menschheit? Wer seinen Gott leiden sieht, trägt leichter die eignen Schmerzen. Die vorigen heiteren Götter, die selbst keine Schmerzen fühlten, wußten auch nicht wie armen gequälten Menschen zumute ist, und ein armer gequälter Mensch könnte auch, in seiner Not, kein rechtes Herz zu ihnen fassen. Es waren Festtagsgötter, um die man lustig herumtanzte, und denen man nur danken konnte. Sie wurden deshalb auch nie so ganz von ganzem Herzen geliebt. Um so ganz von ganzem Herzen geliebt zu werden – muß man leidend sein. Das Mitleid ist die letzte Weihe der Liebe, vielleicht die Liebe selbst. Von allen Göttern, die jemals gelebt haben, ist daher Christus derjenige Gott, der am meisten geliebt worden. Besonders von den Frauen – –

Dem Menschengewühl entfliehend, habe ich mich in eine einsame Kirche verloren, und was du, lieber Leser, eben gelesen hast, sind nicht so sehr meine eignen Gedanken, als vielmehr einige unwillkürliche Worte, die in mir laut geworden, während ich, dahingestreckt auf einer der alten Betbänke, die Töne einer Orgel durch meine Brust ziehen ließ. Da liege ich, mit phantasierender Seele, der seltsamen Musik noch seltsamere Texte unterdichtend; dann und wann schweifen meine Blicke durch die dämmernden Bogengänge, und suchen die dunkeln Klangfiguren, die zu jenen Orgelmelodien gehören. Wer ist die Verschleierte, die dort kniet vor dem Bilde einer Madonna? Die Ampel, die davor hängt, beleuchtet grauenhaft süß die schöne Schmerzensmutter einer gekreuzigten Liebe, die Venus dolorosa; doch kupplerisch geheimnisvolle Lichter fallen zuweilen, wie verstohlen, auf die schönen Formen der verschleierten Beterin. Diese liegt zwar regungslos auf den steinernen Altarstufen, doch in der wechselnden Beleuchtung bewegt sich ihr Schatten, läuft manchmal zu mir heran, zieht sich wieder hastig zurück, wie ein stummer Mohr, der ängstliche Liebesbote in einem Harem – und ich verstehe ihn. Er verkündet mir die Gegenwart seiner Herrin, der Sultanin meines Herzens.

Es wird aber allmählich immer dunkler im leeren Hause, hie und da huscht eine unbestimmte Gestalt den Pfeilern entlang, dann und wann steigt leises Murmeln aus einer Seitenkapelle, und ihre langen, langgezogenen Töne stöhnt die Orgel, wie ein seufzendes Riesenherz –

Es war aber als ob jene Orgeltöne niemals aufhören, als ob jene Sterbelaute, jener lebende Tod ewig dauern wollte, ich fühlte so unsägliche Beklommenheit, so namenlose Angst, als wäre ich scheintot begraben worden, ja als wäre ich, ein Längstverstorbener, aus dem Grabe gestiegen, und sei, mit unheimlichen Nachtgesellen, in die Gespensterkirche gegangen, um die Totengebete zu hören, und Leichensünden zu beichten. Manchmal war mir, als sähe ich sie wirklich neben mir sitzen, in geisterhaftem Dämmerlichte, die abgeschiedene Gemeinde, in verschollen altflorentinischen Trachten, mit langen, blassen Gesichtern, goldbeschlagene Gebetbücher in dünnen Händen, heimlich wispernd, und melancholisch einander zunickend. Der wimmernde Ton eines fernen Sterbeglöckchens mahnte mich wieder an den kranken Priester, den ich bei der Prozession gesehen, und ich sprach zu mir selber: »Der ist jetzt auch gestorben, und kommt hierher um die erste Nachtmesse zu lesen und da beginnt erst recht der traurige Spuk.« Plötzlich aber erhob sich, von den Stufen des Altars, die holde Gestalt der verschleierten Beterin –

Ja, sie war es, schon ihr lebendiger Schatten verscheuchte die weißen Gespenster, ich sah jetzt nur sie, ich folgte ihr rasch zur Kirche hinaus, und als sie vor der Türe den Schleier zurückschlug, sah ich in Franscheskas beträntes Antlitz. Es glich einer sehnsüchtig weißen Rose, angeperlt vom Tau der Nacht und beglänzt vom Strahl des Mondes. »Franscheska liebst du mich?« Ich frug viel und sie antwortete wenig. Ich begleitete sie nach dem Hotel Crotsche di Malta, wo sie und Mathilde logierten. Die Straßen waren leer geworden, die Häuser schliefen mit geschlossenen Fensteraugen, nur hie und da, durch die hölzernen Wimpern, blinzelte ein Lichtchen. Oben am Himmel aber trat ein breiter hellgrüner Raum aus den Wolken hervor, und darin schwamm der Halbmond, wie eine silberne Gondel in einem Meer von Smaragden. Vergebens bat ich Franscheska nur ein einziges Mal hinauf zu sehen zu unserem alten, lieben Vertrauten; sie hielt aber das Köpfchen träumend gesenkt. Ihr Gang, der sonst so heiter dahinschwebend, war jetzt wie kirchlich gemessen, ihr Schritt war düster katholisch, sie

bewegte sich wie nach dem Takte einer feierlichen Orgel, und wie in früheren Nächten die Sünde, so war ihr jetzt die Religion in die Beine gefahren. Unterwegs vor jedem Heiligenbilde bekreuzte sie sich Haupt und Busen; vergebens versuchte ich ihr dabei zu helfen. Als wir aber auf dem Markte, der Kirche Sant Mitschiele vorbeikamen, wo die marmorne Schmerzensmutter mit den vergoldeten Schwertern im Herzen und mit der Lämpchenkrone auf dem Haupte, aus der dunkeln Nische hervorleuchtete, da schlang Franscheska ihren Arm um meinen Hals, küßte mich, und flüsterte: »Cecco, Cecco, caro Cecco!«
Ich nahm diese Küsse ruhig in Empfang, obgleich ich wohl wußte, daß sie im Grunde einem bolognesischen Abate, einem Diener der römisch katholischen Kirche, zugedacht waren. Als Protestant machte ich mir kein Gewissen daraus, mir die Güter der katholischen Geistlichkeit zuzueignen, und auf der Stelle säkularisierte ich die frommen Küsse Franscheskas. Ich weiß, die Pfaffen werden hierüber wütend sein, sie schreien gewiß über Kirchenraub, und würden gern das französische Sakrilegiengesetz auf mich anwenden. Leider muß ich gestehen, daß besagte Küsse das einzige waren, was ich in jener Nacht erbeuten konnte. Franscheska hatte beschlossen diese Nacht nur zum Heile ihrer Seele, kniend und betend, zu benutzen. Vergebens erbot ich mich ihre Andachtsübungen zu teilen; – als sie ihr Zimmer erreichte, schloß sie mir die Türe vor der Nase zu. Vergebens stand ich draußen noch eine ganze Stunde, und bat um Einlaß, und seufzte alle möglichen Seufzer, und heuchelte fromme Tränen, und schwor die heiligsten Eide – versteht sich, mit geistlichem Vorbehalte, ich fühlte wie ich allmählich ein Jesuit wurde, ich wurde ganz schlecht und erbot mich endlich sogar, katholisch zu werden für diese einzige Nacht –
»Franscheska!« rief ich, »Stern meiner Gedanken! Gedanke meiner Seele! vita della mia vita! meine schöne, oftgeküßte, schlanke, katholische Franscheska! für diese einzige Nacht, die du mir noch gewährst, will ich selbst katholisch werden

– aber auch nur für diese einzige Nacht! Oh, die schöne, selige, katholische Nacht! Ich liege in deinen Armen, streng-katholisch glaube ich an den Himmel deiner Liebe, von den Lippen küssen wir uns das holde Bekenntnis, das Wort wird Fleisch, der Glaube wird versinnlicht, in Form und Gestalt, welche Religion! Ihr Pfaffen! jubelt unterdessen eur Kyrie Eleison, klingelt, räuchert, läutet die Glocken, laßt die Orgel brausen, laßt die Messe von Palestrina erklingen – ›das ist der Leib!‹ – ich glaube, ich bin selig, ich schlafe ein – aber sobald ich des anderen Morgens erwache, reibe ich mir den Schlaf und den Katholizismus aus den Augen, und sehe wieder klar in die Sonne und in die Bibel, und bin wieder protestantisch vernünftig und nüchtern, nach wie vor.«

Kapitel VII

Als am anderen Tage die Sonne wieder herzlich vom Himmel herablachte, erloschen gänzlich die trübseligen Gedanken und Gefühle, die von der Prozession des vorhergehenden Abends in mir erregt worden, und mir das Leben wie eine Krankheit und die Welt wie ein Lazarett ansehen ließen.

Die ganze Stadt wimmelte von heiterem Volk. Geputzt bunte Menschen, dazwischen hüpfte hie und da ein schwarz Pfäfflein. Das brauste und lachte und schwatzte, man hörte fast nicht das Glockengebimmel, das zu einer großen Messe einlud, in die Kathedrale. Diese ist eine schöne, einfache Kirche, deren buntmarmorne Fassade mit jenen kurzen, übereinander gebauten Säulchen geziert ist, die uns so witzig trübe ansehen. Inwendig waren Pfeiler und Wände mit rotem Tuche überkleidet, und heitere Musik ergoß sich über die wogende Menschenmenge. Ich führte Signora Franscheska am Arm, und als ich ihr beim Eintritt das Weihwasser reichte, und durch die süßfeuchte Fingerberührung unsere Seelen elektrisiert wurden, bekam ich auch zu gleicher Zeit einen elektrischen Schlag ans Bein, daß ich vor Schreck fast hinpurzelte über die knienden Bäurinnen, die ganz weiß gekleidet und mit langen Ohrringen, und Halsketten von gelbem Golde belastet, in dichten Haufen den Boden bedeckten. Als ich mich umsah, erblickte ich ein ebenfalls kniendes Frauenzimmer, das sich fächerte, und hinter dem Fächer erspähte ich Myladys kichernde Augen. Ich beugte mich zu ihr hinab, und sie hauchte mir schmachtend ins Ohr: »Delightful!«

»Um Gottes willen!« flüsterte ich ihr zu, »bleiben Sie ernsthaft, lachen Sie nicht; sonst werden wir wahrhaftig hinausgeschmissen!«

Aber da half kein Bitten und Flehen. Zum Glück verstand man unsre Sprache nicht. Denn als Mylady aufstand, und uns durch das Gedränge zum Hauptaltar folgte, überließ sie sich ihren tollen Launen, ohne die mindeste Rücksicht, als stünden wir allein auf den Apenninen. Sie mokierte sich über alles, sogar die armen gemalten Bilder an den Wänden waren vor ihren Pfeilen nicht sicher.

»Sieh da!« rief sie, »auch Lady Eva, Geborne von Rippe, wie sie mit der Schlange diskuriert! Es ist ein guter Einfall des Malers, daß er der Schlange einen menschlichen Kopf mit einem menschlichen Gesichte gab; es wäre jedoch noch weit sinnreicher gewesen, wenn er dieses Verführungsgesicht mit einem militärischen Schnurrbart verziert hätte. Sehen Sie, Doktor, dort den Engel, welcher der hochgebenedeiten Jungfrau ihren gesegneten Zustand verkündigt und dabei so ironisch lächelt? Ich weiß was dieser Ruffiano denkt! Und diese Maria, zu deren Füßen die heilige Allianz des Morgenlandes, mit Gold- und Weihrauchgaben, niederkniet, sieht sie nicht aus wie die Catalani?«

Signora Franscheska, welche von diesem Geschwätz, wegen ihrer Unkenntnis des Englischen, nichts verstand als das Wort Catalani, bemerkte hastig: daß die Dame, wovon unsre Freundin spreche, jetzt wirklich den größten Teil ihrer Renommee verloren habe. Unsre Freundin aber ließ sich nicht stören und kommentierte auch die Passionsbilder,

bis zur Kreuzigung, einem überaus schönen Gemälde, worauf unter anderen drei dumme untätige Gesichter abgebildet waren, die dem Gottesmärtyrtum gemächlich zusahen, und von denen Mylady durchaus behauptete, es seien die bevollmächtigten Kommissarien von Östreich, Rußland und Frankreich.
Indessen, die alten Freskos, die zwischen den roten Decken der Wände zum Vorschein kamen, vermochten einigermaßen mit ihrem inwohnenden Ernste die britische Spottlust abzuwehren. Es waren darauf Gesichter aus jener heldenmütigen Zeit Luccas, wovon in den Geschichtsbüchern Machiavells, des romantischen Sallusts, so viel die Rede ist, und deren Geist uns aus den Gesängen Dantes, des katholischen Homers, so feurig entgegenweht. Wohl sprechen aus jenen Mienen die strengen Gefühle und barbarischen Gedanken des Mittelalters; wenn auch auf manchem stummen Jünglingsmunde das lächelnde Bekenntnis schwebt, daß damals nicht alle Rosen so ganz steinern und umflort gewesen sind, und wenn auch durch die fromm gesenkten Augenwimpern mancher Madonna aus jener Zeit ein so schalkhafter Liebeswink blinzelt, als ob sie uns gern noch ein zweites Christkindlein schenken möchte. Jedenfalls ist es aber ein hoher Geist, der uns aus jenen altflorentinischen Gemälden anspricht, es ist das eigentlich Heroische, das wir auch in den marmornen Götterbildern der Alten erkennen, und das nicht, wie unsre Ästhetiker meinen, in einer ewigen Ruhe ohne Leidenschaft, sondern in einer ewigen Leidenschaft ohne Unruhe besteht. Auch durch einige spätere Ölbilder, die im Dome von Lucca hängen, zieht sich, vielleicht als traditioneller Nachhall, jener altflorentinische Sinn. Besonders fiel mir auf eine Hochzeit zu Canan, von einem Schüler des Andrea del Sarto, etwas hart gemalt und schroff gestaltet. Der Heiland sitzt zwischen der weichen schönen Braut und einem Pharisäer, dessen steinernes Gesetztafelgesicht sich wundert über den genialen Propheten, der sich heiter mischt in die Reihen der Heiteren, und die Gesellschaft mit Wundern regaliert, die noch größer sind als die

Wunder des Moses; denn dieser konnte, wenn er noch so stark gegen den Felsen schlug, nur Wasser hervorbringen, jener aber brauchte nur ein Wort zu sprechen, und die Krüge füllten sich mit dem besten Wein. Viel weicher, fast venezianisch koloriert, ist das Gemälde von einem Unbekannten, das daneben hängt, und worin der freundlichste Farbenschmelz von einem durchbebenden Schmerze gar seltsam gedämpft wird. Es stellt dar wie Maria ein Pfund Salbe nahm, von ungefälschter köstlicher Narde, und damit die Füße Jesu salbte, und sie mit ihren Haaren trocknete. Christus sitzt da, im Kreise seiner Jünger, ein schöner, geistreicher Gott, menschlich wehmütig fühlt er eine schaurige Pietät gegen seinen eignen Leib, der bald so viel dulden wird, und dem die salbende Ehre, die man den Gestorbenen erweist, schon jetzt gebührt und schon jetzt widerfährt; er lächelt gerührt hinab auf das kniende Weib, das getrieben von ahnender Liebesangst, jene barmherzige Tat verrichtet, eine Tat, die nie vergessen wird, solange es leidende Menschen gibt, und die zur Erquickung aller leidenden Menschen durch die Jahrtausende duftet. Außer dem Jünger, der am Herzen Christi lag, und der auch diese Tat verzeichnet hat, scheint keiner von den Aposteln ihre Bedeutung zu fühlen, und der mit dem roten Barte scheint sogar, wie in der Schrift steht, die verdrießliche Bemerkung zu machen: »Warum ist diese Salbe nicht verkauft um dreihundert Groschen, und den Armen gegeben?« Dieser ökonomische Apostel ist eben derjenige, der den Beutel führt, die Gewohnheit der Geldgeschäfte hat ihn abgestumpft gegen alle uneigennützigen Nardendüfte der Liebe, er möchte Groschen dafür einwechseln zu einem nützlichen Zweck, und eben er, der Groschenwechsler, er war es, der den Heiland verriet – um dreißig Silberlinge. So hat das Evangelium auch symbolisch, in der Geschichte des Bankiers unter den Aposteln, die unheimliche Verführungsmacht, die im Geldsacke lauert, offenbart, und vor der Treulosigkeit der Geldgeschäftsleute gewarnt. Jeder Reiche ist ein Judas Ischariot.

»Sie schneiden ja ein verbissen gläubiges Gesicht, teurer Doktor«, flüsterte Mylady, »ich habe Sie eben beobachtet, und verzeihen Sie mir, wenn ich Sie etwa beleidige, Sie sahen aus wie ein guter Christ.«

»Unter uns gesagt, das bin ich; ja, Christus –«

»Glauben Sie vielleicht ebenfalls, daß er ein Gott sei?«

»Das versteht sich, meine gute Mathilde. Es ist der Gott, den ich am meisten liebe – nicht weil er so ein legitimer Gott ist, dessen Vater schon Gott war und seit undenklicher Zeit die Welt beherrschte: sondern weil er, obgleich ein geborener Dauphin des Himmels, dennoch, demokratisch gesinnt, keinen höfischen Zeremonialprunk liebt, weil er kein Gott einer Aristokratie von geschorenen Schriftgelehrten und galonierten Lanzenknechten, und weil er ein bescheidener Gott des Volks ist, ein Bürger-Gott, un bon dieu citoyen. Wahrlich, wenn Christus noch kein Gott wäre, so würde ich ihn dazu wählen, und viel lieber als einem aufgezwungenen absoluten Gotte, würde ich ihm gehorchen, ihm, dem Wahlgotte, dem Gotte meiner Wahl.«

Kapitel VIII

Der Erzbischof, ein ernster Greis, las selber Messe, und ehrlich gestanden, nicht bloß ich, sondern einigermaßen auch Mylady, wir wurden heimlich berührt von dem Geiste, der in dieser heiligen Handlung wohnt, und von der Weihe des alten Mannes, der sie vollzog; – ist ja doch jeder alte Mann, an und für sich, ein Priester, und die Zeremonien der katholischen Messe sind sie doch so uralt, daß sie vielleicht das einzige sind, was sich aus dem Kindesalter der Welt erhalten hat, und als Erinnerung an die ersten Vorfahren aller Menschen unsere Pietät in Anspruch nimmt. »Sehen Sie, Mylady«, sagte ich, »jede Bewegung, die Sie hier erblicken, die Art des Zusammenlegens der Hände und des Ausbreitens der Arme, dieses Knicksen, dieses Händewaschen, die-

ses Beräuchertwerden, dieser Kelch, ja die ganze Kleidung des Mannes, von der Mitra bis zum Saume der Stola, alles dieses ist altegyptisch und Überbleibsel eines Priestertums, von dessen wundersamem Wesen nur die ältesten Urkunden etwas Weniges berichten, eines frühesten Priestertums, das die erste Weisheit erforschte, die ersten Götter erfand, die ersten Symbole bestimmte, und die junge Menschheit –«
»Zuerst betrog«, setzte Mylady bitteren Tones hinzu, »und ich glaube, Doktor, aus dem frühesten Weltalter ist uns nichts übriggeblieben als einige triste Formeln des Betrugs. Und sie sind noch immer wirksam. Denn sehen Sie dort die stockfinsteren Gesichter? und gar jenen Kerl, der dort auf seinen dummen Knien liegt und mit seinem aufgesperrten Maule so ultradumm aussieht?«
»Um des lieben Himmels willen!« begütigte ich leise, »was ist daran gelegen, daß dieser Kopf so wenig von der Vernunft erleuchtet ist? Was geht das uns an? Was irritiert Sie dabei? Sehen Sie doch täglich Ochsen, Kühe, Hunde, Esel, die ebensodumm sind, ohne daß Sie durch solchen Anblick aus Ihrem Gleichmut aufgestört und zu unmutigen Äußerungen angeregt werden?«
»Ach, das ist was anderes«, fiel mir Mylady in die Rede, »diese Bestien tragen hinten Schwänze, und ich ärgre mich eben, daß ein Kerl, der ebenso bestialisch dumm ist, dennoch hinten keinen Schwanz hat.«
»Ja, das ist was andres, Mylady.«

Kapitel IX

Nach der Messe gabs noch allerlei zu schauen und zu hören, besonders die Predigt eines großen, vierstämmigen Mönchs, dessen befehlend kühnes, altrömisches Gesicht gegen die grobe Bettelkutte gar wundersam abstach, so daß der Mann aussah wie ein Imperator der Armut. Er predigte von Himmel und Hölle, und geriet zuweilen in die wütendste Begeistrung. Seine Schilderung des Himmels war ein bißchen barbarisch überladen, und es gab da viel Gold, Silber, Edelsteine, köstliche Speisen, und Weine von den besten Jahrgängen; dabei machte er ein so verklärt schlürfendes Gesicht, und er schob sich vor Wonne in der Kutte hin und her, wenn er, unter den Englein mit weißen Flüglein sich selber dachte als ein Englein mit weißen Flüglein. Minder ergötzlich, ja sogar sehr praktisch ernsthaft war seine Schilderung der Hölle. Hier war der Mann weit mehr in seinem Elemente. Er eiferte besonders über die Sünder, die nicht mehr so recht christlich ans alte Feuer der Hölle glauben, und sogar wähnen, sie habe sich in neuerer Zeit etwas abgekühlt und werde nächstens ganz und gar erlöschen. »Und wäre auch«, rief er, »die Hölle am Erlöschen, so würde ich, ich mit meinem Atem, die letzten glimmenden Kohlen wieder anfachen, daß sie wieder auflodern sollten zu ihrer alten Flammenglut.« Hörte man nun die Stimme, die gleich dem Nordwind diese Worte hervorheulte, sah man dabei das brennende Gesicht, den roten, büffelstarken Hals, und die gewaltigen Fäuste des Mannes, so hielt man jene höllische Drohung für keine Hyperbel.

»I like this man«, sagte Mylady.

»Da haben Sie recht«, antwortete ich, »auch mir gefällt er besser als mancher unserer sanften, homöopathischen Seelenärzte, die $^{1}/_{10\,000}$ Vernunft in einen Eimer Moralwasser schütten, und uns damit des Sonntags zur Ruhe predigen.«

»Ja, Doktor, für seine Hölle habe ich Respekt; aber zu seinem Himmel hab ich kein rechtes Vertrauen. Wie ich mich denn überhaupt in Ansehung des Himmels schon sehr früh in geheimen Zweifel verfing. Als ich noch klein war, in Dublin, lag ich oft auf dem Rücken im Gras, und sah in den Himmel, und dachte nach: ob wohl der Himmel wirklich so viele Herrlichkeiten enthalten mag, wie man davon rühmt? Aber, dacht ich, wie kommts, daß von diesen Herrlichkeiten niemals etwas herunterfällt, etwa ein brillantener Ohrring, oder eine Schnur Perlen oder wenigstens ein Stückchen Ananaskuchen, und daß immer nur Hagel oder Schnee oder gewöhnlicher Regen uns von oben herabbeschert wird? Das ist nicht ganz richtig, dacht ich –«

»Warum sagen Sie das, Mylady? Warum diese Zweifel nicht lieber verschweigen? Ungläubige, die keinen Himmel glauben, sollten nicht Proselyten machen; minder tadelnswert, sogar lobenswert ist die Proselytenmacherei derjenigen Leute, die einen süperben Himmel haben, und dessen Herrlichkeiten nicht selbstsüchtig allein genießen wollen, und deshalb ihre Nebenmenschen einladen dran teilzunehmen, und sich nicht eher zufrieden geben, bis diese ihre gütige Einladung angenommen.«

»Ich habe mich aber immer gewundert, Doktor, daß manche reiche Leute dieser Gattung, die wir, als Präsidenten, Vizepräsidenten, oder Sekretäre von Bekehrungsgesellschaften, eifrigst bemüht sehen, etwa einen alten verschimmelten Betteljuden himmelfähig zu machen und seine einstige Genossenschaft im Himmelreich zu erwerben, dennoch nie dran denken, ihn schon jetzt auf Erden an ihren Genüssen teilnehmen zu lassen, und ihn z. B. nie des Sommers auf ihre Landhäuser einladen, wo es gewiß Leckerbissen gibt, die dem armen Schelm ebenso gut schmecken würden, als genösse er sie im Himmel selbst.«

»Das ist erklärlich, Mylady, die himmlischen Genüsse kosten sie nichts, und es ist ein doppeltes Vergnügen, wenn wir so wohlfeilerweise unsre Nebenmenschen beglücken können. Zu welchen Genüssen aber kann der Ungläubige jemanden einladen?«

»Zu nichts, Doktor, als zu einem langen ruhigen Schlafe, der aber zuweilen für einen Unglücklichen sehr wünschenswert sein kann, besonders wenn er vorher mit zudringlichen Himmelseinladungen gar zu sehr geplagt worden.«

Dieses sprach das schöne Weib mit stechend bitteren Akzenten, und nicht ganz ohne Ernst antwortete ich ihr: »Liebe Mathilde, bei meinen Handlungen auf dieser Welt kümmert mich nicht einmal die Existenz von Himmel und Hölle, ich bin zu groß und zu stolz, als daß der Geiz nach himmlischen Belohnungen, oder die Furcht vor höllischen

Strafen mich leiten sollten. Ich strebe nach dem Guten, weil es schön ist und mich unwiderstehlich anzieht, und ich verabscheue das Schlechte, weil es häßlich und mir zuwider ist. Schon als Knabe, wenn ich den Plutarch las – und ich lese ihn noch jetzt alle Abend im Bette und möchte dabei manchmal aufspringen, und gleich Extra-Post nehmen und ein großer Mann werden – schon damals gefiel mir die Erzählung von dem Weibe, das durch die Straßen Alexandriens schritt, in der einen Hand einen Wasserschlauch, in der andern eine brennende Fackel tragend, und den Menschen zurief, daß sie mit dem Wasser die Hölle auslöschen und mit der Fackel den Himmel in Brand stecken wolle, damit das Schlechte nicht mehr aus Furcht vor Strafe unterlassen, und das Gute nicht mehr aus Begierde nach Belohnung ausgeübt werde. Alle unsre Handlungen sollen aus dem Quell einer uneigennützigen Liebe hervorsprudeln, gleichviel ob es eine Fortdauer nach dem Tode gibt oder nicht.«

»Sie glauben also auch nicht an Unsterblichkeit.«

»O Sie sind schlau, Mylady! Ich daran zweifeln? Ich, dessen Herz in die entferntesten Jahrtausende der Vergangenheit und der Zukunft immer tiefer und tiefer Wurzel schlägt, ich, der ich selbst einer der ewigsten Menschen bin, jeder Atemzug ein ewiges Leben, jeder Gedanke ein ewiger Stern – ich sollte nicht an Unsterblichkeit glauben?«

»Ich denke, Doktor, es gehört eine beträchtliche Portion Eitelkeit und Anmaßung dazu, nachdem wir schon so viel Gutes und Schönes auf dieser Erde genossen, noch obendrein vom lieben Gott die Unsterblichkeit zu verlangen! Der Mensch, der Aristokrat unter den Tieren, der sich besser dünkt, als alle seine Mitgeschöpfe, möchte sich auch dieses Ewigkeitsvorrecht, am Throne des Weltkönigs, durch höfische Lob- und Preisgesänge und kniendes Bitten auswirken. – Oh, ich weiß was dieses Zucken mit den Lippen bedeutet, unsterblicher Herr!«

Kapitel X

Signora bat uns mit ihr nach dem Kloster zu gehn, worin das wundertätige Kreuz, das Merkwürdigste in ganz Toskana, bewahrt wird. Und es war gut, daß wir den Dom verließen, denn Myladys Tollheiten würden uns doch zuletzt in Verlegenheiten gestürzt haben. Sie sprudelte von witziger Laune; lauter lieblich närrische Gedanken, so übermutig wie junge Kätzchen, die in der Maisonne herumspringen. Am Ausgang des Doms tunkte sie den Zeigefinger dreimal ins Weihwasser, besprengte mich jedesmal und murmelte: »Dem Zefardeyim Kinnim«, welches nach ihrer Behauptung die arabische Formel ist, womit die Zauberinnen einen Menschen in einen Esel verwandeln.

Auf der Piazza vor dem Dome manövrierte eine Menge Militär, beinah ganz östreichisch uniformiert und nach deutschem Kommando. Wenigstens hörte ich die deutschen Worte: »Präsentierts Gewehr! Fuß Gewehr! Schulters Gewehr! Rechtsum! Halt!« Ich glaube bei allen Italienern, wie noch bei einigen andern europäischen Völkern, wird auf Deutsch kommandiert. Sollen wir Deutschen uns etwas darauf zugute tun? Haben wir in der Welt so viel zu befehlen, daß das Deutsche sogar die Sprache des Befehlens geworden? Oder wird uns so viel befohlen, daß der Gehorsam am besten die deutsche Sprache versteht?

Mylady scheint von Paraden und Revuen keine Freundin zu sein. Sie zog uns mit ironischer Furchtsamkeit von dannen. »Ich liebe nicht«, sprach sie, »die Nähe von solchen Menschen mit Säbeln und Flinten, besonders wenn sie in großer Anzahl, wie bei außerordentlichen Manövern, in Reih und Glied aufmarschieren. Wenn nun einer von diesen Tausenden plötzlich verrückt wird, und mit der Waffe, die er schon in der Hand hat, mich auf der Stelle niedersticht? Oder wenn er gar plötzlich vernünftig wird und nachdenkt: ›Was hast du zu riskieren? zu verlieren? selbst wenn sie dir das Leben nehmen? Mag auch jene andre Welt, die uns nach dem Tode versprochen wird, nicht so ganz brillant sein, wie man sie rühmt, mag sie noch so schlecht sein, weniger als man dir jetzt gibt, weniger als sechs Kreuzer per Tag, kann man dir auch dort nicht geben – drum mach dir den Spaß und erstich jene kleine Engländerin mit der impertinenten Nase!‹ Bin ich da nicht in der größten Lebensgefahr? Wenn ich König wäre, so würde ich meine Soldaten in zwei Klassen teilen. Die einen ließe ich an Unsterblichkeit glauben, um in der Schlacht Mut zu haben und den Tod nicht zu fürchten, und ich würde sie bloß im Kriege gebrauchen. Die andern aber würde ich zu Paraden und Revuen bestimmen, und damit es ihnen nie in den Sinn komme, daß sie nichts riskieren, wenn sie des Spaßes wegen jemanden umbrächten, so würde ich ihnen bei Todesstrafe verbieten an Unsterblichkeit zu glauben, ja, ich würde ihnen sogar noch etwas Butter zu ihrem Kommißbrot geben, damit sie das Leben recht liebgewinnen. Erstern hingegen, jenen unsterblichen Helden, würde ich das Leben sehr sauer machen, damit sie es recht verachten lernen und die Mündung der Kanonen für einen Eingang in eine bessere Welt ansehen.«

»Mylady«, sprach ich, »Sie wären ein schlechter Regent. Sie wissen wenig vom Regieren und von der Politik verstehen Sie gar nichts. Hätten Sie die politischen Annalen gelesen –«

»Ich verstehe dergleichen vielleicht besser als Sie, teurer Doktor. Schon früh suchte ich mich darüber zu unterrichten. Als ich noch klein war, in Dublin –«

»Und auf dem Rücken lag, im Gras – und nachdachte, oder auch nicht, wie in Ramsgate –«

Ein Blick, wie leiser Vorwurf der Undankbarkeit, fiel aus Myladys Augen, dann aber lachte sie wieder, und fuhr fort: »Als ich noch klein war, in Dublin, und auf einem Eckchen von dem Schemel sitzen konnte, worauf Mutters Füße ruhten, da hatte ich immer allerlei zu fragen, was die Schneider, die Schuster, die Bäcker, kurz was die Leute in der Welt zu tun haben? Und die Mutter erklärte dann: die Schneider machen Kleider, die Schuster machen Schuhe, die

Bäcker backen Brot – Und als ich nun frug: ›Was tun denn die Könige?‹ da gab die Mutter zur Antwort: ›Die regieren.‹ ›Weißt du wohl, liebe Mutter‹, sagte ich da, ›wenn ich König wäre, so würde ich mal einen ganzen Tag gar nicht regieren, bloß um zu sehen, wie es dann in der Welt aussieht.‹ ›Liebes Kind‹, antwortete die Mutter, ›das tun auch manche Könige, und es sieht auch dann danach aus.‹«

»Wahrhaftig, Mylady, Ihre Mutter hatte recht. Besonders hier in Italien gibt es solche Könige, und man merkt es wohl in Piemont und Neapel –«

»Aber, lieber Doktor, es ist so einem italienischen König nicht zu verargen, wenn er manchen Tag gar nicht regiert, wegen der allzugroßen Hitze. Es ist nur zu befürchten, daß die Carbonari so einen Tag benutzen möchten; denn in der neuesten Zeit ist es mir besonders aufgefallen, daß die Revolutionen immer an solchen Tagen ausgebrochen sind, wo nicht regiert wurde. Irrten sich einmal die Carbonari, und glaubten sie, es wäre so ein unregierter Tag, und gegen alle Erwartung wurde dennoch regiert, so verloren sie die Köpfe. Die Carbonari können daher nie vorsichtig genug sein, und müssen sich genau die rechte Zeit merken. Dagegen aber ist es die höchste Politik der Könige, daß sie es ganz geheimhalten, an welchen Tagen sie nicht regieren, daß sie sich an solchen Tagen wenigstens einige Mal auf den Regierstuhl setzen, und etwa Federn schneiden, oder Briefcouverts versiegeln oder weiße Blätter liniieren, alles zum Schein, damit das Volk draußen, das neugierig in die Fenster des Palais hineinguckt, ganz sicher glaube es werde regiert.«

Während solche Bemerkungen aus Myladys feinem Mündchen hervorgaukelten, schwamm eine lächelnde Zufriedenheit um die vollen Rosenlippen Franscheskas. Sie sprach wenig. Ihr Gang war jedoch nicht mehr so seufzend entsagungsselig, wie am verflossenen Abend, sie trat vielmehr siegreich einher, jeder Schritt ein Trompetenton; es war indessen mehr ein geistlicher Sieg, als ein weltlicher, der sich in ihren Bewegungen kundgab, sie war fast das Bild einer triumphierenden Kirche, und um ihr Haupt schwebte eine unsichtbare Glorie. Die Augen aber, wie aus Tränen hervorlachend, waren wieder ganz weltkindlich, und in dem bunten Menschenstrom, der uns vorbeiflutete, ist auch kein einziges Kleidungsstück ihrem Forscherblick entgangen. »Ecco!« war dann ihr Ausruf, »welcher Shawl! der Markese soll mir ebensolchen Kaschemir zu einem Turbane kaufen, wenn ich die Roxelane tanze. Ach! er hat mir auch ein Kreuz mit Diamanten versprochen!«

Armer Gumpelino! zu dem Turbane wirst du dich leicht verstehen, jedoch das Kreuz wird dir noch manche saure Stunde machen; aber Signora wird dich so lange quälen und auf die Folter spannen, bis du dich endlich dazu bequemst.

Kapitel XI

Die Kirche, worin das wundertätige Kreuz von Lucca zu sehen ist, gehört zu einem Kloster, dessen Namen mir diesen Augenblick nicht im Gedächtnisse.

Bei unserem Eintritt in die Kirche, lagen vor dem Hauptaltare ein Dutzend Mönche auf den Knien, in schweigendem Gebet. Nur dann und wann, wie im Chor, sprachen sie einige abgebrochene Worte, die in den einsamen Säulengängen etwas schauerlich widerhallten. Die Kirche war dunkel, nur durch kleine gemalte Fenster fiel ein buntes Licht auf die kahlen Häupter und braunen Kutten. Glanzlose Kupferlampen beleuchteten spärlich die geschwärzten Freskos und Altarbilder, aus den Wänden traten hölzerne Heiligenköpfe, grell bemalt und bei dem zweifelhaften Lichte wie lebendig grinsend – Mylady schrie laut auf, und zeigte zu unseren Füßen einen Grabstein, worauf in relief das starre Bild eines Bischofs mit Mitra und Hirtenstab, gefalteten Händen und abgetretener Nase. »Ach!« flüsterte sie, »ich selbst trat ihm unsanft auf die steinerne Nase, und

nun wird er mir diese Nacht im Traume erscheinen und da gibts eine Nase.«
Der Sakristan, ein bleicher, junger Mönch, zeigte uns das wundertätige Kreuz, und erzählte dabei die Mirakel, die es verrichtet. Launisch, wie ich bin, habe ich vielleicht kein ungläubiges Gesicht dazu gemacht; ich habe dann und wann Anfälle von Wunderglauben, besonders wo, wie hier, Ort und Stunde denselben begünstigt. Ich glaube dann, daß alles in der Welt ein Wunder sei, und die ganze Weltgeschichte eine Legende. War ich angesteckt von dem Wunderglauben Franscheskas, die das Kreuz mit wilder Begeisterung küßte? Verdrießlich wurde mir die ebenso wilde Spottlust der witzigen Britin. Vielleicht verletzte mich solche um so mehr, da ich mich selbst nicht davon frei fühlte, und sie keineswegs als etwas Lobenswertes erachtete. Es ist nun mal nicht zu leugnen, daß die Spottlust, die Freude am Widerspruch der Dinge, etwas Bösartiges in sich trägt, statt daß der Ernst mehr mit den besseren Gefühlen verwandt ist – die Tugend, der Freiheitssinn und die Liebe selbst sind sehr ernsthaft. Indessen, es gibt Herzen, worin Scherz und Ernst, Böses und Heiliges, Glut und Kälte sich so abenteuerlich verbinden, daß es schwer wird darüber zu urteilen. Ein solches Herz schwamm in der Brust Mathildens; manchmal war es eine frierende Eisinsel, aus deren glattem Spiegelboden die sehnsüchtig glühendsten Palmenwälder hervorblühten, manchmal war es wieder ein enthusiastisch flammender Vulkan, der plötzlich von einer lachenden Schneelawine überschüttet wird. Sie war durchaus nicht schlecht, bei all ihrer Ausgelassenheit, nicht einmal sinnlich; ja, ich glaube von der Sinnlichkeit hatte sie nur die witzige Seite aufgefaßt, und ergötzte sich daran wie an einem närrischen Puppenspiele. Es war ein humoristisches Gelüste, eine süße Neugier, wie sich der oder jener bunte Kauz in verliebten Zuständen gebärden würde. Wie ganz anders war Franscheska! In ihren Gedanken, Gefühlen war eine katholische Einheit. Am Tage war sie ein schmachtend blasser Mond, des Nachts war sie eine glü-

hende Sonne – Mond meiner Tage! Sonne meiner Nächte! ich werde dich niemals wiedersehen!
»Sie haben recht«, sagte Mylady, »ich glaube auch an die Wundertätigkeit eines Kreuzes. Ich bin überzeugt, wenn der Markese an den Brillanten des versprochenen Kreuzes nicht zu sehr knickert, so bewirkt es gewiß bei Signoren ein brillantes Wunder; sie wird am Ende noch so sehr davon geblendet werden, daß sie sich in seine Nase verliebt. Auch habe ich oft gehört von der Wundertätigkeit einiger Ordenskreuze, die einen ehrlichen Mann zum Schufte machen konnten.«
So spöttelte die hübsche Frau über alles, sie kokettierte mit dem armen Sakristan, machte dem Bischof mit der abgetretenen Nase noch drollige Exküsen, wobei sie sich seinen etwaigen Gegenbesuch höflichst verbat, und als wir an den Weihkessel gelangten, wollte sie mich durchaus wieder in einen Esel verwandeln.
War es nun wirkliche Stimmung, die der Ort einflößte, oder wollte ich diesen Spaß, der mich im Grunde verdroß, so scharf als möglich ablehnen, genug ich warf mich in das gehörige Pathos und sprach:
»Mylady, ich liebe keine Religionsverächterinnen. Schöne Frauen, die keine Religion haben, sind wie Blumen ohne Duft; sie gleichen jenen kalten, nüchternen Tulpen, die uns aus ihren chinesischen Porzellantöpfen so porzellanhaft ansehen, und wenn sie sprechen könnten, uns gewiß auseinandersetzen würden, wie sie ganz natürlich aus einer Zwiebel entstanden sind, wie es hinreichend sei, wenn man hienieden nur nicht übel riecht, und wie übrigens, was den Duft betrifft, eine vernünftige Blume gar keines Duftes bedarf.«
Schon bei dem Wort Tulpe geriet Mylady in die heftigsten Bewegungen, und während ich sprach, wirkte ihre Idiosynkrasie gegen diese Blume so stark, daß sie sich verzweiflungsvoll die Ohren zuhielt. Zur Hälfte war es wohl Komödie, zur Hälfte aber auch wohl pikierter Ernst, daß sie mich mit bitterem Blicke ansah und aus Herzensgrund spott-

scharf mich frug: »Und Sie, teure Blume, welche von den vorhandenen Religionen haben Sie?«
»Ich, Mylady, ich habe sie alle, der Duft meiner Seele steigt in den Himmel und betäubt selbst die ewigen Götter!«

Kapitel XII

Indem Signora unser Gespräch, das wir größtenteils auf Englisch führten, nicht verstehen konnte, geriet sie, Gott weiß wie! auf den Gedanken, wir stritten über die Vorzüglichkeit unserer respektiven Landsleute. Sie lobte nun die Engländer ebenso wie die Deutschen, obgleich sie im Herzen die ersteren für nicht klug und die letzteren für dumm hielt. Sehr schlecht dachte sie von den Preußen, deren Land, nach ihrer Geographie, noch weit über England und Deutschland hinausliegt, besonders schlecht dachte sie vom Könige von Preußen, dem großen Federigo, den ihre Feindin, Signora Seraphina, in ihrem Benefizballette vorig Jahr getanzt hatte; wie denn sonderbar genug, dieser König, nämlich Friedrich der Große, auf den italienischen Theatern und im Gedächtnisse des italienischen Volks noch immer lebt.
»Nein«, sagte Mylady, ohne auf Signoras süßes Gekose hinzuhören, »nein, diesen Menschen braucht man nicht erst in einen Esel zu verwandeln; nicht nur, daß er jede zehn Schritte seine Gesinnung wechselt, und sich beständig widerspricht, wird er jetzt sogar ein Bekehrer, und ich glaube gar er ist ein verkappter Jesuit. Ich muß, meiner Sicherheit wegen, jetzt devote Gesichter schneiden, sonst gibt er mich an bei seinen Mitheuchlern in Christo, bei den heiligen Inquisitionsdilettanten, die mich in Effigie verbrennen, da ihnen die Polizei noch nicht erlaubt, die Personen selbst ins Feuer zu werfen. Ach, ehrwürdiger Herr! glauben Sie nur nicht, daß ich so klug sei wie ich aussehe, es fehlt mir durchaus nicht an Religion, ich bin keine Tulpe, beileibe

keine Tulpe, nur um des Himmels willen keine Tulpe, ich will lieber alles glauben! Ich glaube jetzt schon das Hauptsächlichste, was in der Bibel steht, ich glaube, daß Abraham den Isaak, und Isaak den Jakob, und Jakob wieder den Juda gezeugt hat, so wie auch, daß dieser wieder seine Schnur Tamar auf der Landstraße erkannt hat. Ich glaube auch, daß Loth mit seinen Töchtern zu viel getrunken. Ich glaube, daß die Frau des Potiphar den Rock des frommen Josephs in Händen behalten. Ich glaube, daß die beiden Alten, die Susannen im Bade überraschten, sehr alt gewesen sind. Außerdem glaub ich noch, daß der Erzvater Jakob erst seinen Bruder und dann seinen Schwiegervater betrogen, daß König David dem Uria eine gute Anstellung bei der Armee gegeben, daß Salomo sich tausend Weiber angeschafft und nachher gejammert es sei alles eitel. Auch an die Zehn Gebote glaube ich und halte sogar die meisten; ich laß mich nicht gelüsten meines Nächsten Ochsen, noch seiner Magd, noch seiner Kuh, noch seines Esels. Ich arbeite nicht am Sabbat, dem siebenten Tage, wo Gott geruht; ja, aus Vorsicht, da man nicht mehr genau weiß, welcher dieser siebente Ruhetag war, tue ich oft die ganze Woche nichts. Was aber gar die Gebote Christi betrifft, so übte ich immer das wichtigste, nämlich daß man sogar seine Feinde lieben soll – denn ach! diejenigen Menschen, die ich am meisten geliebt habe, waren immer, ohne daß ich es wußte, meine schlimmsten Feinde.«
»Um Gottes willen, Mathilde, weinen Sie nicht!« rief ich als wieder ein Ton der schmerzhaftesten Bitterkeit aus der heitersten Neckerei, wie eine Schlange aus einem Blumenbeete, hervorschoß. Ich kannte ja diesen Ton, wobei das witzige Kristallherz der wunderbaren Frau zwar immer gewaltig, aber nicht lange erzitterte, und ich wußte, daß er ebensoleicht, wie er entsteht, auch wieder verscheucht wird, durch die erste beste lachende Bemerkung, die man ihr mitteilte, oder die ihr selbst durch den Sinn flog. Während sie gelehnt an das Portal des Klosterhofes, die glühende Wange an die kalten Steine preßte, und sich mit ihren langen Haa-

ren die Tränenspur aus den Augen wischte, suchte ich ihre gute Laune wieder zu erwecken, indem ich, in ihrer eignen Spottweise, die arme Franscheska zu mystifizieren suchte, und ihr die wichtigsten Nachrichten mitteilte über den Siebenjährigen Krieg, der sie so sehr zu interessieren schien, und den sie noch immer unbeendigt glaubte. Ich erzählte ihr viel Interessantes von dem großen Federigo, dem witzigen Kamaschengott von Sanssouci, der die preußische Monarchie erfunden, und in seiner Jugend recht hübsch die Flöte blies, und auch französische Verse gemacht hat. Franscheska frug mich, ob die Preußen oder die Deutschen siegen werden? Denn, wie schon oben bemerkt, sie hielt erstere für ein ganz anderes Volk, und es ist auch gewöhnlich, daß in Italien unter dem Namen Deutsche nur die Östreicher verstanden werden. Signora wunderte sich nicht wenig, als ich ihr sagte, daß ich selbst lange Zeit in der Capitale della Prussia gelebt habe, nämlich in Berelino, einer Stadt, die ganz oben in der Geographie liegt, unfern vom Eispol. Sie schauderte, als ich ihr die Gefahren schilderte, denen man dort zuweilen ausgesetzt ist, wenn einem die Eisbären auf der Straße begegnen. »Denn, liebe Franscheska«, erklärte ich ihr, »in Spitzbergen liegen gar zu viele Bären in Garnison, und diese kommen zuweilen auf einen Tag nach Berlin, um etwa aus Patriotismus den Bär und den Bassa zu sehen oder einmal bei Beyerman, im Café royal, gut zu essen und Champagner zu trinken, was ihnen oft mehr Geld kostet, als sie mitgebracht; in welchem Falle einer von den Bären so lange dort angebunden wird, bis seine Kameraden zurückkehren und bezahlen, woher auch der Ausdruck ›einen Bären anbinden‹ entstanden ist. Viele Bären wohnen in der Stadt selbst, ja man sagt Berlin verdanke seine Entstehung den Bären, und hieße eigentlich Bärlin. Die Stadtbären sind aber übrigens sehr zahm und einige darunter so gebildet, daß sie die schönsten Tragödien schreiben und die herrlichste Musik komponieren. Die Wölfe sind dort ebenfalls häufig, und da sie, der Kälte wegen, Warschauer Schafpelze tragen, sind sie nicht so leicht zu erkennen. Schneegänse flattern dort umher und singen Bravourarien, und Renntiere rennen da herum als Kunstkenner. Übrigens leben die Berliner sehr mäßig und fleißig, und die meisten sitzen bis am Nabel im Schnee und schreiben Dogmatiken, Erbauungsbücher, Religionsgeschichten für Töchter gebildeter Stände, Katechismen, Predigten für alle Tage im Jahr, Elohagedichte, und sind dabei sehr moralisch, denn sie sitzen bis am Nabel im Schnee.«

»Sind die Berliner denn Christen?« rief Signora voller Verwundrung.

»Es hat eine eigne Bewandtnis mit ihrem Christentum. Dieses fehlt ihnen im Grunde ganz und gar, und sie sind auch viel zu vernünftig, um es ernstlich auszuüben. Aber da sie wissen, daß das Christentum im Staate nötig ist, damit die Untertanen hübsch demütig gehorchen, und auch außerdem nicht zu viel gestohlen und gemördet wird, so suchen sie mit großer Beredsamkeit wenigstens ihre Nebenmenschen zum Christentume zu bekehren, sie suchen gleichsam Remplaçants in einer Religion, deren Aufrechthaltung sie wünschen und deren strenge Ausübung ihnen selbst zu mühsam wird. In dieser Verlegenheit benutzen sie den Diensteifer der armen Juden, diese müssen jetzt für sie Christen werden, und da dieses Volk, für Geld und gute Worte alles aus sich machen läßt, so haben sich die Juden schon so ins Christentum hineinexerziert, daß sie ordentlich schon über Unglauben schreien, auf Tod und Leben die Dreieinigkeit verfechten, in den Hundstagen sogar daran glauben, gegen die Rationalisten wüten, als Missionäre und Glaubensspione im Lande herumschleichen und erbauliche Traktätchen verbreiten, in den Kirchen am besten die Augen verdrehen, die scheinheiligsten Gesichter schneiden, und mit so viel hohem Beifalle frömmeln, daß sich schon hie und da der Gewerbsneid regt, und die älteren Meister des Handwerks schon heimlich klagen: das Christentum sei jetzt ganz in den Händen der Juden.«

Kapitel XIII

Wenn mich Signora nicht verstand, so wirst du, lieber Leser, mich gewiß besser verstehen. Auch Mylady verstand mich, und dies Verständnis weckte wieder ihre gute Laune. Doch als ich – ich weiß nicht mehr ob mit ernsthaftem Gesichte – der Meinung beipflichten wollte, daß das Volk einer bestimmten Religion bedürfe, konnte sie wieder nicht umhin, mir in ihrer Weise entgegenzustreiten.

»Das Volk muß eine Religion haben!« rief sie. »Eifrig höre ich diesen Satz predigen von tausend dummen und abertausend scheinheiligen Lippen –«

»Und dennoch ist es wahr, Mylady. Wie die Mutter nicht alle Fragen des Kindes mit der Wahrheit beantworten kann, weil seine Fassungskraft es nicht erlaubt, so muß auch eine positive Religion, eine Kirche vorhanden sein, die alle übersinnlichen Fragen des Volks, seiner Fassungskraft gemäß, recht sinnlich bestimmt beantworten kann.«

»O weh! Doktor, eben Ihr Gleichnis bringt mir eine Geschichte ins Gedächtnis, die am Ende nicht günstig für Ihre Meinung sprechen würde. Als ich noch klein war, in Dublin –«

»Und auf dem Rücken lag –«

»Aber, Doktor, man kann doch mit Ihnen kein vernünftig Wort sprechen. Lächeln Sie nicht so unverschämt und hören Sie: Als ich noch klein war, in Dublin, und zu Mutters Füßen saß, frug ich sie einst: was man mit den alten Vollmonden anfange? ›Liebes Kind‹, sagte die Mutter, ›die alten Vollmonde schlägt der liebe Gott mit dem Zuckerhammer in Stücke, und macht daraus die kleinen Sterne.‹ Man kann der Mutter diese offenbar falsche Erklärung nicht verdenken, denn mit den besten astronomischen Kenntnissen hätte sie doch nicht vermocht, mir das ganze Sonne-, Mond- und Sternesystem auseinanderzusetzen, und die übersinnlichen Fragen beantwortete sie sinnlich bestimmt. Es wäre aber doch besser gewesen, sie hätte die Erklärung für ein reiferes Alter verschoben, oder wenigstens keine Lüge ausgedacht.

Denn als ich mit der kleinen Lucie zusammenkam und der Vollmond am Himmel stand, und ich ihr erklärte, wie man bald kleine Sterne draus machen werde, lachte sie mich aus, und sagte, daß ihre Großmutter, die alte O'Meara ihr erzählt habe: die Vollmonde würden in der Hölle als Feuermelonen verzehrt, und da man dort keinen Zucker habe, müsse man Pfeffer und Salz drauf streuen. Hatte Lucie vorher über meine Meinung, die etwas naiv evangelisch war, mich ausgelacht, so lachte ich noch mehr über ihre düster katholische Ansicht, vom Auslachen kam es zu ernstem Streit, wir pufften uns, wir kratzten uns blutig, wir bespuckten uns polemisch, bis der kleine O'Donnel aus der Schule kam, und uns auseinanderriß. Dieser Knabe hatte dort besseren Unterricht in der Himmelskunde genossen, verstand sich auf Mathematik, und belehrte uns ruhig über unsere beiderseitigen Irrtümer und die Torheit unseres Streits. Und was geschah? Wir beiden Mädchen unterdrückten vorderhand unseren Meinungsstreit, und vereinigten uns gleich, um den kleinen ruhigen Mathematikus durchzuprügeln.«

»Mylady, ich bin verdrießlich, denn Sie haben recht. Aber es ist nicht zu ändern, die Menschen werden immer streiten über die Vorzüglichkeit derjenigen Religionsbegriffe, die man ihnen früh beigebracht, und der Vernünftige wird immer doppelt zu leiden haben. Einst war es freilich anders, da ließ sich keiner einfallen, die Lehre und die Feier seiner Religion besonders anzupreisen, oder gar sie jemanden aufzudringen. Die Religion war eine liebe Tradition, heilige Geschichten, Erinnerungsfeier und Mysterien, überliefert von den Vorfahren, gleichsam Familiensakra des Volks, und einem Griechen wäre es ein Greuel gewesen, wenn ein Fremder, der nicht von seinem Geschlechte, eine Religionsgenossenschaft mit ihm verlangt hätte; noch mehr würde er es für eine Unmenschlichkeit gehalten haben, irgend jemand, durch Zwang oder List, dahin zu bringen, seine angeborene Religion aufzugeben und eine fremde dafür anzunehmen. Da kam aber ein Volk aus Egypten, dem Vaterland der Krokodille und des Priestertums, und außer den Hautkrankheiten und den gestohlenen Gold- und Silbergeschirren, brachte es auch eine sogenannte positive Religion mit, eine sogenannte Kirche, ein Gerüste von Dogmen, an die man glauben, und heiliger Zeremonien, die man feiern mußte, ein Vorbild der späteren Staatsreligionen. Nun entstand ›die Menschenmäkelei‹, das Proselytenmachen, der Glaubenszwang, und all jene heiligen Greul, die dem Menschengeschlechte so viel Blut und Tränen gekostet.«

»Goddam! dieses Urübelvolk!«

»Oh, Mathilde, es ist längst verdammt, und schleppt seine Verdammnisqualen durch die Jahrtausende. Oh, dieses Egypten! seine Fabrikate trotzen der Zeit, seine Pyramiden stehen noch immer unerschütterlich, seine Mumien sind noch so unzerstörbar wie sonst, und ebenso unverwüstlich ist jene Volkmumie, die über die Erde wandelt, eingewickelt in ihren uralten Buchstabenwindeln, ein verhärtet Stück Weltgeschichte, ein Gespenst, das zu seinem Unterhalte mit Wechseln und alten Hosen handelt – Sehen Sie, Mylady, dort jenen alten Mann, mit dem weißen Barte, dessen Spitze sich wieder zu schwärzen scheint, und mit den geisterhaften Augen –«

»Sind dort nicht die Ruinen der alten Römergräber?«

»Ja, eben da sitzt der alte Mann, und vielleicht, Mathilde, verrichtet er eben sein Gebet, ein schauriges Gebet, worin er seine Leiden bejammert, und Völker anklagt, die längst von der Erde verschwunden sind, und nur noch in Ammenmärchen leben – er aber, in seinem Schmerze, bemerkt kaum, daß er auf den Gräbern derjenigen Feinde sitzt, deren Untergang er vom Himmel erfleht.«

Kapitel XIV

Ich sprach im vorigen Kapitel von den positiven Religionen nur insofern sie als Kirchen, unter den Namen Staatsreligionen, noch besonders vom Staate privilegiert werden. Es gibt aber eine fromme Dialektik, lieber Leser, die dir aufs bündigste beweisen wird, daß ein Gegner des Kirchtums einer solchen Staatsreligion auch ein Feind der Religion und des Staats sei, ein Feind Gottes und des Königs, oder, wie die gewöhnliche Formel lautet: ein Feind des Throns und des Altars. Ich aber sage dir, das ist eine Lüge, ich ehre die innere Heiligkeit jeder Religion und unterwerfe mich den Interessen des Staates. Wenn ich auch dem Anthropomorphismus nicht sonderlich huldige, so glaube ich doch an die Herrlichkeit Gottes, und wenn auch die Könige so töricht sind, dem Geiste des Volks zu widerstreben, oder gar so unedel sind, die Organe desselben durch Zurücksetzungen und Verfolgungen zu kränken: so bleibe ich doch, meiner tiefsten Überzeugung nach, ein Anhänger des Königtums, des monarchischen Prinzips. Ich hasse nicht den Thron, sondern nur das windige Adelgeziefer, das sich in die Ritzen der alten Throne eingenistet, und dessen Charakter uns Montesquieu so genau schildert mit den Worten: »Ehrgeiz im Bunde mit dem Müßiggange, die Gemeinheit im Bunde mit dem Hochmute, die Begierde, sich zu bereichern ohne Arbeit, die Abneigung gegen die Wahrheit, die Schmeichelei, der Verrat, die Treulosigkeit, der Wortbruch, die Verachtung der Bürgerpflichten, die Furcht vor Fürstentugend und das Interesse an Fürstenlaster!« Ich hasse nicht den Altar, sondern ich hasse die Schlangen, die unter dem Gerülle der alten Altäre lauern; die argklugen Schlangen, die unschuldig wie Blumen zu lächeln wissen, während sie heimlich ihr Gift spritzen in den Kelch des Lebens, und Verleumdung zischen in das Ohr des frommen Beters, die gleißenden Würmer mit weichen Worten –

Mel in ore, verba lactis,
Fel in corde, fraus in factis.

Eben weil ich ein Freund des Staats und der Religion bin, hasse ich jene Mißgeburt, die man Staatsreligion nennt, jenes Spottgeschöpf, das aus der Buhlschaft der weltlichen und der geistlichen Macht entstanden, jenes Maultier, das der Schimmel des Antichrists mit der Eselin Christi gezeugt hat. Gäbe es keine solche Staatsreligion, keine Bevorrechtung eines Dogmas und eines Kultus, so wäre Deutschland einig und stark und seine Söhne wären herrlich und frei. So aber ist unser armes Vaterland zerrissen durch Glaubenszwiespalt, das Volk ist getrennt in feindliche Religionsparteien, protestantische Untertanen hadern mit ihren katholischen Fürsten oder umgekehrt, überall Mißtrauen ob Kryptokatholizismus oder Kryptoprotestantismus, überall Verketzerung, Gesinnungsspionage, Pietismus, Mystizismus, Kirchenzeitungsschnüffeleien, Sektenhaß, Bekehrungssucht, und während wir über den Himmel streiten, gehen wir auf Erden zugrunde. Ein Indifferentismus in religiösen Dingen wäre vielleicht allein imstande, uns zu retten, und durch Schwächerwerden im Glauben könnte Deutschland politisch erstarken.

Für die Religion selber, für ihr heiliges Wesen, ist es ebenso verderblich, wenn sie mit Privilegien bekleidet ist, wenn ihre Diener vom Staate vorzugsweise dotiert werden, und zur Erhaltung dieser Dotationen ihrerseits verpflichtet sind, den Staat zu vertreten, und solchermaßen eine Hand die andere wäscht, die geistliche die weltliche, und umgekehrt, und ein Wischwasch entsteht, der dem lieben Gott eine Torheit und den Menschen ein Greul ist. Hat nun der Staat Gegner, so werden diese auch Feinde der Religion, die der Staat bevorrechtet und die deshalb seine Alliierte ist; und selbst der harmlose Gläubige wird mißtrauisch, wenn er in der Religion auch politische Absicht wittert. Am widerwärtigsten aber ist der Hochmut der Priester, wenn sie für die Dienste, die sie dem Staate zu leisten glauben, auch auf dessen Unterstützung rechnen dürfen, wenn sie für die geistige Fessel, die sie ihm, um die Völker zu binden, geliehen haben, auch über seine Bajonette verfügen können. Die Religion kann nie schlimmer sinken, als wenn sie solchermaßen zur Staatsreligion erhoben wird, es geht dann gleichsam ihre innere Unschuld verloren, und sie wird so öffentlich stolz, wie eine deklarierte Mätresse. Freilich werden ihr dann mehr Huldigungen und Ehrfurchtsversicherungen dargebracht, sie feiert täglich neue Siege, in glänzenden Prozessionen, bei solchen Triumphen tragen sogar bonapartistische Generale ihr die Kerzen vor, die stolzesten Geister schwören zu ihrer Fahne, täglich werden Ungläubige bekehrt und getauft – aber dies viele Wasseraufgießen macht die Suppe nicht fetter, und die neuen Rekruten der Staatsreligion gleichen den Soldaten, die Falstaff geworben – sie füllen die Kirche. Von Aufopfrung ist gar nicht mehr die Rede, wie Kaufmannsdiener mit ihren Musterkarten, so reisen die Missionäre mit ihren Traktätchen und Bekehrungsbüchlein, es ist keine Gefahr mehr bei diesem Geschäfte, und es bewegt sich ganz in merkantilisch ökonomischen Formen.

Nur solange die Religionen mit anderen zu rivalisieren haben, und weit mehr verfolgt werden als selbst verfolgen, sind sie herrlich und ehrenwert, nur da gibts Begeisterung, Aufopferung, Märtyrer und Palmen. Wie schön, wie heilig lieblich, wie heimlich süß, war das Christentum der ersten Jahrhunderte, als es selbst noch seinem göttlichen Stifter glich im Heldentum des Leidens. Da wars noch die schöne Legende von einem heimlichen Gotte, der in sanfter Jünglingsgestalt unter den Palmen Palästinas wandelte, und Menschenliebe predigte, und jene Freiheits- und Gleichheitslehre offenbarte, die auch später die Vernunft der größten Denker als wahr erkannt hat, und die, als französisches Evangelium, unsere Zeit begeistert. Mit jener Religion Christi vergleiche man die verschiedenen Christentümer, die in den verschiedenen Ländern als Staatsreligionen konstituiert worden, z. B. die römisch apostolisch katholische Kirche, oder gar jenen Katholizismus ohne Poesie, den wir als High Church of England herrschen sehen, jenes kläglich morsche Glaubensskelett, worin alles blühende Leben erloschen ist! Wie den Gewerben ist auch den Religionen das Monopolsystem schädlich, durch freie Konkurrenz bleiben

sie kräftig, und sie werden erst dann zu ihrer ursprünglichen Herrlichkeit wieder erblühen, sobald die politische Gleichheit der Gottesdienste, sozusagen die Gewerbefreiheit der Götter eingeführt wird.

Die edelsten Menschen in Europa haben es längst ausgesprochen, daß dieses das einzige Mittel ist, die Religion vor gänzlichem Untergang zu bewahren; doch die Diener derselben werden eher den Altar selbst aufopfern, als daß sie von dem was darauf geopfert wird, das mindeste verlieren möchten; ebenso wie der Adel eher den Thron selbst und Hochdenjenigen, der hochdarauf sitzt, dem sichersten Verderben überlassen würde, als daß er mit ernstlichem Willen die ungerechteste seiner Gerechtsame aufgäbe. Ist doch das affektierte Interesse für Thron und Altar nur ein Possenspiel, das dem Volke vorgegaukelt wird! Wer das Zunftgeheimnis belauert hat, weiß, daß die Pfaffen viel weniger als die Laien den Gott respektieren, den sie zu ihrem eignen Nutzen, nach Willkür, aus Brot und Wort zu kneten wissen, und daß die Adligen viel weniger als es ein Roturier vermöchte, den König respektieren, und sogar eben das Königtum, dem sie öffentlich so viele Ehrfurcht zeigen, und dem sie so viel Ehrfurcht bei anderen zu erwerben suchen, in ihrem Herzen verhöhnen und verachten: – wahrlich, sie gleichen jenen Leuten, die dem gaffenden Publikum, in den Marktbuden, irgendeinen Herkules oder Riesen, oder Zwerg, oder Wilden, oder Feuerfresser, oder sonstig merkwürdigen Mann für Geld zeigen und dessen Stärke, Erhabenheit, Kühnheit, Unverletzlichkeit, oder, wenn er ein Zwerg ist, dessen Weisheit, mit der übertriebensten Ruhmredigkeit auspreisen, und dabei in die Trompete stoßen, und eine bunte Jacke tragen, während sie darunter, im Herzen, die Leichtgläubigkeit des staunenden Volkes verlachen und den armen Hochgepriesenen verspotten, der ihnen aus Gewohnheit des täglichen Anblicks sehr uninteressant geworden, und dessen Schwächen und nur andressierte Künste sie allzu genau kennen.

Ob der liebe Gott es noch lange dulden wird, daß die Pfaffen einen leidigen Popanz für ihn ausgeben und damit Geld verdienen, das weiß ich nicht; – wenigstens würde ich mich nicht wundern, wenn ich mal im Hamb. Unpart. Korrespondenten läse: daß der alte Jehova jedermann warne, keinem Menschen, es sei wer es wolle, nicht einmal seinem Sohne, auf seinen Namen Glauben zu schenken. Überzeugt bin ich aber, wir werdens mit der Zeit erleben, daß die Könige sich nicht mehr hergeben wollen zu einer Schaupuppe ihrer adligen Verächter, daß sie die Etiketten brechen, ihren marmornen Buden entspringen, und unwillig von sich werfen den glänzenden Plunder, der dem Volke imponieren sollte, den roten Mantel, der scharfrichterlich abschreckte, den diamantenen Reif, den man ihnen über die Ohren gezogen, um sie den Volksstimmen zu versperren, den goldnen Stock, den man ihnen als Scheinzeichen der Herrschaft in die Hand gegeben – und die befreiten Könige, werden frei sein wie andre Menschen, und frei unter ihnen wandeln, und frei fühlen und frei heuraten, und frei ihre Meinung bekennen, und das ist die Emanzipation der Könige.

Kapitel XV

Was bleibt aber den Aristokraten übrig, wenn sie der gekrönten Mittel ihrer Subsistenz beraubt werden, wenn die Könige ein Eigentum des Volks sind, und ein ehrliches und sicheres Regiment führen, durch den Willen des Volks, der alleinigen Quelle aller Macht? Was werden die Pfaffen beginnen, wenn die Könige einsehen, daß ein bißchen Salböl keinen menschlichen Kopf guillotinenfest machen kann, ebenso wie das Volk täglich mehr und mehr einsieht, daß man von Oblaten nicht satt wird? Nun freilich, da bleibt der Aristokratie und der Klerisei nichts übrig als sich zu verbünden, und gegen die neue Weltordnung zu kabalieren und zu intrigieren.

Vergebliches Bemühen! Eine flammende Riesin, schreitet

die Zeit ruhig weiter, unbekümmert um das Gekläffe bissiger Pfäffchen und Junkerlein da unten. Wie heulen sie jedesmal, wenn sie sich die Schnauze verbrannt an einem Fuße jener Riesin, oder wenn diese ihnen mal unversehens auf die Köpfe trat, daß das obskure Gift herausspritzte! Ihr Grimm wendet sich dann um so tückischer gegen einzelne Kinder der Zeit, und, ohnmächtig gegen die Masse, suchen sie an Individuen ihr feiges Mütchen zu kühlen.
Ach! wir müssen es gestehen, manch armes Kind der Zeit fühlt darum nicht minder die Stiche, die ihm lauernde Pfaffen und Junker im Dunkeln beizubringen wissen, und ach! wenn auch eine Glorie sich zieht um die Wunden des Siegers, so bluten sie dennoch, und schmerzen dennoch! Es ist ein seltsames Martyrtum, das solche Sieger in unseren Tagen erdulden, es ist nicht abgetan mit einem kühnen Bekenntnisse, wie in früheren Zeiten, wo die Blutzeugen ein rasches Schafott fanden oder den jubelnden Holzstoß. Das Wesen des Martyrtums, alles Irdische aufzuopfern für den himmlischen Spaß, ist noch immer dasselbe; aber es hat viel verloren von seiner innern Glaubensfreudigkeit, es wurde mehr ein resignierendes Ausdauern, ein beharrliches Überdulden, ein lebenslängliches Sterben, und da geschieht es sogar, daß in grauen kalten Stunden auch die heiligsten Märtyrer vom Zweifel beschlichen werden. Es gibt nichts Entsetzlicheres als jene Stunden, wo ein Markus Brutus zu zweifeln begann an der Wirklichkeit der Tugend für die er alles geopfert! Und ach! jener war ein Römer und lebte in der Blütenzeit der Stoa; wir aber sind modern weicheren Stoffes, und dazu sehen wir noch das Gedeihen einer Philosophie, die aller Begeisterung nur eine relative Bedeutung zuspricht, und sie somit in sich selbst vernichtet, oder sie allenfalls zu einer selbstbewußten Donquixoterie neutralisiert!
Die kühlen und klugen Philosophen! Wie mitleidig lächeln sie herab auf die Selbstquälereien und Wahnsinnigkeiten eines armen Don Quixote, und in all ihrer Schulweisheit merken sie nicht, daß jene Donquixoterie dennoch das Prei-

senswerteste des Lebens, ja das Leben selbst ist, und daß diese Donquixoterie die ganze Welt, mit allem was darauf philosophiert, musiziert, ackert und gähnt, zu kühnerem Schwunge beflügelt! Denn die große Volksmasse, mitsamt den Philosophen, ist, ohne es zu wissen, nichts anders als ein kolossaler Sancho Pansa, der, trotz all seiner nüchternen Prügelscheu und hausbackner Verständigkeit, dem wahnsinnigen Ritter in allen seinen gefährlichen Abenteuern folgt, gelockt von der versprochenen Belohnung, an die er glaubt, weil er sie wünscht, mehr aber noch getrieben von der mystischen Gewalt, die der Enthusiasmus immer ausübt auf den großen Haufen – wie wir es in allen politischen und religiösen Revolutionen, und vielleicht täglich im kleinsten Ereignisse sehen können.

So, z. B. du, lieber Leser, bist unwillkürlich der Sancho Pansa des verrückten Poeten, dem du, durch die Irrfahrten dieses Buches, zwar mit Kopfschütteln folgst, aber dennoch folgst.

Kapitel XVI

Seltsam! »Leben und Taten des scharfsinnigen Junkers Don Quixote von La Mancha, beschrieben von Miguel de Cervantes Saavedra« war das erste Buch, das ich gelesen habe, nachdem ich schon in ein verständiges Knabenalter getreten, und des Buchstabenwesens einigermaßen kundig war. Ich erinnere mich noch ganz genau jener kleinen Zeit, wo ich mich eines frühen Morgens von Hause wegstahl, und nach dem Hofgarten eilte, um dort ungestört den Don Quixote zu lesen. Es war ein schöner Maitag, lauschend im stillen Morgenlichte lag der blühende Frühling, und ließ sich loben von der Nachtigall, seiner süßen Schmeichlerin, und diese sang ihr Loblied so karessierend weich, so schmelzend enthusiastisch, daß die verschämtesten Knospen aufsprangen, und die lüsternen Gräser und die duftigen Sonnenstrahlen sich hastiger küßten, und Bäume und Blumen schauerten, vor eitelem Entzücken. Ich aber setzte mich auf eine alte moosige Steinbank in der sogenannten Seufzerallee unfern des Wasserfalls, und ergötzte mein kleines Herz an den großen Abenteuern des kühnen Ritters. In meiner kindischen Ehrlichkeit nahm ich alles für baren Ernst; so lächerlich auch dem armen Helden von dem Geschicke mitgespielt wurde, so meinte ich doch, das müsse so sein, das gehöre nun mal zum Heldentum, das Ausgelachtwerden ebensogut wie die Wunden des Leibes, und jenes verdroß mich ebensosehr, wie ich diese in meiner Seele mitfühlte. Ich war ein Kind und kannte nicht die Ironie, die Gott in die Welt hineingeschaffen, und die der große Dichter, in seiner gedruckten Kleinwelt nachgeahmt hatte – und ich konnte die bittersten Tränen vergießen, wenn der edle Ritter, für all seinen Edelmut, nur Undank und Prügel genoß; und da ich, noch ungeübt im Lesen, jedes Wort laut aussprach, so konnten Vögel und Bäume, Bach und Blumen alles mit anhören, und da solche unschuldige Naturwesen, ebenso wie die Kinder, von der Weltironie nichts wissen, so hielten sie gleichfalls alles für baren Ernst, und weinten mit über die Leiden des armen Ritters, sogar eine alte ausgediente Eiche schluchzte, und der Wasserfall schüttelte heftiger seinen weißen Bart, und schien zu schelten auf die Schlechtigkeit der Welt. Wir fühlten, daß der Heldensinn des Ritters darum nicht mindere Bewundrung verdient, wenn ihm der Löwe ohne Kampflust den Rücken kehrte, und daß seine Taten um so preisenswerter, je schwächer und ausgedorrter sein Leib, je morscher die Rüstung, die ihn schützte, und je armseliger der Klepper, der ihn trug. Wir verachteten den niedrigen Pöbel, der den armen Helden so prügelroh behandelte, noch mehr aber den hohen Pöbel, der, geschmückt mit buntseidnen Mänteln, vornehmen Redensarten und Herzogstiteln, einen Mann verhöhnte, der ihm an Geisteskraft und Edelsinn so weit überlegen war. Dulcineas Ritter stieg immer höher in meiner Achtung, und gewann immer mehr meine Liebe je länger ich in dem wundersamen Buche las, was in demselben Garten täglich geschah, so daß ich schon im Herbste das Ende der Geschichte erreichte, – und nie werde ich den Tag vergessen, wo ich von dem kummervollen Zweikampfe las, worin der Ritter so schmählich unterliegen mußte!

Es war ein trüber Tag, häßliche Nebelwolken zogen dem grauen Himmel entlang, die gelben Blätter fielen schmerzlich von den Bäumen, schwere Tränentropfen hingen an den letzten Blumen, die gar traurig welk die sterbenden Köpfchen senkten, die Nachtigallen waren längst verschollen, von allen Seiten starrte mich an das Bild der Vergänglichkeit, – und mein Herz wollte schier brechen, als ich las, wie der edle Ritter betäubt und zermalmt am Boden lag, und ohne das Visier zu erheben, als wenn er aus dem Grabe gesprochen hätte, mit schwacher kranker Stimme zu dem Sieger hinaufsprach: »Dulcinea ist das schönste Weib der Welt und ich der unglücklichste Ritter auf Erden, aber es ziemt sich nicht, daß meine Schwäche diese Wahrheit verleugne – stoßt zu mit der Lanze, Ritter!«

Ach! dieser leuchtende Ritter vom silbernen Monde, der den mutigsten und edelsten Mann der Welt besiegte, war ein verkappter Barbier!

Kapitel XVII

Das ist nun lange her. Viele neue Lenze sind unterdessen hervorgeblüht, doch mangelte ihnen immer ihr mächtigster Reiz, denn ach! ich glaube nicht mehr den süßen Lügen der Nachtigall, der Schmeichlerin des Frühlings, ich weiß wie schnell seine Herrlichkeit verwelkt, und wenn ich die jüngste Rosenknospe erblicke, sehe ich sie im Geiste schmerzrot aufblühen, erbleichen und von den Winden verweht. Überall sehe ich einen verkappten Winter.

In meiner Brust aber blüht noch jene flammende Liebe, die sich sehnsüchtig über die Erde emporhebt, abenteuerlich herumschwärmt in den weiten, gähnenden Räumen des Himmels, dort zurückgestoßen wird von den kalten Sternen, und wieder heimsinkt zur kleinen Erde, und mit Seufzen und Jauchzen gestehen muß, daß es doch in der ganzen Schöpfung nichts Schöneres und Besseres gibt als das Herz der Menschen. Diese Liebe ist die Begeisterung, die immer göttlicher Art, gleichviel ob sie törichte oder weise Handlungen verübt – Und so hat der kleine Knabe keineswegs unnütz seine Tränen verschwendet, die er über die Leiden des närrischen Ritters vergoß, ebensowenig wie späterhin der Jüngling, als er manche Nacht im Studierstübchen weinte über den Tod der heiligsten Freiheitshelden, über König Agis von Sparta, über Cajus und Tiberius Gracchus von Rom, über Jesus von Jerusalem, und über Robespierre und Saint Just von Paris. Jetzt, wo ich die Toga virilis angezogen, und selbst ein Mann sein will, hat das Weinen ein Ende, und es gilt zu handeln wie ein Mann, nachahmend die großen Vorgänger und wills Gott! künftig ebenfalls beweint von Knaben und Jünglingen. Ja, diese sind es, auf die man noch rechnen kann in unserer kalten Zeit; denn diese werden noch entzündet von dem glühenden Hauche, der ihnen aus den alten Büchern entgegenweht, und deshalb begreifen sie auch die Flammenherzen der Gegenwart. Die Jugend ist uneigennützig im Denken und Fühlen, und denkt und fühlt deshalb die Wahrheit am tiefsten, und geizt nicht wo es gilt eine kühne Teilnahme an Bekenntnis und Tat. Die älteren Leute sind selbstsüchtig und kleinsinnig; sie denken mehr an die Interessen ihrer Kapitalien als an die Interessen der Menschheit; sie lassen ihr Schifflein ruhig fortschwimmen im Rinnstein des Lebens, und kümmern sich wenig um den Seemann, der auf hohem Meere gegen die Wellen kämpft; oder sie erkriechen, mit klebrigter Beharrlichkeit die Höhe des Bürgermeistertums oder der Präsidentschaft ihres Klubs, und zucken die Achsel über die Heroenbilder, die der Sturm hinabwarf von der Säule des Ruhms, und dabei erzählen sie vielleicht: daß sie selbst in ihrer Jugend ebenfalls mit dem Kopf gegen die Wand gerennt seien, daß sie sich aber nachher mit der Wand wieder

versöhnt hätten, denn die Wand sei das Absolute, das Gesetzte, das an und für sich Seiende, das, weil es ist, auch vernünftig ist, weshalb auch derjenige unvernünftig ist, welcher einen allerhöchst vernünftigen, unwidersprechbar seienden, festgesetzten Absolutismus nicht ertragen will. Ach! diese Verwerflichen, die uns in eine gelinde Knechtschaft hineinphilosophieren wollen, sind immer noch achtenswerter als jene Verworfenen, die bei der Verteidigung des Despotismus, sich nicht einmal auf vernünftige Vernunftgründe einlassen, sondern ihn geschichtskundig als ein Gewohnheitsrecht verfechten, woran sich die Menschen im Laufe der Zeit allmählich gewöhnt hätten, und das also rechtsgültig und gesetzkräftig unumstößlich sei.
Ach! ich will nicht wie Ham die Decke aufheben von der Scham des Vaterlandes, aber es ist entsetzlich, wie mans bei uns verstanden hat, die Sklaverei sogar geschwätzig zu machen, und wie deutsche Philosophen und Historiker ihr Gehirn abmartern, um jeden Despotismus, und sei er noch so albern und tölpelhaft, als vernünftig oder als rechtsgültig zu verteidigen. Schweigen ist die Ehre der Sklaven, sagt Tacitus; jene Philosophen und Historiker behaupten das Gegenteil und zeigen auf die Ehrenbändchen in ihrem Knopfloch.
Vielleicht habt ihr doch recht, und ich bin nur ein Don Quixote und das Lesen von allerlei wunderbaren Büchern hat mir den Kopf verwirrt, ebenso wie den Junker von La Mancha, und Jean Jacques Rousseau war mein Amadis von Gallien, Mirabeau war mein Roldan oder Agramanth, und ich habe mich zu sehr hineinstudiert in die Heldentaten der französischen Paladine und der Tafelrunde des Nationalkonvents. Freilich, mein Wahnsinn und die fixen Ideen, die ich aus jenen Büchern geschöpft, sind von entgegengesetzter Art, als der Wahnsinn und die fixen Ideen des Manchaners; dieser wollte die untergehende Ritterzeit wiederherstellen, ich hingegen will alles, was aus jener Zeit noch übriggeblieben ist, jetzt vollends vernichten, und da handeln wir also mit ganz verschiedenen Ansichten. Mein

Kollege sah Windmühlen für Riesen an, ich hingegen kann in unseren heutigen Riesen nur prahlende Windmühlen sehen, jener sah lederne Weinschläuche für mächtige Zauberer an, ich aber sehe in unseren jetzigen Zauberern nur den ledernen Weinschlauch, jener hielt Bettlerherbergen für Kastelle, Eseltreiber für Kavaliere, Stalldirnen für Hofdamen, ich hingegen halte unsre Kastelle nur für Lumpenherbergen, unsre Kavaliere nur für Eselstreiber, unsere Hofdamen nur für gemeine Stalldirnen, wie jener eine Puppenkomödie für eine Staatsaktion hielt, so halte ich unsre Staatsaktionen für leidige Puppenkomödien – doch ebenso tapfer wie der tapfere Manchaner schlage ich drein in die hölzerne Wirtschaft. Ach! solche Heldentat bekömmt mir oft ebenso schlecht wie ihm, und ich muß, ebenso wie er, viel erdulden für die Ehre meiner Dame. Wollte ich sie verleugnen, aus eitel Furcht oder schnöder Gewinnsucht, so könnte ich behaglich leben in dieser seienden vernünftigen Welt, und ich würde eine schöne Maritorne zum Altare führen, und mich einsegnen lassen von feisten Zauberern, und mit edlen Eseltreibern bankettieren, und gefahrlose Novellen und sonstige kleine Sklävchen zeugen! Statt dessen, geschmückt mit den drei Farben meiner Dame, muß ich beständig auf der Mensur liegen, und mich durch unsägliches Drangsal durchschlagen, und ich erfechte keinen Sieg, der mich nicht auch etwas Herzblut kostet. Tag und Nacht bin ich in Nöten; denn jene Feinde sind so tückisch, daß manche, die ich zu Tode getroffen, sich noch immer ein Air gaben als ob sie lebten, und in alle Gestalten sich verwandelnd, mir Tag und Nacht verleiden konnten. Wieviel Schmerzen habe ich, durch solchen fatalen Spuk, schon erdulden müssen! Wo mir etwas Liebes blühte, da schlichen sie hin, die heimtückischen Gespenster, und knickten sogar die unschuldigsten Knospen. Überall, und wo ich es am wenigsten vermuten sollte, entdecke ich am Boden ihre silbrigte Schleimspur, und nehme ich mich nicht in acht, so kann ich verderblich ausgleiten, sogar im Hause der nächsten Lieben. Ihr mögt lächeln, und solche Besorgnis für eitel Einbildungen, gleich denen des Don Quixote, halten. Aber eingebildete Schmerzen tun darum nicht minder weh, und bildet man sich ein etwas Schierling genossen zu haben, so kann man die Auszehrung bekommen, auf keinen Fall wird man davon fett. Und daß ich fett geworden sei, ist eine Verleumdung, wenigstens habe ich noch keine fette Sinekur erhalten, und ich hätte doch die dazu gehörigen Talente. Auch ist von dem Fett der Vetterschaft nichts an mir zu verspüren. Ich bilde mir ein, man habe alles mögliche angewendet um mich mager zu halten; als mich hungerte da fütterte man mich mit Schlangen, als mich dürstete da tränkte man mich mit Wermut, man goß mir die Hölle ins Herz, daß ich Gift weinte und Feuer seufzte, man kroch mir nach bis in die Träume meiner Nächte – und da sehe ich sie die grauenhaften Larven, die noblen Lakaiengesichter mit fletschenden Zähnen, die drohenden Bankiernasen, die tödlichen Augen, die aus den Kapuzen hervorstechen, die bleichen Manschettenhände mit blanken Messern –

Auch die alte Frau, die neben mir wohnt, meine Wandnachbarin, hält mich für verrückt, und behauptet ich spräche im Schlafe das wahnsinnigste Zeug, und die vorige Nacht habe sie deutlich gehört, daß ich rief: »Dulcinea ist das schönste Weib der Welt und ich der unglücklichste Ritter auf Erden, aber es ziemt sich nicht, daß meine Schwäche diese Wahrheit verleugne – stoßt zu mit der Lanze, Ritter!«

Spätere Nachschrift

(November 1830)

Ich weiß nicht welche sonderbare Pietät mich davon abhielt, einige Ausdrücke, die mir bei späterer Durchsicht der vorstehenden Blätter etwas allzuherbe erschienen, im mindesten zu ändern. Das Manuskript war schon so gelb verblichen, wie ein Toter, und ich hatte Scheu es zu verstümmeln. Alles verjährt Geschriebene hat solch inwohnendes Recht der Unverletzlichkeit, und gar diese Blätter, die gewissermaßen einer dunkeln Vergangenheit angehören. Denn sie sind fast ein Jahr vor der dritten bourbonischen Hedschira geschrieben, zu einer Zeit, die weit herber war als der herbste Ausdruck, zu einer Zeit, wo es den Anschein gewann, als könnte der Sieg der Freiheit noch um ein Jahrhundert verzögert werden. Es war wenigstens bedenklich, wenn man sah, wie unsere Ritter so sichere Gesichter bekamen, wie sie die verblaßten Wappen wieder frischbunt anstreichen ließen, wie sie mit Schild und Speer zu München und Potsdam turnierten, wie sie so stolz auf ihren hohen Rossen saßen, als wollten sie nach Quedlinburg reiten, um sich neu auflegen zu lassen bei Gottfried Bassen. Noch unerträglicher waren die triumphierend tückischen Äugelein unserer Pfäffelein, die ihre langen Ohren so schlau unter der Kapuze zu verbergen wußten, daß wir die verderblichsten Kniffe erwarteten. Man konnte gar nicht vorher wissen, daß die edlen Ritter ihre Pfeile so kläglich verschießen würden, und meistens anonym, oder wenigstens im Davonjagen, mit abgewendetem Gesichte, wie fliehende Baschkiren. Ebensowenig konnte man vorher wissen, daß die Schlangenlist unserer Pfäffelein so zuschanden werde – ach! es ist fast Mitleiden erregend, wenn man sieht, wie schlecht sie ihr bestes Gift zu brauchen wissen, da sie uns, aus Wut, in großen Stücken den Arsenik an den Kopf werfen, statt ihn lotweis und liebevoll in unsere Suppen zu schütten, wenn man sieht, wie sie aus der alten Kinderwäsche die verjährten Windeln ihrer Feinde hervorkramen, um Unrat zu erschnüffeln, wie sie sogar die Väter ihrer Feinde aus dem Grabe hervorwühlen, um nachzusehen, ob sie etwa beschnitten waren – O der Toren! die da meinen entdeckt zu haben, der Löwe gehöre eigentlich zum Katzengeschlecht, und die mit dieser naturgeschichtlichen Entdekkung noch so lang herumzischen werden, bis die große Katze das ex ungue leonem an ihrem eignen Fleische bewährt! O der obskuren Wichte, die nicht eher erleuchtet werden, bis sie selbst an der Laterne hängen! Mit den Gedärmen eines Esels möchte ich meine Leier besaiten, um sie nach Würden zu besingen, die geschorenen Dummköpfe!

Eine gewaltige Lust ergreift mich! Während ich sitze, und schreibe, erklingt Musik unter meinem Fenster, und an dem elegischen Grimm der langgezogenen Melodie, erkenne ich jene Marseiller Hymne, womit der schöne Barbaroux und seine Gefährten die Stadt Paris begrüßten, jener Kuhreigen der Freiheit, bei dessen Tönen die Schweizer in den Tuilerien das Heimweh bekamen, jener triumphierende Todesgesang der Gironde, das alte, süße Wiegenlied –

Welch ein Lied! Es durchschauert mich mit Feuer und Freude, und entzündet in mir die glühenden Sterne der Begeisterung und die Raketen des Spottes. Ja, diese sollen nicht fehlen, bei dem großen Feuerwerk der Zeit. Klingende Flammenströme des Gesanges sollen sich ergießen von der Höhe der Freiheitslust, in kühnen Kaskaden, wie sich der Ganges herabstürzt vom Himalaja! Und du, holde Satyra, Tochter der gerechten Themis und des bocksfüßigen Pan, leih mir deine Hülfe, du bist ja mütterlicher Seite dem Titanengeschlechte entsprossen, und hassest gleich mir die Feinde deiner Sippschaft, die schwächlichen Usurpatoren des Olymps. Leih mir das Schwert deiner Mutter, damit ich sie richte, die verhaßte Brut, und gib mir die Pickelflöte deines Vaters, damit ich sie zu Tode pfeife –

Schon hören sie das tödliche Pfeifen, und es ergreift sie der panische Schrecken, und sie entfliehen wieder, in Tiergestalten, wie damals, als wir den Pelion stülpten auf den Ossa –

Aux armes citoyens!

Man tut uns armen Titanen sehr Unrecht, als man die düstre Wildheit tadelte, womit wir, bei jenem Himmelssturm, herauftobten – ach, da unten im Tartaros, da war es grauenhaft und dunkel, und da hörten wir nur Cerberusgeheul und Kettengeklirr, und es ist verzeihlich, wenn wir etwas ungeschlacht erschienen, in Vergleichung mit jenen Göttern

comme il faut, die fein und gesittet, in den heiteren Salons des Olymps, so viel lieblichen Nektar und süße Musenkonzerte genossen.
Ich kann nicht weiter schreiben, denn die Musik unter meinem Fenster berauscht mir den Kopf, und immer gewaltiger greift herauf der Refrain:

Aux armes citoyens!

Anmerkungen

4 *Ich bin wie Weib . . .:* Platens Ghasel beginnt mit den Versen: »Ich bin wie Leib dem Geist, wie Geist dem Leibe dir; / Ich bin wie Weib dem Mann, wie Mann dem Weibe dir . . .« (Platen: Sämtliche Werke. Hist.-krit. Ausg. Hrsg. von Max Koch und Erich Petzet. Leipzig [1909/10]. Bd. 3, S. 56).

7 *Mathilden:* Es gehört zum Stil der »Reisebilder«, daß die Figuren unvermittelt eingeführt werden, als wären sie und ihre Vorgeschichte (hier eine frühere Liebschaft mit dem Erzähler »Doktor Heine«) dem Leser längst bekannt.
Neu-Bedlam . . . St. Luze: New-Bedlam und St. Luke's: engl. Irrenhäuser.

8 *festoniert:* (mit Spitzen) gerändert.

10 *Michael de Cervantes:* Miguel de Cervantes Saavedra (1547 bis 1616), span. Dichter, Verfasser des »Don Quijote«; Heine erwähnt den Roman in den »Reisebildern« mehrfach, vgl. S. 95, 147 ff. und 152 ff.
Gumpelino: Der »Bankier Christian Gumpel« wird schon in der »Harzreise« und in »Ideen. Das Buch Le Grand«, später wieder in »Deutschland. Ein Wintermärchen« kurz erwähnt. Heine spielt mit der Figur zweifellos auf den reichen jüd. Kaufmann Lazarus Gumpel aus Hamburg an, aber die Satire gilt weniger dessen privater Person als einem gesellschaftlichen Typus, zu dem Heine von der eigenen Herkunft her in sehr ambivalentem Verhältnis stand.

11 *Subsistenz:* lat., Lebensunterhalt.

12 *Kean:* Edmund Kean (1787–1833), ein von Heine verehrter engl. Shakespeare-Darsteller.

13 *Idiosynkrasie:* Überempfindlichkeit gegen bestimmte Dinge.
Wenn ich zu Pferde bin . . .: Zitat aus Shakespeares »Heinrich IV.«, Erster Teil, II, 3.

14 *Holzbecher:* Julie Holzbecher, Berliner Schauspielerin.

15 *Hirsch:* Nach dem ersten Heine-Biographen Adolf Strodtmann gab der Hamburger Lotteriebote Isaak Rocamora die Anregung zu dieser Figur.

Schutzbürger: Personen, die, ohne Staatsangehörige zu sein, den Schutz des Aufenthaltsstaates genießen.

16 *Renovierung:* Neuauflage der Lotterie.

18 *Stracchino:* Weichkäse aus der Gegend von Mailand.

19 *Schweigend, in der Abenddämmrung ...:* Anfang des Gedichts »Elegie. In den Ruinen eines alten Bergschlosses geschrieben« des klassizistischen Lyrikers Friedrich Matthisson (1761–1831), der von Schiller 1794 unangemessen gefeiert worden war und deshalb den Romantikern zum bevorzugten Ziel der Ironie diente.

19 f. *Zerrissenheit:* wie ›Weltschmerz‹ ein Modebegriff für die literarischen Strömungen im Gefolge Byrons. Heines Haltung ist zwiespältig; er macht sich über das Klischee lustig, arbeitet aber selber auch damit.

20 *Wilhelm Neumann:* Berliner Gelegenheitsdichter.

Bishy Shelley: Percy Bysshe Shelley (1792–1822), engl. Lyriker. Shelleys Satz, aus dem Gedicht »Adonais«, bezieht sich in Wahrheit auf John Keats.

21 *Jarke:* Karl Ernst Jarcke (1801–52), dt. Jurist.

22 *Axur:* Oper von Antonio Salieri (1787) nach einem Text von Beaumarchais. Auch die Strophen S. 26, 27 und 30 stammen aus dieser Oper.

23 *Innamorata:* ital., Geliebte.

24 *Mezzophante:* Giuseppe Mezzofanti (1774–1849) aus Bologna soll 58 Sprachen gesprochen haben.

24 *Servituten:* Pflichten der Dienstbarkeit.

Patito: ital., Liebhaber.

25 *Seladons:* Seladon, eigtl. Celadon, schmachtender Verliebter, nach dem Schäferroman »Astrée« (1607–27) von Honoré d'Urfé.

26 *Hugo:* der Göttinger Jurist Gustav Hugo (1764–1844).

Thibaut: Anton Friedrich Justus Thibaut (1774–1840), Jurist in Heidelberg.

Gans und Savigny: Eduard Gans (1798–1839) und Friedrich Karl von Savigny (1779–1861) lehrten beide an der juristischen Fakultät der Universität Berlin. Savigny als Vertreter der ›historischen Schule‹ der Rechtswissenschaft hatte Thibaut, Gans als Vertreter der ›philosophischen Schule‹ hatte Savigny angegriffen. Man sagte Savigny auffällig weibliche Gesichtszüge nach.

Refüs: abschlägige Antwort, Ablehnung.

Diable boiteux: der ›hinkende Teufel‹ im gleichnamigen Roman von Alain-René Lesage (1707).

27 *Göschen:* Johann Friedrich Ludwig Göschen (1778–1837), Jurist in Göttingen.

28 *di tanti palpiti:* »mit soviel Herzschlägen«, Arie aus der Rossini-Oper »Tancredi«.

30 *Abate:* Titel der Weltgeistlichen in Italien.

31 *Inauguralschilderung:* einführende Beschreibung.

33 *Neujahrsnacht Achtzehnhundert:* Heines tatsächliches Geburtsdatum ist der 13. Dezember 1797.

34 *Bankier Bethmann:* Dieser besaß eine berühmte Ariadne des Bildhauers Johann Heinrich Dannecker (1758–1841).

38 *»Adam, wo bist du?«:* die Worte des Herrn an Adam nach dem Sündenfall (1. Mose 3,9).

41 *Kinderball:* Satire auf die Abhängigkeit der europäischen Monarchien (Könige) von der Großfinanz (Rothschild). Angespielt wird auf Österreich (weißer Rock, rote Hosen), Frankreich (silberne Lilien) und – vermutlich – Deutschland (Michel).

42 *Solche Bücher . . .:* Der Text von hier bis zum Schluß des Kapitels VIII ist in den Ausgaben der »Reisebilder«, die zu Lebzeiten Heines erschienen, nicht enthalten. Er wurde 1869 von Strodtmann aus Heines handschriftlichem Nachlaß mitgeteilt. In der Ausgabe der Sämtlichen Werke, der Grundlage des vorliegenden Textes, findet er sich im Anhang. Der Abschnitt gehört, soll der raffinierte Illusionsbruch seine Wirkung tun, an die ursprüngliche Stelle im Erzählablauf.

44 *Spandau:* Vorort von Berlin, in der Festung befand sich das Gefängnis.

Regulus: röm. Heerführer im 1. Punischen Krieg, wurde nach der Legende gefangen und plädierte als Abgesandter vor dem Senat gegen einen Friedensschluß, der ihm selber Freiheit und Leben gerettet hätte.

Geheimrat Schmalz: Vgl. Anm. zu S. 73.

nihil timeo, quia nihil habeo: Ich fürchte nichts, weil ich nichts besitze.

45 *Teeservice:* im folgenden Anspielungen auf die Professur in München, die Heine zeitweilig in Aussicht glaubte.

47 *erfunden:* Die hier folgenden Punkte sollen einen Eingriff der Zensur vortäuschen.

Judäa . . . Nessus: Der Kentaur Nessus wurde von Herkules

erschossen. Sein Blut, das er dessen Gattin als angeblichen Liebeszauber im Sterben gab, war vergiftet. Die Gattin tränkte damit das Hemd des Herkules und tötete ihn so gegen ihren Willen. Heine spielt mit dem Vergleich auf seine Überzeugung an, daß das Judentum mittels seiner Erbschaft, des Christentums, die diesseitsfreudige antike Welt von innen her zermürbt und sich so am römischen Reich für den eigenen Untergang gerächt habe.

ennuyanten: langweiligen.

49 *Johann v. Viehesel:* Gemeint ist Johannes von Fiesole (Fra Angelico, 1387/88–1455).

50 *Ambe, Terne, Quaterne, Quinterne:* zwei-, drei-, vier- und fünfstellige Zahlenreihen im Lotto.

51 *neuen israelitischen Tempel:* In Hamburg gab es seit 1816 eine Bewegung zur Reform des jüdischen Gottesdienstes.

Mosaik-Gottesdienst: Mosaik: Hauptwort zu mosaisch, d. h. den Gesetzen Mose entsprechend.

Schisma: Glaubensspaltung.

52 *Sahl:* mundartlich (Hamburg) für Wohnung.

Schabbesfrau: Die (nichtjüdische) Sabbatfrau verrichtete Arbeiten, die den strenggläubigen Juden am Sabbat verboten waren, hier das Reinigen der Kerzen.

53 *Frangen:* frz., Fransen.

Das Auge sieht . . .: aus Schillers »Lied von der Glocke«.

54 *die Crelinger:* Auguste Crelinger (1796–1865), Berliner Schauspielerin.

55 *par Complaisanz:* par complaisance, frz., aus Gefälligkeit.

58 *Müller:* Sophie Müller (1803–30), Wiener Schauspielerin.

59 *ich Narr des Glücks:* Vgl. Shakespeare, »König Lear« IV,6: »Bin ich doch der wahre Narr des Glücks.«

62 *Candide:* in Voltaires gleichnamigem Roman, Kap. 17.

64 *Charaktere:* hier im Sinne von Schrift- oder Druckzeichen. Platen pflegte, wie vor ihm Klopstock, bei schwierigen Gedichtformen das Versmaß nach dem Titel auf diese Weise anzugeben.

Spondeus . . . Anapäst: Namen von Versfüßen, z. T. verzerrt (Antispaß statt Antispast).

67 *Nicht Mädchenlaunen . . .:* aus Platens Sonett »Shakespeare in seinen Sonetten« (Koch/Petzet III,161).

Der Hoffnung Schaumgebäude . . .: Ghasel an den Studenten Krieger in Erlangen (Koch/Petzet III,104).

69 *Mein Wunsch . . .:* Schluß des Sonetts »Dich oft zu sehen, ist mir nicht beschieden . . .« (Koch/Petzet III,168).
Conto finto: Rechnung im voraus.
kollationieren: auf Vollständigkeit überprüfen.
70 *Zuchthaus zu Odensee:* Heine war der irrtümlichen Meinung, »ein Graf Platen« sitze im Gefängnis (vgl. Brief an Immermann, Dezember 1829).
73 *Geheimrat Schmalz:* Theodor Anton Heinrich Schmalz, Berliner Staatsrechtler, hatte eine Schrift gegen die fortschrittliche politische Jugend veröffentlicht.
74 *Doktor Lautenbacher:* Ignaz Lautenbacher aus Bamberg, ein Freund Heines aus seiner Münchner Zeit, setzte sich auch publizistisch für Heine ein.
75 *Deine blonde Jugend . . .:* aus Platens Sonett »Man schilt mich stolz, doch hat mich's nie verdrossen . . .« (Koch/Petzet III,202).
76 *Du bist ein nüchterner, modester Junge:* aus dem Sonett »Wahrheit und Dichtung« in Karl Immermanns gegen Platen gerichteter Satire »Der im Irrgarten der Metrik umhertaumelnde Kavalier« (1829).
Lustren: Ein Lustrum ist ein Zeitraum von fünf Jahren.
Don Platen de Collibrados Hallermünde: Don Ranudo de Collibrados ist eine Komödienfigur bei Holberg und Kotzebue, der Typus des adelsstolzen Hungerleiders.
77 *Müllner:* Adolf Müllner (1774–1829) schrieb mit seinem Stück »Die Schuld« (1816) die neben Zacharias Werners »Der vierundzwanzigste Februar« (1810) berühmteste Schicksalstragödie. Ihre Hauptfigur ist der Graf Örindur. Platen gab eine Parodie auf diese literarische Modeströmung heraus, »Die verhängnisvolle Gabel« (1826), wobei er die Komödienform des Aristophanes sehr streng nachahmte.
79 *eine »große Tat in Worten«:* Im Gedicht »Antwort an einen Ungenannten im Morgenblatt« heißt es: »Eher nicht an eure Herzen klopf ich an, an eure Pforten, / Bis das Schönste nicht getan ich, eine große Tat in Worten . . .« (Koch/Petzet II,122).
Clauren: Heinrich Clauren (1771–1854), vielgelesener Trivialautor.
Pasquille: Spottschrift.
Ramler: Karl Wilhelm Ramler (1725–98), Dichter der dt. Aufklärung, galt später als Beispiel eines starren Metrikers.

80 *Arion:* ein Gedicht von August Wilhelm Schlegel (1767–1845) über den mythischen Sänger dieses Namens. Auch Schlegel war für seine schulmeisterliche Haltung in Fragen des Versmaßes bekannt.

unsere Catonen: Cato der Ältere (234–149 v. Chr.), sprichwörtliches Beispiel unerbittlicher Gerechtigkeit.

Wasischtas Kuh: nach einer indischen Legende hatte die Kuh des Wasischta, um die der König Wiswamitra kämpfte, die Kraft, alle Güter der Welt zu verleihen.

rhadamantischen: mit dem Ernst des Totenrichters Rhadamanthys.

»Jahrbücher ...«: Jahrgang 1829, I, S. 26.

81 *»Aus dem Journal ...«:* Die Verteidigung stammt nicht von Platen selbst, sondern von seinem Freund Puchta.

cuncta denique ...: Zitat aus dem Bericht des Tacitus über das erwähnte Ereignis (Annalen, Buch XV, Kap. 37). Das Zitat bildet in der Übersetzung den Schluß des Satzes: »Man sah die Mitgift, das Ehelager und die Hochzeitsfackeln, kurz alles, was sogar, wenn es sich um eine Frau handelt, die Nacht verhüllt.«

Petron: Petronius Arbiter (gest. 66 n. Chr.), lebte am Hofe Neros, verfaßte den satirisch-erotischen Roman »Satyricon«, der für Heine selber ein wichtiges literarisches Vorbild wurde. Es finden sich darin auch derbe homoerotische Szenen.

82 *Pathikos:* Typus des passiv Erlebenden, ohne eigene Aktivität.

Tribade: lesbische Frau.

Polyandrie: Vielmännerei.

Du liebst und schweigst ...: Anfang eines der Sonette an den Erlanger Studenten Karl Theodor German (Koch/Petzet III,196).

Loth: Vgl. den Bericht über die Bewohner der Stadt Sodom und ihren Untergang im Alten Testament, 1. Mose 19.

Pentateuch: die fünf Bücher Mose.

86 *insinuiert:* insinuieren: einflüstern, zutragen.

Christus, als er vor Pilatus ...: Die Stelle findet sich am Schluß des 1. Aktes von Platens Stück »Der romantische Ödipus«.

87 *Du, der du sprangst ...:* aus Immermanns gegen Platen gerichtetem Sonett »Frühe Vollendung« in »Der im Irrgarten der Metrik umhertaumelnde Kavalier«.

Ruffiano: ital., Kuppler.

Anfälle von Katholizismus: In Berlin und München ging das Gerücht, Platen habe konvertiert.

88 *die heiligen Männer:* Gemeint ist vor allem der Kreis um die Münchner Zeitschrift »Eos«, in der Heine angegriffen wurde, die sog. »Münchner Romantiker«.

89 *aviliert:* öffentlich schlechtmacht.

Voß: Heine erläutert seine Hochschätzung für Johann Heinrich Voß (1751–1826) im ersten Buch der »Romantischen Schule« (Kritische Ausgabe, hrsg. von Helga Weidmann, Stuttgart 1976, Universal-Bibliothek Nr. 9831 [5], S. 33–39).

90 *Cuvier:* Georges Cuvier (1769–1832), frz. Zoologe.

91 *Schimpfreden:* Vgl. dazu das Jahr 1829 der Zeittafel im Anhang.

92 *mefitisch:* verpestend, stinkend.

Houwald: Christoph Ernst Houwald (1778–1845), Verfasser von Schicksalstragödien.

Raupach: Ernst Raupach (1784–1852), epigonaler, sehr produktiver Dramatiker.

Dukaten beschneide: den Rand geprägter Münzen abfeile und so Gold gewinne.

93 *Iffland:* August Wilhelm Iffland (1759–1814), großer Schauspieler, schrieb zahllose rührselige Familienstücke.

Wurm: Berliner Schauspieler, zeitweise in Skandalgeschichten verwickelt.

95 *Eumeniden:* Rachegöttinnen.

Wolfsschlucht und Samielmusik: Anspielung auf den 2. Akt von Carl Maria von Webers Oper »Der Freischütz«.

Don Quixote: Bd. 2, Kap. 33.

98 *Briefe eines Verstorbenen:* Verfasser ist Hermann Fürst von Pückler-Muskau (1785–1871). Mit dem Zitat will Heine auf ähnliche eigene Erfahrungen mit dem deutschen Publikum hinweisen.

99 *Fido Savant:* erneute Anspielung auf den Streit zwischen Gans und Savigny (vgl. Anm. zu S. 26), deren wissenschaftliche Tätigkeit mit derjenigen von dressierten Hunden verglichen wird (Apportieren). Savignys Name wird, nur leicht verändert, mit einem geläufigen Hundenamen kombiniert. Savant heißt wörtlich ›der Weise‹; Fido, von lat. fides, ›die Treue‹, setzt einen polemischen Akzent hinsichtlich servilen politischen Verhaltens.

100 *Atlantis:* sagenhaftes versunkenes Inselreich.
Hierophanten: Oberpriester.
102 *Breihahn:* ein Berliner Bier.
die Schechner ... die Sontag: zwei von den Berlinern gefeierte Sängerinnen.
Lyonnet: Pierre Lyonnet (1707–89), niederl. Naturforscher.
103 *dedaignanten:* verachtungsvollen.
Charaktere: Zeichen.
105 *Almanachsnachtigall:* Die damals beliebten Almanache waren voll von mittelmäßiger Lyrik.
107 *Sakontala:* das berühmteste indische Schauspiel, vom Dichter Kalidasa (4./5. Jh.).
Vasantasena: Hauptfigur des indischen Schauspiels »Das irdene Wägelchen« (vermutl. 4./5. Jh.), als dessen Verfasser Sudraka gilt.
Priestergrazioso: Der Grazioso ist eine komische Figur im span. Theater.
108 *Krug in Leipzig:* Wilhelm Traugott Krug (1770–1842) hatte eine Flugschrift gegen die Zölibatspflicht der kath. Geistlichen geschrieben.
109 *Gesenius:* Wilhelm Gesenius (1786–1842), Theologe und Orientalist in Halle a. d. Saale, wurde wegen seiner eigenständigen Interpretation des Alten Testaments angegriffen.
farouschen: wilden, ungezähmten.
112 *Sappeurs:* Truppengattung, spezialisiert auf Graben- und Festungsbauten (Pioniere).
panaché: aus verschiedenen Farben zusammengesetzt.
aus dem Denonschen Werke ... Belzoni: Dominique Baron Denon (1747–1825) und Giovanni Battista Belzoni (1778 bis 1823), bekannte Ägyptologen.
116 *Jener schenkte ... Stimme:* aus Homers »Ilias«, I,597 bis I,604.
Vulgata: der offizielle lat. Bibeltext der kath. Kirche. Mit dieser ironischen Unterstellung beginnt ein für Heines Grundanschauung vom Unterschied zwischen dem antik-festlich-gesunden ›Sensualismus‹ und dem christlich-körperfeindlichen ›Spiritualismus‹ wichtiger Abschnitt (vgl. Anm. zu S. 47 *Judäa ... Nessus*).
119 *Sakrilegiengesetz:* Auf der Entweihung kirchlicher Geräte stand im Frankreich vor der Julirevolution der Tod.
mit geistlichem Vorbehalte: Den Jesuiten wurde nachgesagt,

sie hielten einen falschen Eid für gestattet, wenn man dabei in Gedanken widerspreche (reservatio mentalis).

120 *Messe von Palestrina:* die »Missa papae Marcelli«, berühmtestes Werk von Giovanni Pierluigi Palestrina (1525–94).

121 *Ruffiano:* ital., Kuppler.

heilige Allianz: der Bund von 1815 zwischen Preußen, Rußland und Österreich, hier mit den Heiligen Drei Königen verglichen.

die Catalani: Angelica Catalani (1779–1849), für ihre Schönheit und ihre Stimme gleicherweise berühmte Sängerin.

122 *heldenmütigen Zeit:* Lucca war im Mittelalter selbständige Republik, als solche ein oft zitiertes politisches Vorbild.

Machiavells: Niccolo Machiavelli (1469–1527), ital. Geschichtsschreiber und Staatstheoretiker.

Sallusts: Sallustius Crispus (87–35 v. Chr.), röm. Historiker.

Andrea del Sarto (1486–1531), Florentiner Maler.

123 *diese Tat verzeichnet:* Johannes im 12. Kap. seines Evangeliums.

124 *galoniert:* mit Borten und Tressen versehen.

127 *Proselyten:* Neubekehrte, Nachfolger.

128 *Plutarch* (um 42 bis 120 n. Chr.), griech. Schriftsteller, beschrieb die Lebensläufe großer Männer. Die von Heine berichtete Szene findet sich nicht bei ihm.

129 *Dem Zefardeyim Kinnim:* in Wahrheit eine Formel, die beim jüdischen Passahfest gebraucht wird: die Nennung der ersten drei ägyptischen Plagen (Blut, Frösche, Mücken). Dabei wird der Finger in Wein getaucht und ein Tropfen auf die Erde gesprengt.

130 *die politischen Annalen:* von Heine 1828 in München redigierte Zeitschrift, vgl. S. 88.

131 *die Carbonari:* politische Geheimgesellschaft mit dem Ziel einer revolutionären Einigung ganz Italiens.

132 *Roxelane:* bekannte zeitgenössische Pantomime.

135 *in Effigie verbrennen:* statt der Person ein Bild hinrichten.

136 *Schnur:* Schwiegertochter.

137 *Bär ... Bassa:* »Der Bär und der Bassa«, zeitgenössisches Singspiel von Karl Ludwig Blum (1786–1844).

138 *Elohagedichte:* religiöse jüdische Gesänge.

Remplaçants: Bezeichnung für den Ersatzmann, den ein Wehrpflichtiger an eigener Statt stellen durfte.

140 *ein Volk aus Egypten:* die Juden unter Moses.

141 *Menschenmäkelei:* Der Begriff stammt aus einer Stelle in Lessings »Nathan der Weise« (II,5), die den gleichen Gedanken sehr pointiert entwickelt.

jenen alten Mann: die Sagenfigur des Ahasver, des ewigen Juden, der nicht sterben kann und dessen Bart sich von Zeit zu Zeit am Rande wieder schwärzt.

142 *Montesquieu:* in »Esprit des Lois«, III,5.

Mel in ore ... factis: Im Munde Honig, die Worte wie Milch; im Herzen Galle, die Taten Verbrechen. Nach Gustav Karpeles (Heines Gesammelte Werke, Bd. 3, Berlin 1887, S. 381) alter Spottvers auf die Jesuiten.

144 *Falstaff:* In Shakespeares »Heinrich IV.«, Erster Teil, IV,2, sagt Falstaff von seinen schlechten Soldaten: »Sie füllen eine Grube so gut wie bessere.«

145 *Roturier:* ursprünglich ein Schimpfwort der Adligen für die Bürgerlichen.

146 *Hamb. Unpart. Korrespondenten:* sehr verbreitete dt. Zeitung.

ihrer Subsistenz: ihres Bestehens.

Oblaten: Hostien.

147 *Markus Brutus* (86–42 v. Chr.), der Verschwörer gegen Cäsar. Nach Plutarch hat er vor seinem Selbstmord ausgerufen: »O Tugend, du bist nur ein Wort!«

151 *Agis von Sparta* regierte 245 bis 241 v. Chr., wollte den Landbesitz aufteilen und wurde dafür zum Tod verurteilt.

Cajus und Tiberius Gracchus: röm. Politiker aus der zweiten Hälfte des 2. Jahrhunderts v. Chr., wurden wegen ihrer volksfreundlichen Agrarreformen ermordet.

Robespierre und Saint Just: Die beiden Jakobiner wurden im Juli 1794 gleichzeitig hingerichtet.

Toga virilis: röm. Kleidungsstück, Zeichen des Mannesalters.

152 *das, weil es ist, auch vernünftig ist:* gegen Hegel gerichtet, der mit ähnlichen Wendungen den bestehenden preuß. Staat rechtfertigte.

Ham: der Sohn Noahs, der sich über seinen entblößten Vater lustig machte (1. Mose 9,22).

Amadis von Gallien ... Roldan ... Agramanth: Figuren aus der Welt der Ritterromane, denen Don Quijote nacheifert.

153 *Maritorne:* äußerst häßliche Stallmagd im »Don Quijote«.

155 *Hedschira:* Hedschra, auch Hidschra, Bezeichnung für Mohammeds Flucht von Mekka nach Medina im Jahre 622, hier

verglichen mit der Flucht des frz. Königs Karl X. nach der Julirevolution 1830. Danach wäre die 1. bourbonische Hedschra der Fluchtversuch des Bourbonen Ludwig XVI. 1791 während der Französischen Revolution, die 2. Ludwigs XVIII. Flucht 1815 vor dem aus Elba zurückkehrenden Napoleon.

bei Gottfried Bassen: Gottfried Basse (1778–1825) in Quedlinburg, Verleger von Ritter- und Räuberromanen.

ex ungue leonem: von der Kralle aus auf den Löwen schließen.

156 *Barbaroux:* Charles Jean Marie Barbaroux (1767–94), frz. Revolutionär aus Marseille, gehörte zur Partei der Girondisten, zog 1792 mit 500 Freiwilligen in Paris ein, wobei das Lied von Rouget de Lisle gesungen wurde, das in der Folge den Namen »Marseillaise« erhielt. Barbaroux spielte eine führende Rolle beim Sturm auf die von Schweizer Söldnern verteidigten Tuilerien. Er wurde, wie die meisten Girondisten, unter Robespierre hingerichtet.

Satyra: die Göttin der Satire, eine mythologische Erfindung Heines.

Themis: Göttin der Gerechtigkeit, sie war eine Titanin, also zu jenem Göttergeschlecht gehörig, das vom Olymp vertrieben und in den Tartaros gestürzt wurde, wo es der Wiederkehr harrt.

Pelion ... Ossa: zwei benachbarte Berge in Griechenland. Im Kampf um die Weltherrschaft türmten die Titanen den Pelion auf den Ossa, um den Himmel zu erklettern.

Aux armes citoyens!: So beginnt der Refrain der Marseillaise.

Zeittafel zur Entstehungs- und Druckgeschichte

1824 September/Oktober: Fußwanderung des 27jährigen Heine durch den Harz. Anschließend Niederschrift der *Harzreise*, des ersten der *Reisebilder*.

1825 Juli: Doktorexamen vor der juristischen Fakultät in Göttingen und Konversion zum Protestantismus.
Erster Aufenthalt auf der Nordseeinsel Norderney.

1826 Von der Zensur gekürzter Zeitschriftendruck der *Harzreise*.
Das erste der insgesamt vier Oktavbändchen *Reisebilder* erscheint in Hamburg bei Hoffmann und Campe. Prosa und Lyrik noch stark vermischt.
Aufenthalt auf Norderney.

1827 Zweites Oktavbändchen *Reisebilder*, enthält *Die Nordsee* und *Ideen. Das Buch Le Grand*.
Im Anhang der *Nordsee* einige Xenien Immermanns gegen die Ghaselen-Dichter (Platen u. a.):

> Von den Früchten, die sie aus dem Gartenhain von Schiras stehlen,
> Essen sie zuviel, die Armen, und vomieren dann Ghaselen.

Englandreise.
Buch der Lieder erscheint.

1828 *Englische Fragmente* in Zeitschriften.
Redakteur in München. Vergebliche Bemühung um eine Professur.
Im Juli Abreise nach Italien: Innsbruck–Mailand–Genua–Lucca. Besucht die Bäder von Lucca wegen seiner Kopfschmerzen. Im Oktober nach Florenz. In Venedig Meldung von der Erkrankung des Vaters. Auf der vorzeitigen Heimreise Nachricht von dessen Tod.

Die späteren italienischen *Reisebilder* noch als geschlossener humoristischer Roman geplant.

1829 *Der romantische Ödipus* von August Graf von Platen erscheint, mit heftigen Angriffen gegen Immermann und Heine. Heine wird im 5. Akt »Samen Abrahams« genannt, »Synagogenstolz«, »Petrark des Lauberhüttenfests« (sic), »des sterblichen Geschlechts der Menschen Allerunverschämtester«. Und weiter: »[...] doch möcht' ich nicht sein Liebchen sein / Denn seine Küsse sondern ab Knoblauchgeruch. / – Drum führt er sein Riechfläschchen auch beständig mit.«
Über Immermann und Heine zusammen: »Ihr seid die Jungfraun, deren Lampen ausgelöscht: / Was ist zu tun? Schon naht sich euch der Bräutigam, / Klangvollen Takt in seiner Schritte jeglichem, / Und bräutlich ruht am Busen ihm die Poesie.«

1830 Drittes Oktavbändchen der *Reisebilder*, enthält *Reise von München nach Genua* und *Die Bäder von Lucca.* Sommeraufenthalt auf Helgoland; Nachricht von der Julirevolution in Paris.
Der erste Teil der *Reisebilder* wird neu aufgelegt, z. T. stark verändert. Viele Gedichte sind weggelassen. Damit beginnt die zweite Auflage des Werks (1830 bis 1834), die für alle späteren Editionen gültig bleibt. Die Bände 3 und 4 mit den italienischen Reisebildern werden unverändert bleiben. Die beiden Auflagen überschneiden sich also zeitlich: 1826–31 und 1830–34.

1831 Viertes Oktavbändchen der *Reisebilder*, enthält *Die Stadt Lucca* und *Englische Fragmente.*
Heine schreibt im März die *Einleitung zu ›Kahldorf über den Adel‹*, sein bisher schärfstes politisches Manifest. Er verliert die Hoffnung, irgendwo in Deutschland eine finanziell gesicherte Stellung zu finden, ohne auf die Schriftstellerei verzichten zu müssen.
April/Mai: Reise nach Paris.
Die Stadt wird zu Heines endgültigem Exil.

Literaturhinweise

Adorno, Theodor W.: Die Wunde Heine. In: Th. W. A.: Noten zur Literatur I. Frankfurt a. M. 1958.

Betz, Albrecht: Ästhetik und Politik. Heinrich Heines Prosa. München 1971.

Brummack, Jürgen (Hrsg.): Heinrich Heine. Epoche – Werk – Wirkung. München 1980. S. 113–139.

Derks, Paul: Platen und Heine oder Die Exekution des Problems und deren zeitgenössische Bestätigung. In: P. D.: Die Schande der heiligen Päderastie. Homosexualität und Öffentlichkeit in der deutschen Literatur 1750–1850. Berlin 1990. S. 479–613.

Duroche, Leonard L.: Spatial Perception and Spatial Imagery in Heine's »Reisebilder«. In: Heine-Jahrbuch 29 (1990) S. 147–160.

Fichte, Hubert: I can't get no satisfaction. Zur Geschichte der Empfindungen des Grafen August von Platen-Hallermünde. In: H. F.: Die Geschichte der Empfindlichkeit. Homosexualität und Literatur 2. Polemiken. Frankfurt a. M. 1988. S. 183–234.

Fingerhut, Karlheinz: Heine, der Satiriker. In: Gerhard Höhn (Hrsg.): Heinrich Heine. Ästhetisch-politische Profile. Frankfurt a. M. 1991. S. 236–257.

Großklaus, Götz: Textstruktur und Textgeschichte. Die »Reisebilder« Heinrich Heines. Eine textlinguistische und texthistorische Beschreibung des Prosatyps. Frankfurt a. M. 1973.

Grubačić, Slobodan: Heines Erzählprosa. Versuch einer Analyse. Stuttgart [u. a.] 1975. S. 59–78.

Hermand, Jost: Der frühe Heine. Ein Kommentar zu den »Reisebildern«. München 1976.

– Heine contra Platen. Zur Anatomie eines Skandals. In: J. H.: Mehr als ein Liberaler. Über Heinrich Heine. 2., erw. Aufl. Frankfurt a. M. [u. a.] 1993. S. 51–63. [Zuerst 1986.]

Höhn, Gerhard: Heine-Handbuch: Zeit, Person, Werk. 2., aktualis. und erw. Aufl. Stuttgart/Weimar 1997. S. 237–257.

Holub, Robert C.: Heine's Sexual Assaults: Towards a Theory of the Total Polemic. In: Monatshefte für deutschen Unterricht, deutsche Sprache und Literatur. Vol. 73,4 (1981) S. 415–428.

Klinkenberg, Ralf H.: Die »Reisebilder« Heinrich Heines. Vermitt-

lung durch literarische Stilmittel. Frankfurt a. M. / Bern 1981. [Diss.]
Kuttenkeuler, Wolfgang: Heinrich Heine. Theorie und Kritik der Literatur. Stuttgart 1972.
Liedtke, Christian: Heinrich Heine. Reinbek bei Hamburg 1997. (rowohlts monographien. 50535.) [Ersetzt die rororo-Monographie von Ludwig Marcuse (1960).]
Matt, Peter von: Heine und der Henker. In: P. v. M.: Das Schicksal der Phantasie. Studien zur deutschen Literatur. München/Wien 1994. S. 149–158. [Zuerst 1972.]
Mayer, Hans: Außenseiter. Frankfurt a. M. 1975. [Verteidigung Platens; S. 207–223.]
Oesterle, Günter: Integration und Konflikt. Die Prosa Heinrich Heines im Kontext oppositioneller Literatur der Restaurationsepoche. Stuttgart 1972.
Pabel, Klaus: Heines »Reisebilder«. Ästhetisches Bedürfnis und politisches Interesse am Ende der Kunstperiode. München 1977.
Pinkert, Ernst-Ullrich: Heines neue Schreibart. Aspekte der Bildkomposition in Heines »Stadt Lucca«. Aalborg 1988.
Raddatz, Fritz J.: Taubenherz und Geierschnabel. Heinrich Heine. Eine Biographie. Weinheim/Berlin 1997.
Sammons, Jeffrey: Heinrich Heine. Stuttgart 1991. (Sammlung Metzler. 261.)
Stein, Peter: »Prototyp einer Denk- und Schreibweise«. Heinrich Heines »Reisebilder« als Auftakt zur »Julirevolution der deutschen Literatur«. In: Gerhard Höhn (Hrsg.): Heinrich Heine. Ästhetisch-politische Profile. Frankfurt a. M. 1991. S. 50–65.
Würffel, Stefan Bodo: Der produktive Widerspruch. Heinrich Heines negative Dialektik. Bern 1986.

Nachwort

So leicht, so widerstandslos hatte sich noch kaum ein deutscher Schriftsteller lesen lassen. Das Publikum, gewohnt an eine literarische Prosa, in der jeder Satz ein Arbeitspensum darstellt, nahm die Schreibweise der *Reisebilder* mit Überraschung und Beifall auf. Schon die *Harzreise* machte Heinrich Heine (1797–1856) populärer, als es die Zensur an Schriftstellern zu sehen liebte, und er nützte diese Popularität in den Fortsetzungen denn auch genau nach der Richtung aus, in die der Verdacht der literarischen Polizei lief: er griff die Ordnung der öffentlichen Dinge an.

Das Eingängige dieser Prosa steht im Dienst erklärter Aggression. Die Veranstaltungen, die zu solcher Eingängigkeit führen, sind berechnet. Die Kurzweil hat Methode. Die Kapitelchen dauern nie länger, als die spontane Leselust erwartungsgemäß anhält. Die Themen wechseln, sobald sich beim Leser die ersten Ermüdungszeichen einstellen könnten. Wenn intellektuelle Energien verlangt, moralische Entscheide gefordert werden, kommt gleich darauf die Belohnung in der Gestalt eines erotischen Idylls oder wohlig-schmerzlicher Sentimentalitäten, in die es sich aufs angenehmste einfühlt. Heine hat dafür bei den Größten und bei den Billigsten gelernt, bei Laurence Sterne, Jean Paul und Byron ebenso wie bei den Trivialautoren seiner Zeit, die die zahllosen Almanache füllten. Fortwährend präpariert er die Empfänglichkeit des Lesers; er bringt ihn zum Lachen (und damit, wie man weiß, sogleich auf seine Seite), er bietet ihm attraktive Szenerien mit Mondschein und Orangenblüten, und er verhilft ihm gleichzeitig zur Bekanntschaft mit dem reisenden Europa der Kuranstalten und Sommer-Etablissements. Alle diese schriftstellerischen Verfahren hat es bereits irgendwo gegeben; keines der Mittel, mit denen er sich den ersten raschen Applaus holt, ist neu. Aber die Art, wie er diese Mittel einsetzt, wie er sie als übernommene Praktiken in subtiler Verfremdung vorzeigt und doch ihre bewährten Effekte nutzt, das war noch nie da. Eine sehr modebewußte Schreibweise verbindet sich hier mit einer fast archaischen Grundschicht von Haß und Vernichtungswillen.

Man sträubt sich, angesichts der vielen harmlosen Dinge, die da berichtet werden, diese Grundschicht wahrzunehmen. Schon die Zeitgenossen waren der Meinung, was in den *Bädern von Lucca* dem Grafen Platen angetan werde, sei ein Stilbruch in einem munteren Ganzen. In Wahrheit ist dieses muntere Ganze nur das sorgsam gezimmerte Podium für die öffentliche Hinrichtung, die Heine vorzunehmen sich entschlossen hat. Dieser Schriftsteller weiß stets, was er tut. Sein Werk vibriert in formalen Dissonanzen, so wie seine intellektuelle Existenz voller Widersprüche steckt, aber keiner seiner jähen Positionswechsel ist ihm contre cœur passiert; er hat sie alle überlegt vollzogen.

Im Falle des Grafen Platen nun, den er nach vielen vergnügten Plaudereien allmählich vor den Leser der *Bäder von Lucca* zieht, vor einen vergnügten, empfänglichen Leser, um ihn da auf eine Art zu erniedrigen, wie es sie so böse, so heillos in der Geschichte der deutschen Polemik bisher nicht gegeben hat, in diesem Falle geben uns Heines Briefe den besten Kommentar. Er erwähnt den Platen-Streit auffällig häufig, ist dabei erregter als sonst, stets auf der Suche nach einer abschließenden Formulierung für das, was er angerichtet hat. Die Begriffe, die er findet, stammen fast durchwegs aus der Henkerterminologie. »Ich will den Scharfrichter spielen.«[1] »Gestern morgen habe ich den Grafen Platen ausgepeitscht.«[2] »Es galt kein scherzendes Turnier, sondern Vernichtungskrieg.«[3] »Jetzt, wie immer bei Exekutionen, kömmt das Mitleid [...] Ich sehe aber nicht

1 an Immermann, 17. November 1829.
2 ebd.
3 an Immermann, 22. November 1829.

ein, wie man jemand gelinder umbringen kann.«[4] »Es war Krieg des Menschen gegen Menschen.«[5] »Ich schlug so scharf als möglich, so schnell als möglich.«[6] »Meine Hinrichtung Platens!«[7] Diese Worte, aus dem Verlauf eines ganzen Jahres stammend, machen deutlich, daß man weder von einem unüberlegten Ausrutscher reden noch die persönliche Attacke umdeuten kann zu einem Kampf gegen höhere Mächte, für die Platen nur das zufällige Aushängeschild gewesen wäre.

Ist das Problem demnach ein psychologisches? Gilt es, die private Aggressionsstruktur Heines zu analysieren, für den manifesten Tötungswunsch die versteckten Gründe zu finden? Man kann es tun. Es gibt dafür sogar merkwürdige Indizien: im gleichen Brief, in dem er meldet, er mache nun den »Scharfrichter« für den »großen Champion der Klassizität« (d. i. Platen), steht auch der Satz: »Durch den Tod meines Vaters war ich lange trübsinnig, und erst jetzt komme ich allmählich in bessere Stimmung.«[8] Das erinnert an die Ausführungen Sigmund Freuds über Mordwunsch und Mordhemmung im *Hamlet* und über die Entstehung jenes Stücks »unmittelbar nach dem Tode von Shakespeares Vater, also in der frischen Trauer um ihn, in der Wiederbelebung, dürfen wir annehmen, der auf den Vater bezüglichen Kindheitsempfindungen«.[9] Mindestens die Vermutung liegt nahe, daß in Heines Angriff auf Platen zusätzliche, untergründige Energien eingeflossen sind.

Nun stellen aber die *Reisebilder*, insbesondere *Die Bäder von Lucca* und *Die Stadt Lucca*, ein öffentliches Ereignis dar, eine schriftstellerische und politische Angelegenheit des deutschen 19. Jahrhunderts überhaupt. Wenn die obige Vermutung zutreffen sollte, so machte sie doch dieses öffent-

4 an Varnhagen von Ense, 3. Januar 1830.
5 ebd.
6 an Varnhagen von Ense, 4. Februar 1830.
7 an Wolfgang Menzel, 9. Dezember 1830.
8 an Immermann, 17. November 1829.
9 Sigmund Freud: Die Traumdeutung. Gesammelte Werke II/III. Frankfurt a. M. 1968. S. 272.

liche Ereignis nicht zu einem privaten, sondern gäbe höchstens Aufschlüsse, warum gerade Heine dieses Ereignis in die Wege zu leiten vermochte.
Von öffentlichem Gewicht nämlich sind die beiden Schriften nicht deshalb, weil die Zensur sogleich einschritt – und Rom sie 1836 auf den »Index der verbotenen Bücher« setzte –, sondern aus den Gründen, die die Zensur hier zum Handeln überhaupt veranlaßten. Die Metternichschen Bücherspitzel haben oft und oft unsinnige Maßnahmen getroffen – hier waren sie, vom Interesse der installierten Macht her gesehen, so unsinnig nicht. Die *Reisebilder* sind die Kriegserklärung des militanten deutschen Liberalismus an das feudal-klerikale Regime der Restauration, eine Kriegserklärung, die – und das macht sie so deutsch – bekränzt ist mit poetischen Girlanden, umzogen vom etwas abgestandenen Rosen- und Violenduft der Romantik. Aber so viel hier immer verblümt erscheint in des Wortes ursprünglicher Bedeutung, das harte Programm tritt doch oft genug schroff zutage. So schon in der *Reise von München nach Genua*, die den *Bädern von Lucca* unmittelbar vorangeht:
»Was aber ist diese große Aufgabe unserer Zeit? Es ist die Emanzipation. Nicht bloß die der Irländer, Griechen, Frankfurter Juden, westindischen Schwarzen und dergleichen gedrückten Volkes, sondern es ist die Emanzipation der ganzen Welt, absonderlich Europas, das mündig geworden ist, und sich jetzt losreißt von dem eisernen Gängelbande der Bevorrechteten, der Aristokratie. Mögen immerhin einige philosophische Renegaten der Freiheit die feinsten Kettenschlüsse schmieden, um uns zu beweisen, daß Millionen Menschen geschaffen sind als Lasttiere einiger tausend privilegierter Ritter; sie werden uns dennoch nicht davon überzeugen können.«[10]
Dieser Begriff »Emanzipation« ist die Losung, die eine fortschrittliche Intelligenz im Deutschland der Restauration auf alle möglichen Fahnen stickt. Das Wort eignet sich zum

10 Sämtliche Werke, Bd. 4, S. 298.

programmatischen Stempel für jeden Gegenstand, der in öffentliche Diskussion gezogen wird. Es steht über den Auseinandersetzungen um die gesellschaftliche Stellung der Frau und ihre Liebesrechte nicht minder als über dem Kampf um die Befreiung der Juden; es steht über den Angriffen gegen die politische Macht der Aristokratie und die Gewissensbindung des Volkes an eine berechnende Klerisei; es steht aber auch über den ästhetischen Grundsatzdisputen der jungen Schriftsteller mit ihrer Theorie von der ›Goetheschen Kunstperiode‹, die jetzt zu ihrem Ende komme, deren Normenkatalog außer Kraft gesetzt werden müsse und deren Ziel, das freischwebende, schöne Kunstding, abgelöst werden müsse vom Ziel, die Korrektur der öffentlichen Dinge mit poetischen Mitteln zu fördern.
Alle diese Programmpunkte tauchen in Heines *Reisebildern* auf: bald novellistisch eingekleidet, bald als rascher, böser Witz, dann wieder in Gestalt geschickt eingeflochtener Dialoge oder eigentlicher Abhandlungen. Die Figuren, die da auftreten, haben durchweg einen leicht allegorischen Zug. Die Frauen, die Juden, die Priester, die Dichter: sie stehen stets für etwas Allgemeines, sind die positive oder negative Verkörperung einer aktuellen Streitsache. Man muß sie daraufhin entziffern, wenn man das Buch so lesen will, wie der Autor es gedacht hat.
Allerdings läuft diese Entzifferung weniger eindeutig aus, als man denken möchte. Heine spricht zwar ausnahmslos mit der Sicherheit dessen, dem die Beschaffenheit seiner Gegenstände endgültig klargeworden ist, aber in keinem der erwähnten Bereiche wäre es möglich, eine widerspruchsfreie Theorie auszufiltern. Man versuche es nur mit der Religionskritik in der *Stadt Lucca.* So wie er den aufmarschierenden Priester- und Mönchsfiguren Verachtung und jähe Sympathie in unberechenbaren Gefühlsausschlägen entgegenbringt, bleibt er auch in den Aussagen über Gott und Unsterblichkeit bei einem geradezu elektrischen Hin- und Widerfahren zwischen den Polen, einem ständigen, knisternden Funkenwurf, der sich nur in Paradoxien gelegentlich

beruhigt: etwa dort, wo er mit dem Gedanken an einen demokratisch gewählten Gott spielt.[11]
Dennoch gibt es Konstanten, entschieden durchgehaltene und durchgezogene Kriterien der Weltbetrachtung, die man über dem Farbenspiel der vielbeschworenen Heineschen ›Positionslosigkeit‹ und ihrer selbstironischen Brechungen nicht übersehen darf. Sie werden signalisiert durch die festgestellte durchgängige Aggressivität, die sich des Poetischen, des Stimmungsvollen, der subtilen wie der derb-fäkalischen Komik als ihrer Mittel bedient. Und sie lassen sich inhaltlich definieren als ein unablässiges, leidenschaftliches Vorgehen gegen alle Erscheinungsformen des Denkverbots. Seine Passion ist es, dem durch Dekrete oder Konventionen untersagten Gedanken zum Wort, dem untersagten Wort zur Öffentlichkeit zu verhelfen. Die Sache selber zählt dabei weniger als das Faktum ihrer gesellschaftlichen Ächtung. Hier wurzelt Heines spezifischer Liberalismus. Er münzt die großartig-allgemeine Marquis-Posa-Gebärde des 18. Jahrhunderts – »Geben Sie Gedankenfreiheit« – aus in kleine Einzelaktionen gegen Überzeugungen, an denen zu rütteln für irgendwelche Kreise ein Tabu ist. So läßt er seine ironischen Geschütze auffahren gegen die emanzipierten, einflußreich gewordenen Juden, als wäre solche Emanzipation nicht anderswo seine eigene erklärte Losung und als bildeten die mit ihr verbundenen Identitätskrisen nicht im gleichen Werk den Gegenstand bekümmerten Nachdenkens. Das ist im einzelnen zu studieren am Marchese Gumpelino, aber auch an Hirsch Hyazinth, der, als Figur, die mit Abstand bedeutendste schriftstellerische Leistung der Luccheser Reisebilder darstellt.
Eine weitere Konstante, die sogar, entgegen dem Gesagten, systematisierbar sein dürfte, ist der ökonomische Scharfblick, der sich überall mit Heines Kritik an ideologischer Arroganz verbindet. Wo immer er das Fadenscheinige feierlicher Gewänder sichtbar macht, läßt er Geld durch Risse

11 S. 124.

und dünne Stellen schimmern. Die Bedeutung des Hirsch Hyazinth liegt nicht zuletzt in dem unbestechlichen Realismus, mit dem der kleine Mann die ökonomischen Grundlagen der europäischen Machtverhältnisse sieht und benennt. Die Funktion der Bankiers bei der Konsolidierung *und* Entmachtung der monarchischen Systeme wird da in unvergleichlicher Knappheit aufgewiesen. An diesen Stellen präludiert Heine spielerisch und doch genau die großen ökonomischen Untersuchungen der vierziger Jahre, zu denen er ja in der persönlichen Begegnung mit Marx für kurze Zeit in direkte Berührung kommen sollte.
Dieser ökonomische Instinkt, der ihn früher als die meisten Zeitgenossen die Gesetze wittern ließ, nach denen die Geschichte des 19. Jahrhunderts verlief, äußert sich bis in die stilistische Feinstruktur seiner Prosa. Zu den verblüffendsten Bonmots zählen stets die Geld- und Guldenwitze, von Hirsch Hyazinths durch Freud berühmt gewordener Bemerkung, Salomon Rothschild habe ihn »ganz wie seinesgleichen, ganz famillionär«[12] behandelt, bis zur Beschreibung des liebeskranken Bankiers, dessen Nase schimmert »wie ein verliebter Louisdor«[13]. Bedeutender aber für Heines Schreibweise überhaupt ist seine Kunst, für alles, was er kritisch betrachtet, ökonomisch-wirtschaftliche Vergleiche zu finden, die, allein durch den Kontrast der Sachgebiete, den feierlichen Schein fortblasen. Beispiele finden sich überall, prononciert in den Ausführungen über die Staatsreligion (S. 142 ff.) und über den physiognomischen Unterschied zwischen katholischer und protestantischer Geistlichkeit (S. 108 ff.). Schlechthin großartig ist die Passage S. 70 ff., Hyazinths »Geschichte von der Ehrlichkeit, die ich mal begangen habe«, hinter der sich die vielleicht subtilste Kritik an falscher, verlogener, unehrlicher Poesie

12 S. 41. Freuds Ausführungen zu diesem Witz und, darüber hinaus, zu Heine selber finden sich in der Schrift *Der Witz und seine Beziehungen zum Unbewußten.* Sigmund Freud Studienausgabe, Bd. IV Psychologische Schriften. Frankfurt a. M. 1970. S. 20–24 und S. 132–134.
13 S. 53.

versteckt, die zur Zeit der öffentlichen Auseinandersetzung über die Romantik geschrieben wurde.

Der Schluß, die »Spätere Nachschrift«, versucht, die triumphalen Kadenzen der Marseillaise in deutsche Prosa umzusetzen, und feiert, ganz ohne Vorbehalt und ironische Quersprünge, die Pariser Julirevolution von 1830 als den »Sieg der Freiheit« schlechthin. Das Ende aller Unterdrükkung scheint angebrochen. Die Ritter- und Pfaffengespenster, mit denen er sich in den Luccheser Reisebildern herumgeschlagen hat, sind aus der Welt gefegt. Der Olymp gehört allen ... Dieser Text ist wichtig. So, in jähe, fast manische Begeisterung kann der Skeptiker Heine, der von sich sagen läßt, er wechsle »jede zehn Schritte seine Gesinnung«[14], gelegentlich ausbrechen. Daß dahinter die leibhaftige Lebenslust und Freude an der Freiheit steckt, soll nicht bezweifelt werden. Aber es ist doch auch rhetorische Berechnung dabei. Er will Deutschland anstecken. Er möchte seinen Landsleuten die Marseillaise so in die Ohren schallen lassen, daß sie gar nicht anders können, als auch auf ihren Plätzen, vor ihren Palästen den Tanz zu beginnen, für den das Lied geschrieben ist. Tatsächlich steht Heine nämlich in diesem November 1830 der Julirevolution bereits um einiges kühler gegenüber. Das Großbürgertum, das da mit Louis Philippe zur Macht gelangt ist, hält er durchaus nicht für die naturgewollte Bevölkerung des Olymps. In einem gleichzeitigen Brief an Varnhagen von Ense[15] gesteht er, die *Reisebilder* »vorsätzlich so einseitig« gehalten zu haben: »Ich weiß sehr gut, daß die Revolution alle sozialen Interessen umfaßt, und Adel und Kirche nicht ihre einzigen Feinde sind. Aber ich habe, zur Festlichkeit, die letzteren als die einzig verbündeten Feinde dargestellt, damit sich der Ankampf konsolidiere. Ich selbst hasse die aristocratie bourgeoise noch weit mehr.«

Vor diesem Abschnitt verliert die »Spätere Nachschrift« ihre gerade Eindeutigkeit, die sie so klangvoll auszuzeich-

14 S. 135.
15 19. November 1830.

nen schien. Aber sie verliert sie nur deshalb, weil wir bereit sind, das Bekenntnis wider die aristocratie bourgeoise seinerseits für restlos eindeutig zu nehmen. Dürfen wir das wirklich? Man sollte ja doch wohl gewarnt sein. Als Heine, wenige Monate später, für immer nach Paris zieht, da verträgt er sich mit der dortigen aristocratie bourgeoise gar nicht so schlecht.
Man hat es ihm auch vorgeworfen, oft genug in übler Form, bis hin zu den schlimmsten Charakterdiffamierungen. Unzuverlässigkeit galt bei den Deutschen stets als die Sünde, die Gott selber nicht vergeben kann. Wenn sie bei Heine als prekäre Tugend erscheint, als Nährboden für die Gewalten seiner spielerischen Phantasie und für die hinreißendste Art politischer Unruhestiftung, die es im literarischen Deutschland je gegeben hat, wird jeder sie zuletzt bis zu dem Grad gelten lassen, als er der Freiheit des Denkens den Vorzug zu geben bereit ist vor den festgenagelten Programmen.

Inhalt